일생에 한번은 순례여행을 떠나라

일생에 한번은 순례여행을 떠나라

1판 1쇄 인쇄 2009년 6월 29일
1판 1쇄 발행 2009년 7월 6일

지은이 경민선 **펴낸이** 김영곤 **펴낸곳** (주)북이십일 21세기북스
기획·편집 김정규, 박영미, 황상욱 **편집팀장** 이승현
마케팅·영업 주명석, 이경희, 서재필, 최창규
디자인 (주)디자인신지 **일러스트** 이미라
출판등록 2000년 5월 6일 제10-1965호
주소 (우413-756)경기도 파주시 교하읍 문발리 파주출판단지 518-3
대표전화 031-955-2100 **내용문의** 031-955-2707 **팩스** 031-955-2122
이메일 book21@book21.co.kr **홈페이지** www.book21.co.kr

값 13,800원
ISBN 978-89-509-1930-6 13810

회복과 치유의 길,
시코쿠 88寺 순례기

일생에 한번은 순례여행을 떠나라

경민선 지음

21세기북스

시코쿠 섬의 여든여덟개 불교 사원을 돌아보는
일천이백 킬로미터, 오시코쿠 순례길

카미노 디 산티아고와 더불어 세계 문화유산에
등록된 순례길, 구마노코도

walking therapy.
몸과 마음의 조화, 개인의 성숙,
관계 맺음의 유연성을
회복하기 위해 '걷기'를 활용하는 것.

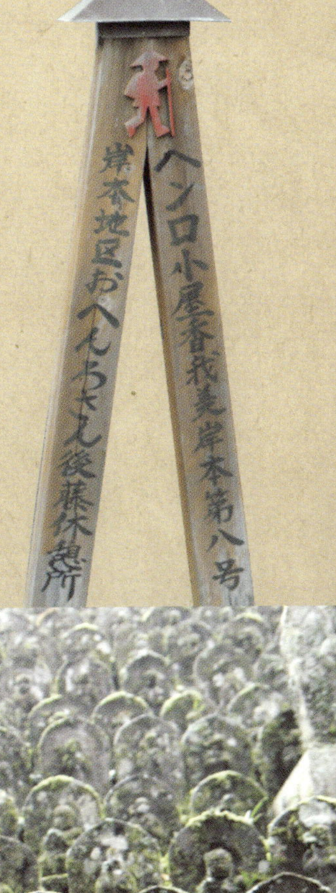

숨겨진 길을 찾아

홀로 모험을 떠나는 미지의 여정.

그 두근대는 막막함.

이번 순례는 일상으로

건강하게 되돌아가기 위한 귀환 여행이었다.

文化二年三月　蕃王
山内　豊策公再建
桁行三間　梁間三間
本尊　弘法大師

遍路道

길 위에서 주운 수많은 이야기와 만남,

은연중에 저장된 에너지

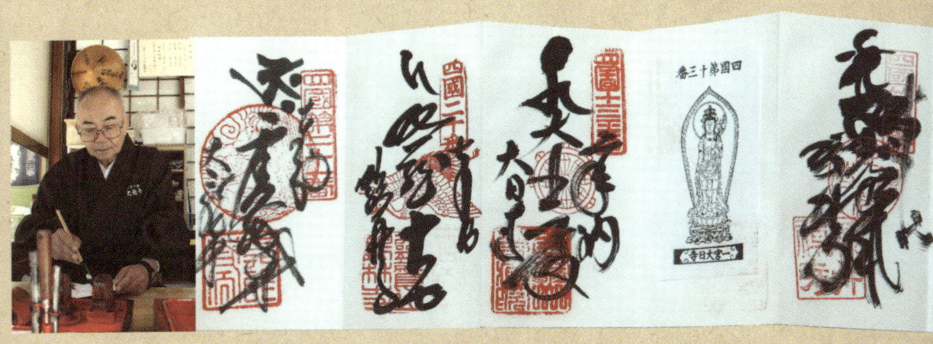

나는 숨 쉬고 설레이고

생의 에너지로 펄떡인다.

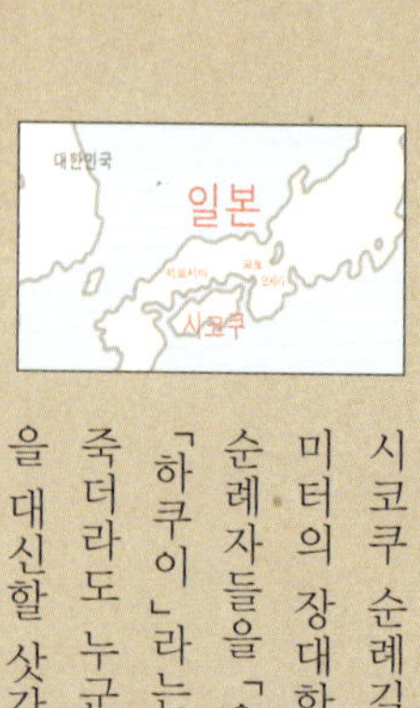

시코쿠 순례길

시코쿠 순례길은 일본 시코쿠 섬 안에 있는 88개 불교 사원을 돌아보는 1,200킬로미터의 장대한 길로, 9세기경 코보대사가 수행한 장소를 더듬어 가는 참배 코스. 순례자들을 「오헨로상」이라 부르며 전통적으로 대나무 삿갓 「스게가사」를 쓰고, 「하쿠이」라는 흰옷을 입고, 금강지팡이 「즈에」를 짚고 걷는다. 순례 도중 길에서 죽더라도 누군가가 장사 지내 줄 수 있도록 소복을 상징하는 흰옷을 입고, 관 뚜껑을 대신할 삿갓을 쓰고, 묘비로 쓸 지팡이를 가지고 다닌다.

네고로지
고쇼지
시로미네지
아시마지
도류지
고아마지
텐노지
아쿠리지
이야다니지
곤조지
시도지
모토야마지
고우분지
이치노미야지
만다라지 젠츠지
나가오지
간온지
슈사키지
가가와 현
진네인
오쿠보지
고우분지
고우온지
호우죠지
미에가미지
다이코지
신카쿠지
다이니치지
고쿠라지
지죠지
운펜지
구마다니지
쥬라쿠리
지죠지
료젠지
곤센지
기리하타지
안라쿠지
이도지
호린지
고치 현
후지이데라
고쿠분지
간온지
쇼산지
다이니치지
죠라쿠지
온잔지
요타키지
젠쿠라지
고쿠분지
도쿠시마 현
가쿠린지
다츠에지
셋케이지
치쿠린지
다이니치지
다이류지
다네마지
젠지부지
뵤도지
아쿠오지
노류지
고노미네지
곤고쵸지
신쇼지
호츠미사키지

간사이공항
오사카
요시노
오미네산
와카야마
고야산
초이시미치
구마노 코도
(코헷지)
오미네
오쿠가케미치
구마노 코도
(키지)
구마노 코도
(나가헷지)
홍구
오쿠모도리고에
키 타나베
구마노 홍구 대신전
구마노 나치 타이시
키 가츠우라

구마노코도 순례길

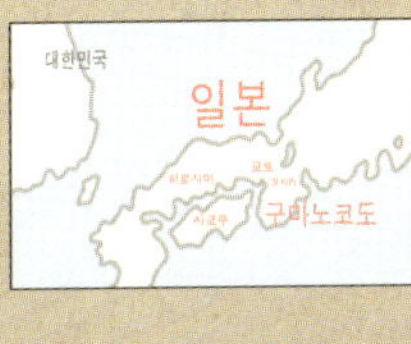

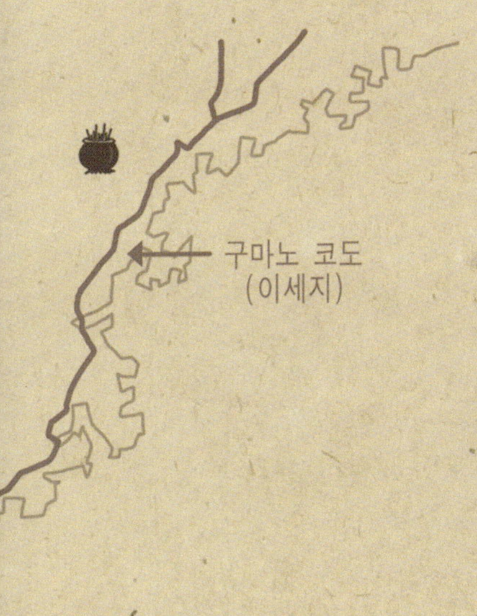

2004년 세계문화유산으로 등록된 구마노코도는 「교토」에서 시작해 구마노산잔(熊野三山)의 구마노 홍구 대신전, 구마노 나치 타이시, 구마노 하야타마 타이시를 방문하는 것을 목표로 삼는데 10~11세기 무렵 황족이나 귀족이 참배했던 것을 시작으로 16세기에 이르러 무사, 서민층까지 확대된 순례길이다. 길은 대부분 홍구 대신전으로 연결되는데 고야 산에서 시작하는 코헤지 길, 키타나베에서 시작하는 나가헷지 길, 이세 신궁에서 시작하는 이세지 길 등이 유명하며 총 755킬로미터다.

걷기, 자연이 주는 예술치료

순례자가 되리라는 결심은 일상에 뒤엉킨 나에게 아득한 꿈처럼 다가온다. 숨겨진 길을 찾아 홀로 모험을 떠나는 미지의 여정. 그 두근대는 막막함은 순례를 떠나기 전에도 순례를 마친 지금도 여전하다. 과중한 의무나 불필요한 욕망에서 벗어난 고요한 상태, 검은 숲과 축축한 바다를 걷고 또 걷는 단순한 반복…. 상상만으로도 위로가 됐고 만족스러웠지만, 정작 생활을 뿌리치고 떠날 간절함은 부족했었다. 그렇게 막연히 순례를 바람하며 하루, 이틀, 3년이 흐른 어느 날, 나는 배낭을 꾸릴 수밖에 없는, 일상에서 놓여나야만 한다는 절박함에 사로잡혔다.

나는 조그만 극단에서 소소한 공연을 만들며 그럭저럭 30대를 맞은 연극쟁이다. 유명한 히트작을 냈거나 대단한 상을 타진 못했어도 꾸준히 작업을 했고, 언제고 의기투합해 연극을 만들 믿음직한 동료들이 있었다. 나름대로 평온한 삶의 궤도를 운행 중이었는데….

언제부터인지, 왜 하필 나에게 달라붙었는지 알 수 없는 불청객이 찾아왔다. 바로 '두통'이란 흔하디흔한 고질병이었다. 처음엔 그저

가벼운 편두통으로 시작했다. 타이레놀을 한 알 툭 털어 넣으면 말끔히 사라질 정도여서 곧잘 무시하고 참았었다. 누구나 그렇듯 나도 유별난 관심을 쏟지 않았다.

하지만 내 몸 속에 단단히 둥지를 튼 두통은 타이레놀 두세 알을 넘어 네다섯 알로 요구했고, 더 이상 타이레놀 따위로 몰아낼 수 없는 거대한 괴물로 변하고 있었다. 나는 걸음을 걸을 수조차 없었다. 한 걸음 내디딜 때마다 정수리에서 시작한 통증이 두개골을 뒤흔들고 척추를 바쩍 긴장하게 만들어 숨을 내쉬기도 벅찼다.

몇 달 새 중풍에 걸린 노인처럼 파리하고 누렇게 마른 나는 어느덧 하루에 대부분을 병원에서 진찰받고 한의원에서 침 맞는 것으로 보내고 있었다. 정말이지, 나는 나를 구조해 주고 싶다. "제멋대로네" 이런 욕이나 들으면서 여러 가지 의무감과 이별하고 철없이 즐거워지고 싶었다. 팔다리는 무기력하고 머릿속은 초조해서 아무한테나 악쓰고 화내는 맥 빠지는 생활은 이제 그만두고 싶었다.

나는 나의 우울을 어떻게 해야 하나? 누가 해결해 줄 수 있지? 부작용도 중독성도 없는 진짜 치료제는 어떤 약일까? 정체를 알 수 없는 통증 덩어리를 싹둑 잘라 버릴 수 있다면! 종합병원 신경정신과에 누워 뇌파 검사를 받는데 산티아고를, 히말라야를 걸을 때의 내가 가만히 충고를 한다. '걸어 보는 게 어때? 오랫동안 걷다 보면 너에게 맞는 명의를 만날지도 모르잖아.'

도보여행은 내가 아는 한 가장 훌륭한 예술치료사다. 그 섬세한 치료사는 육체의 불균형을 바로잡아 줄 뿐 아니라 뒤죽박죽 뭉친 생각들을 차곡차곡 펴서 창조적 에너지로 재생시킨다. 히말라야의 굽이굽이 산길을 넘으면서 나는 얼마나 많은 시를 쓰고, 노래를 부르고, 신나는 결심을 했던가! 히말라야 만년설을 비추던 생기 넘치는 햇살이 내 굳은 어깨를 어루만지며 어른스럽게 타이른다. 심호흡을 하며 천천히 걸어 보라고.

　나는 굿이라도 하는 심정으로 도보여행에 매달렸다. 걷기 여행을 하기엔 체력도 바닥났고 경제적 사정도 안 좋았지만 이렇게 눈부신 생을 외면하고 방안에 갇혀 시들긴 싫었다. 일단 짐을 싸고 마음을 정하면 여기보다, 지금보다 낫지 않을까? 더 나빠진대도 얄팍한 진통제에 중독되는 것보단 현명한 방법이 아닐까?

　'카미노 데 산티아고'를 걸을 때 일본에도 성지 순례길이 있다는 얘기를 얼핏 들었다. 무슨 섬이라고 했는데…. 1,000킬로미터가 넘는댔지? 나는 4년 전 태국 여행에서 만난 일본 친구 다유키에게 절박한 메일을 썼다. 한국어를 잘하는 다유키는 내가 두리뭉실 물어본 길에 대해 친절하고 정확한 정보를 보냈다.

　'시코쿠'라고 불리는 이 길은 시코쿠 섬 내의 88개 불교 사원을 돌아보는 순례 코스인데 9세기경 진언종의 창시자 코보대사가 수행한 장소를 더듬어 가는 아주 오래된 길이다. 지도 속에 퍼져 있는 1부터 88까지의 숫자를 발견한 순간, 나는 가보지도 않은 그곳이 그리웠고 아무도 모르는 비밀이 생긴 것 같아 속이 울렁댔다.

　이 길을 걷는 순례자들을 '오헨로상'이라고 부르는데 전통적으로 삿갓을 쓰고, 흰 옷을 입고, 나무 지팡이를 짚고 걷는다. 순례 도중 길에서 죽더라도 누군가가 장사 지내 줄 수 있도록 소복을 상징하는 흰옷을 입고, 관 뚜껑을 대신할 삿갓에, 묘비로 쓸 지팡이를 가지고 다니는 것이라고 했다.

　죽을 각오를 하고 길을 걷다…. 오, 이렇게 낭만적일 수가! 어째서 사람들은 죽도록 일을 하거나 돈을 벌지 않고 걸었을까? 왜, 왜 걸었지? 이 질문은 마치 삶이란 무엇인가, 인간은 어떤 존재지, 우주는 어떻게 생겨났을까? 등의 물음처럼 막연한 어려움을 안겨 준다. 어디서부터 얘기를 시작해야 할지 모르겠고 섣불리 답을 찾다간 진실과 멀어질 테니까. 조심스럽고 난처하다. 다만, 걷기의 기쁨과 두려움, 길 위에서 만난 사람들, 맛깔난 음식, 흥분된 마음, 우스운 사건들에 대해 장황한 수다를 떨 수는 있겠지.

일본어를 한끝도 모르는 내가 히라가나와 가타카나 사이에 끼어든 한자와 사진으로 '혹시 이런 뜻 아닐까?' 추측하면서 일본어 가이드북을 노려보고 있을 때, 오사카 대학에서 유학 중인 성곤 오빠가 『시코쿠 88개 절 순례여행』 한국어판 책자를 보내 줬다. 일본의 헨로미치 보존 협력회에서 '한글을 공부하는 일본인들을 위해, 순례에 관심 있는 한국인들을 위해서' 펴낸, 바로 나를 위해 만든 책이다! 한글로 된 상세 지도와 숙박 정보를 보자 드디어 여행이 실감났다.

서울 부산 간 거리의 세 배나 되는 1,200킬로미터의 끈질긴 순례길. 다 걷는 데 며칠이나 걸리려나? 길을 잃고 무진장 헤매겠지? 강도라도 만난다면? 혹시 두통이 큰 문제를 일으키진 않을까? 혼자 외로울 텐데…. 경비가 얼마나 들까? 엔화가 미친 듯이 치솟는 지금.

지긋지긋한 두통이 점점 설렘으로 변해 갈 무렵 슬슬 가을이 왔다. 쓸데없이 으르렁대던 긴장감은 봇짐에 넣고 초라한 나그네가 될 시간. 이 산 저 산 깊은 바다를 헤매다 문득 나에게 맞는 약초를 찾아낼 수 있을지….

'료젠지'는 출발점이자 종착역이 될 1번 절의 이름이다. 카미노데 산티아고가 산티아고를 향해 가는 직선적인 순례길이라면 시코쿠는 1번 절을 시작으로 88개의 절을 거쳐 다시 1번 절로 돌아오는 동그라미 순례다. 시작과 끝이 모호한 길. 이 길이 '인생'과 닮지 않았느냐는 말을 감히 해본다.

2009년 6월 경민선

contents

구마노코도 순례길 내 몸과 자연스럽게 만나기

순례를 위한 실용정보 모음 정서적 충동을 몸으로 표현하기

난코보
엔메이지
다이산지
엔묘지
다이산지
에이후쿠지
고쿠분지
한타지
이시테지
죠도지
사이린지
센유지
고우온지
아사키지
호우죠지
요코미네지
마에가미지
신카쿠지
죠루리지
기지쵸지
다이호지
에히메 현
이와야지
고치 현
메이세키지
젠쿠리지
고쿠분지
부츠모쿠지
기요타키지
치쿠린지
다이니
류코지
셋케이지
젠지부지
다네마지
이와모토지
쇼류지
간지자이지
겐코지
곤고후쿠지
대한민국
일본
히로시마
교토
오사카
사고쿠

시코쿠 순례길

시코쿠 순례길은 일본 시코쿠 섬 안에 있는 88개 불교 사원을 돌아보는 1,200킬로미터의 장대한 길로, 9세기경 코보대사가 수행한 장소를 더듬어 가는 참배 코스. 순례자들을 '오헨로상'이라 부르며 전통적으로 대나무 삿갓 '스게가사'를 쓰고, '하쿠이'라는 흰옷을 입고, 금강지팡이 '즈에'를 짚고 걷는다. 순례 도중 길에서 죽더라도 누군가가 장사 지내 줄 수 있도록 소복을 상징하는 흰옷을 입고, 관 뚜껑을 대신할 삿갓을 쓰고, 묘비로 쓸 지팡이를 가지고 다닌다.

타인과 반응 나누기

오래오래 걷다 보면 내 삶의 주도권을 산과 나무,
그 나무 위에 걸린 고장 난 우산
그리고 빗속에서 우는 어린아이에게 넘겨주는 순간을 만난다.
그때 비로소 자신과의 오붓한 교류, 타인과의 진정한 사귐,
밑바닥까지 드러나는 의사소통의 가능성.

1 | 오사카 빌딩숲 속의 순례자

특별한 향기가 숨어 있는 오사카 풍경

간사히 공항에서 나를 맞아 준 건 향기였다. 달콤하고 스산한 이 냄새는 낮은 건물들 덕분에 하늘이 넓게 보이는 오사카 변두리를 지날 때, 전철을 기다릴 때, 공원을 거닐다가 다유키의 집에 도착했을 때도 조용히 따라왔다.

한국어 발음이 정확한 다유키는 주중엔 엡손의 프로그래머로 일하다가 주말에는 반전 운동가로 변신하는 서른아홉 노총각이다. 한때 한국인 여자친구와 사귀었던 그는 직장 때문에 일본 중부 나가노 시에 혼자 사는데, 오늘 내가 온다는 소식을 듣고 '사형 반대 집회'에도 참여할 겸 부모님이 계신 오사카에 왔다.

"일본에선 특별한 향기가 나."

다유키네 집에도 은근한 향내가 떠돈다. 시내에서 꽤 떨어진 이 고요한 집은 10월인데도 꽃을 피운 뜰 안의 식물들로 환하게 반짝였다. 마당에 그 향기의 주인이 있을 것만 같다.

"민선 짱, 그건 긴목세이(만리향) 냄새야!"

일본말도 못하는 내가 시코쿠 순례길을 걷겠다는 이야기를 꺼내자 다유키네 어머니는 대단하다고 치켜세우며 향기의 정체를 일러 주었다. 향이 만 리, 4,000킬로미터 밖까지 퍼져 나가서 긴목세이(만리향)라는 이름을 갖게 된 꽃. 그게 사실이라면 88개의 절을 헤매는 동안 기꺼이 나와 동행해 주겠지. 작고 노란 길동무는 담담한 미소를 보내며 걱정 말라는 듯 가을바람에 몸을 편다.

다유키네 가족들의 깍듯한 환영인사. 다유키 어머니는 아들의 친구인 나에게 고개를 꾸벅 숙여 인사를 건네고는 코스요리처럼 근사한 저녁상을 차려 주셨다.

새 비누, 새 치약·칫솔, 새 샴푸·린스에다 식사 전 손 씻으라고 식당에서나 주는 돌돌 말린 뜨거운 물수건까지 준비한 다유키 어머니는 한국의 여느 어머니들과 달리 아들의 친구에게 너무 깍듯하고 예의 바르다. 고개를 꾸벅 숙인 90도 인사, 코스 요리처럼 차려진 저녁, 무엇보다도 목욕 때문에 얼떨떨했다.

뜨거운 물이 가득 담긴 욕조로 데리고 가서는 탕에 몸을 담그고 맘껏 피로를 풀라면서 내가 끝나면 다유키가, 그다음엔 어머니가, 맨 마지막으로 아버지가 입욕할 거라고 설명하셨다. 우리가 한꺼번에 탕에 들어가는 건 아니지만 내가 때를 불린 물에 다유키 아버지까지 차례로 몸을 담근다고 생각하니 부끄러움이 화끈 올라왔다. 식구들끼리도 국을 따로 떠서 먹는, 한 냄비에다 함께 수저 담그는 걸 꺼리는 나라가 일본 아닌가? 첫 번째로 목욕할 수 있다는 게 반갑기도 하지만 어쩐지 부담스럽다. 이 집 식구들과 에로틱한 인사를 나누는 것만 같아 탕에는 절대 들어가지 말아야겠다고 결심했는데, 옷을 벗은 후에 아담하게 일렁이는 작은 온천이 궁금해서 다리를 슬쩍 담그고 말았다. 참 알맞은 온도. 욕조에 달린 센서가 목욕하기 적당한 온기를 유지해 주었다.

심마니들이 산삼을 캐러 가기 전 산신령께 예를 올리고 목욕재계하듯 나도 탕 안에 몸을 둥실 띄우고 누워 갖가지 다짐을 했다. 천천히 걷기. 돈을 아끼고, 배고픔과 화장실은 참지 않고, 존재라는 단어에 대해 생각하기. 틈나는 대로 다리 마사지하고, 타인에게 먼저 말을 거는 외로운 순례자가 되기. 굳이 외로운 순례자가 되겠다는 건 두려움에 대한 들뜬 각오다. 혼자 짐을 옮기고, 혼자 밥을 먹고, 혼자 잠을 자는 것. 적적한 하루하루를 살다 보면 당연히 찾아올 외로움이란 까다로운 손님. 그와 통하는 특별한 언어를 배울 수 있을지.

일본인들은 거의 날마다 더운 탕 안에서 시간을 보낸다는데 온돌 없이도 가을, 겨울을 사는 현명한 방법이란 생각이 욕조에서 땀을 쭉 빼고 난 뒤에야 수긍이 됐다. 몸을 후끈하게 삶은 덕분에 보일러 없는 나무 바닥에서도 꿈 없는 잠을 잤다.

"그러니까 다유키 애인이 아니란 말이야?"

다음 날, 열 명도 넘는 식구들에 둘러싸여 시끌벅적한 아침을 먹었다. 새벽 산책길에 마주친 다유키 삼촌이 나를 다유키 색 싯감으로 짐작하고는 숙모, 조카, 조카며느리 그리고 네 명의 꼬맹이들까지 온 가족을 이끌고 구경 온 것이다. 제발 한시라도 빨리 순례자가 되고픈 급한 마음을 알아줬으면 좋으련만, 그들은 호기심에 들뜬 눈을 굴리며 관찰을 시작했다.

일본팀: 한국에서 시코쿠 순례길이 유명하나? 장동건을 직접

만나 본 적 있어? 다유키랑 어떻게 알게 됐나? 대학등록금이 얼마나 한대? 김치는 매일 먹어? 대장금 테마공원에 가봤겠지? 한국의 보통 젊은이들은 결혼을 몇 살쯤 해?

한국팀: 독도가 일본 땅인가요? 시코쿠 순례길을 걸어 보셨는지? 초등학생들도 반드시 교복을 입어야 하나요? 병원비가 비쌉니까? 새 총리 '아소다로'가 맘에 드세요?

우리는 커다란 테이블을 사이에 놓고 질문 탁구를 쳤다. 그들이 네이버 지식인에나 물어볼 만한 사소하고 현실적인 질문들로 서브를 날리면, 나는 내 방식대로 라켓을 잡고 질문의 답을 돌려주었다. 그리고 다유키는 전자사전을 들고 우리가 놓쳐 버린 질문과 답을 주우러 다니면서 동시통역을 해대느라 진땀을 흘렸다.

내가 장동건이 잠깐 다니던 대학을 졸업했다고 너스레를 떨자 그들은 동시에 "에~" 하는 탄성을 질렀다. 시코쿠를 자가용으로 순례하셨다는 다유키 숙모는 독도에 대해 "일본 사람들은 별 관심이 없다."라고 말했고, 오키나와 경찰관인 조카는 새 총리 아소다로를 언급하며 우려를 표했다.

지난 9월 총리가 된 아소다로는 왕실과 친척관계이며, 그의 아버지는 한국인 징용자 1만여 명을 강제 노역시킨 아소 탄광의 경영자였다. 그는 "2차 세계대전은 아시아를 위한 대동아 전쟁이다", "창씨개명은 한국인이 스스로 원해서 했다" 등등의 망언으로 악명이 높은데, 집권하자마자 인기가 급락하는 중이란다.

정치 얘기가 나오면서 게임은 끝날 줄 몰랐다. 갑자기 녹고 있는 북극 빙하에 대한 걱정, 맛있는 사케(정종과 비슷한 일본

일생에 한번은 순례여행을 떠나라

전통술)에 대한 품평회, 지진에 대한 두려움까지. 우리는 땀을 닦고 선수를 교체해 가며 놀이를 계속했다. 드디어 태어난 지 3개월 된 아기가 울음을 터트렸고, 모두 배가 고파졌다. 서로의 옷깃에 묻은 이국의 향기에 매료되어 살짝 차원 이동을 했던 시간. 기념사진을 찍고 헤어졌는데 벌써 1시가 넘었다! 오늘 순례를 시작하긴 다 틀렸다.

"사형 반대 집회에 갈래?"

"사형을 왜 반대해야 돼?"

"그러니까! 왜 반대하는지 알아보러 가자."

다유키는 나를 더 설득하지도 않고 뾰족하게 솟은 자신의 짧은 머리카락을 만지작거렸다. 지금이라도 시코쿠 섬으로 떠나는 게 나을까? 오사카에서 버스 타고 세 시간이면 도쿠시마에 충분히 도착할 텐데. 사형제도에 대해 생각해 봐야 한다는 건 책장 밑에 쌓인 먼지를 닦으라거나 대충 쑤셔 박아 놓아도 아무 문제 없는 신발장 안을 정리하라는 엄마의 잔소리처럼 귀찮았다. 사형제도를 찬성하자니 왠지 비인도주의적인 것 같고, 반대하자니 연쇄 살인범 강호순이 생각났다.

"전국에서 굉장히 많이 모여. 순례길에 대해 잘 아는 사람이 있을 거야. 어떻게 보면 사형 반대 집회도 일종의 순례야. 오사카 시내를 걷는 특별 순례."

쭈뼛쭈뼛 조르는 그의 소극적인 권유에 마지못해 하며 복잡한 지하철을 탔다. 도시의 지하철역, 각자가 아무 관련 없는 타인들일 텐데도 무리를 이룬 많은 사람이 이쪽에서 저쪽으로 질서정연하게 흘러다닌다.

　시위가 열리는 오사카 중심지 난바는 코스프레를 한 젊은 사람들로 넘쳐났다. 목장에서 우유를 짜다가 문자를 보내는 알프스 소녀 하이디, 담배를 뻐끔거리는 피오나 공주, 에스컬레이터를 타고 사라진 해리포터. 나이, 성별, 시대의 구분도 없이 '짠~' 하고 튀어나온 듯한 그들. 왜 그렇게 꾸몄느냐고 묻고 싶지만 자꾸 주눅이 들어서 똑바로 쳐다보는 것도 벅차다. 뭔가 재밌는 파티를 여는 모양인데 '정·상·적'으로 옷을 입은 나는 낄 수 없으니 은근히 무시해 주자!

　집회 장소에 가까이 갈수록 자존심이 상했다. 사형제도에 대해 이런저런 고민을 해본 수천, 수만 명의 유식한 사람들을 만난다는 것도, 구호를 외치고 토론을 벌일 때 외국인인 나만 꿔다 놓은 보릿자루가 될 상황도.

　"겨우 요만큼 모인 거야?"

　300명이나 될까? 이 정도면 일본에서는 이례적인 대규모 집회라는데, 옹기종기 모인 사람들의 초라한 숫자에 안심이 된다. 적어도 천 명, 많으면 수만 명이 모이는 한국의 시위에 비해 일본의 집회는 열등생 수준. 나는 갑자기 관대해져서 어젯밤 목욕탕에서 결심한 '타인에게 먼저 말 걸기'를 시도해 봤다.

　"가슴에 숫자 '88'을 단 이유가 뭡니까?"

　시코쿠 순례길에 퍼져 있는 절의 개수와 똑같은 숫자 '88'

105명의 사형수 대신 1번부터 105번까지 번호표를 가슴에 단 시위대

을 가슴에 단 시위 참가자에게 물었다.

"저는 88번째 사형수 입니다. 나도 살고 싶어요!"

현재 일본의 사형수는 105명. 지난달까지 109명이었지만 그 사이 4명이나 처형됐단다. 참가자들은 가슴에 1번부터 105번까지 번호판을 달고 감옥에서 죽음을 기다리는 사형수를 대신해 구호를 외치고 거리를 행진했다. 확성기를 든 남자가 '칸코쿠(한국)'를 여러 번 언급했다. 한국은 지난 10년 동안 사형이 집행된 적이 없기 때문에 사실상 사형제도 폐지 국가에 속하는데, 일본은 한 달 만에 4명을 처형시켰다. 그는 오판의 가능성을 무시한 법무부의 신중하지 못한 행동을 비난했다.

한국에 10년 동안 사형 집행이 없었다는 건 나에게는 새로운 소식이었다. 서울의 지하철역 전광판에 '사형수 1인당 연간 소요 예산 160만 원'이라고 경쾌하게 깜박거리는 기사를 봤을 때 '돈을 아끼기 위해서라도 어차피 쓸잘데없는 인간들, 얼른 치워 버리자는 거군. 흥!' 했었다.

여기서 랄랄라 숫자놀이! 한국의 총 사형수=58명. 그러니까 1년 동안 사형수를 위해 쓰는 예산은 58×160만 원=9,280만 원. 내 방 전세금을 생각하면 배 아픈 돈이지만, 국민 1인당

부담하는 세금으로 치면 2원 정도. 1975년까지 거슬러 올라가 판결 18시간 만에 7명을 사형시킨 '인민혁명당 재건위원회 사건(2007년 결국 무죄로 밝혀짐)'을 예로 들지 않더라도 판사의 모든 판결이 옳을 수는 없는 법. 사형수를 위해 2원을 쓸까, 말까. 그래도 1년에 1,000명도 넘는 사형수를 공개 총살시키는, 그것도 올림픽 스타디움 같은 데서 구경꾼을 불러다 놓고, 게다가 총살에 사용된 총알 값을 사형수 가족들에게 청구하는, 심지어 형 집행이 끝나면 사형수의 장기를 뜯어다가 밀매업자에게 팔아 넘기는 중국보다는 나으니 얼마나 다행이냐마는!

그러나저러나 여기 모인 사람들은 누구지? 젊은이들도 여럿 있지만 예순 살이 넘어 보이는 할머니, 혼자인 듯한 중년 남성도 있는데. 혹시 사형수의 가족?

"혹시 한국사람이무니까?"

아이 깜짝이야! 다유키와 나의 대화에 끼어든 배불뚝이 남자. 그는 재일교포 3세 직장인인데, 고등학교 졸업 후 20년 만에 한국말을 써본다며 얼굴을 벌겋게 달구고선 얘기를 쏟아냈다. 일본에서 요즘 행인들을 상대로 무차별 살인을 저지르는 사건이 급증했기 때문에 사형제도가 강화되었는데, 그것은 흉악 범죄를 줄이는 근본적인 해결책이 아니며 사건의 핵심을 범행을 저지른 개인의 잔혹성에만 돌리지 말고, 극심한 빈부 격차와 실업·실직·비정규직의 증가에 따른 사회 갈등과 불만의 폭발과도 관련 지을 수 있어야 한다고 했다. 실제로 범인들은 대부분 실직자나 비정규직 노동자로 경제적 문제를 겪는 사회적 외톨

이으며 미국의 경우, 사형제를 실시하는 주보다 실시하지 않는 주의 강력범죄율이 낮다고 했다. 경찰의 부주의, 편견을 가진 판사, 불합리한 사법제도 때문에 범죄를 저지르지 않은 사람을 사형에 처할 경우 누구도 돌이킬 수 없다는 그의 말, 말, 내 귀와 머릿속을 깨무는 그의 말.

시위 행진이 4차선 도로를 지나 옷 가게가 늘어선 좁은 골목으로 들어갔다. 참가자들은 편의점에 달려가 맥주를 사 마시기도 하고, 북을 두드리고 나팔을 불어대며 말쑥하게 차려입은 경찰들 앞에서 흥청망청 소리를 질러 대기도 했다.

"시케에 한타이(사형 반대)!" "시케에 한타이!" 그때! 내 앞에 한 캐릭터가 나타났다. 거만하게 솟아난 고층 빌딩 사이로, 신비롭게 깔린 자동차 매연을 뚫고, 흰 바지, 흰 저고리, 흰 가방에 금강지팡이를 짚은 까맣고 꼬질꼬질한 그는, 가이드북에서 봤던 오헨로상! 순례자였다. 인기 없는 영화의 주인공처럼 아무도 그를 알아보지 못했지만, 나는 월드스타라도 찾아낸 양 무작정 뛰어갔다.

다유키가 내 소개를 해주었고 여드름이 우둘툴 솟은 오헨로상은 사형 반대라고 적힌 피켓을 옆구리에 끼며 악수를 청했다. 8월부터 순례를 시작해 꼬박 두 달을 걸었고, 시위에 참가하려고 시코쿠에서 오사카까지 걸어온 이 대책 없는 순례자는 내일부터 도쿄! 버스를 타도 아홉 시간이나 걸리는 도쿄의 자기 집까지 걸어갈 거란다. 세상에, 딱하기도 하지. 도대체 잠은 어디

서 자고, 뭘 먹고 쏘다니는 거야? 도쿄로 가는 길은 어떻게 찾으려고! 나도 걷기 위해 일본에 왔지만, 이 사람은 뭣 때문에 걷는 걸까?

"저는 무전여행 중이에요. 이 옷과 지팡이도 사람들이 준 거예요."

"직업이 뭔데요?"

"아직 대학생이니까 밥은 얻어먹고 잠은 절이나 기차역에서 잤어요. 돈을 주는 사람도 있었고."

"겁 안 났어요? 그래도 순례할 때 길 잃어버린 적은 없었나 보다."

하루에도 몇 번씩 길을 헤맸다고 대답해서 나를 바짝 긴장시킨 오헨로상은, 자신의 금강지팡이에 쓰인 '동행이인(同行二人)'이란 글자를 가리키며 코보대사가 함께 걷고 있으니 떨지 말라고 했다. 코보대사, 쿠카이라고도 불리는 그는 시코쿠 순례자들의 수호신으로 774년 시코쿠의 젠츠지 시에서 태어나 835년 입적할 때까지 승려, 교육자, 예술가로 불교의 대중화에 힘쓴 진언종의 창시자다.

일본과 한국의 큰 차이점 중 하나는 종교다. 일본은 불교 인구가 48퍼센트에 달하지만, 기독교는 0.6퍼센트로 극소수이고, 신도(神道)가 50퍼센트를 차지한다. 그러나 무척 흥미롭게도 일본인의 70퍼센트가 무교라고 답했으며, 그 응답자의 75퍼센트가 종교가 중요하다는 아이러니한 발언을 했다. 일본 종교에 대해 깊은 이해는 부족하지만, 많은 일본인은 설날 신사나 절

빌딩숲 속에서 홀연히 나타난 내 첫 번째 오헨로상, 순례자님

을 찾아가 새해 참배를 올리고 장례식은 불교식으로 한다. 그들은 불교나 신도를 심오한 신앙으로 여기기보다는 풍습으로 인정한다. 특히 88개 사찰이 분포한 시코쿠 지방에서 받은 인상은 더욱 각별한데, 불교를 특정 종교라기보다 생활, 문화로 받아들이고 있었다.

3년 전, 스페인의 가톨릭 성지 순례길을 걸을 때 성당에서 예배를 드리고 신부님에게 존경을 표했던 것처럼 이번 여행에서도 절과 스님들에게 예의 바른 관심을 표해야지. 길을 잃어버린다 해도 시코쿠 주민들이 틀림없이 도와줄 거라고 장담한 그는 내 손목에 염주를 감아 줬다.

"산에서 도토리를 주워다 직접 만든 겁니다. 당신을 보호해 줄 거예요."

"저는 줄 게 없는데, 어쩌죠?"

"꼭 저한테 뭘 돌려줘야 하는 건 아닙니다. 길에서 만난 누군가에게 친절을 베풀면 되니까요."

성배를 찾아 떠나는 보잘것없는 모험가가 현명한 마법사에게 신비한 물건과 감격스런 충고를 얻은 듯 든든한 기분. 단단하게 마른 검은 염주는 순례 도중 나에게 꼭 필요한 어떤 힘을 발휘할 것처럼 반질반질 윤을 냈다. 가을 해는 뿌옇게 넘어가고 나의 눈과 코와 귀와 혀와 피부는 각각 다른 향기와 맛, 촉감, 풍경에 취해 여유롭게 두리번거린다. 이미 떠돌이 순례자가 됐다는 깨달음. 어둠 속에서 가만히 별이 뜨듯 나의 오감이 슬며시 열린다.

 민선이의 순례 일지

2008년 10월 9일 1일 동안
미나미 호리에 공원에서 모토마치 나카 공원까지 사형 반대 행진.

순례자의 오래된 패션

시코쿠 88개 사찰을 순례하는 오헨로상들은 종교적인 이유에서라기보다 순례자라는 정체성을 표시하기 위해 전통적인 유니폼을 입는다. 순례자끼리 인사를 나누거나 시코쿠 지역 사람들의 따뜻한 환대를 받을 수도 있고, 위험할 때 도움을 청하기도 쉽다. 그렇다고 아래에 소개된 모든 장비를 갖출 필요는 없으며 삿갓과 지팡이, 하쿠이를 대신한 흰색 면 티셔츠 정도면 충분하다. 이 물품들은 88개 사찰 순례용품 판매점 어디서든 구입 가능하다.

1. **스게가사(菅笠)** – 대나무 삿갓. 코보대사를 나타내는
   범어가 정면으로 오도록 쓰면 나쁜 기운을 물리치는
   힘이 생긴다고 하며, 스님 앞에서건 절 안에서건 벗지
   않아도 예의에 어긋나지 않는다. 유의할 점은 두건을 두
   르고 삿갓을 써야만 보기 좋게 고정되고 두통을 예방할 수
   있다는 것. 햇볕을 가리고 비를 피하는 용도로도 실용적이다.

2. **하쿠이(白衣)** – 소복을 상징하는 흰색 긴 저고리. 여름철엔 '오이즈루' 라고
   불리는 조끼 모양의 순례복도 인기가 많다.

3. **즈에(金剛杖)** – 코보대사의 혼이 깃들었다고 여겨지는 금강지팡이.

4. **녹교(納經帳)** – 기념 묵서와 도장을 받기 위한 공책. 각 사찰의 납경소에서 300엔
   을 지불하면 일필휘지의 묵서를 직접 써준다. 순례 기념 묵서는 오전 7시에서 오후
   5시까지 각 절의 납경소에서 받을 수 있다. 녹교에 받을 경우 300엔, 백의에 받을
   경우 200엔, 족자에 받을 경우 500엔을 지불해야 한다.

5. **오사메후다(納札)** – 주소와 이름을 적어 절의 본당과 대사당에 바치는 순례자 자신
   의 명함 같은 것. 순례자에게 선물을 한 사람에게 순례자가 답례품으로 주기도 한
   다. 순례 횟수에 따라 다양한 색깔의 오사메후다를 사용하며 하얀색은 1회에서 4회,
   녹색은 5회에서 6회, 붉은 색은 7회에서 24회, 은색은 25회에서 49회, 금색은 50
   회에서 99회, 100회 이상 순례를 마친 사람은 비단을 쓴다.

6. **와게사(輪袈裟)** – 사찰에서 독경할 때 목에 두르는 영대.

7. **주다부쿠로(頭陀袋)** – 녹교, 납찰, 향, 초, 와게사 등 사찰을 참배할 때 필요한 것들
   을 넣어 가지고 다니는 가방.

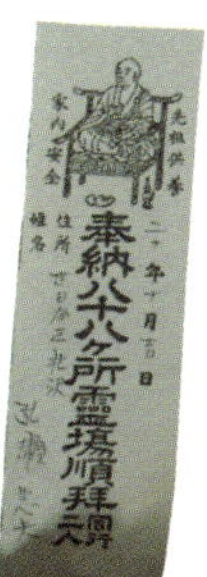

2 | 초보자를 위한 리허설

화살표가 어디 숨었지? 배낭을 멘 등허리에서 후덥지근한 김이 끈질기게 올라오는 일본 남부 시코쿠 섬. 내륙해와 산맥이 뻗어 형성된 아열대 지역으로 일본 열도를 이루는 네 개의 큰 섬 중 가장 작은 이곳, 시코쿠의 10월은 지독한 여름이다. 선글라스, 선크림으로 꽁꽁 싸매고 설쳐도 살갗이 따끔거리고 모기까지 달려든다.

'삿갓 쓴 빨간 나그네 표식이 길을 알려 준다고 했건만, 도무지 보이질 않네.' 걷기 시작한 지 30분 만에 길을 잃었다. 1번 절 '료젠지'를 찾아가야 순례용품도 사고 간단한 안내도 받을 수 있는데, 여러 갈래 길 중 어떤 길이 료젠지와 통하는지 짐작은 안 가고, 지나는 여고생들한테 물어봤더니 영어는 모른다며 깡총깡총 도망쳐 버리고. 이제껏 다유키가 한국말로 통역을 해 준 터라 버릇이 잘못 들었다. 일본 촌구석에서 콩글리시를 나불거리다니!

꾀죄죄한 슈퍼마켓을 발견하고 냅다 뛰어들어가서 가이드북을 펼치고는, 1번 절의 사진을 가리켰다. 가게 안의 서늘한 그늘이 목덜미의 땀을 쓱싹 닦아 준다.

"오헨로상(순례자님)?"

주인아주머니가 다소곳이 일어나서 두 손을 모아 나에게 합장을 하셨다. 에구머니나! 왜 이런 대접을 하는 거지? 당황한 나도 합장하며 "곤니치와(안녕하세요)." 해버렸다. 아주머니는 알아들을 수 없는 일본어로 노래하듯 주문을 걸듯 오래오래 뭐

へんろ道
へんろ道

도대체 어디 숨었을까? 초보 순례자를 애태우는 화살표

라 뭐라 하시곤 손가락을 뻗어 길을 알려 줬다.

"오셋다이, 도조(선물입니다, 받으세요)."

그녀는 합장한 손을 이마에 꽂고 다시 한 번 딸깍, 목례를 하고는 진열장에서 사탕을 한 움큼 집어 내 손에 떨어트렸다. 밀크캐러멜이라…. 서른세 살이나 먹은 내가 밀크캐러멜을 받고 좋아해야 되나, 어째야 하나. 왜 파는 물건을 주셨지? 물이라도 한 통 사라는 건가? 우물쭈물 섰는데 아줌마가 미닫이문을 스윽 연다. 글쎄, 이젠 가게에서 나가 줬으면 한다는 말씀?

햇살을 뚫고 료젠지까지 걷는 동안 얼떨떨하게 소풍 나간 정신이 돌아올 줄 모른다. 나, 불쌍하게 생겼나? 어린애처럼 보일 리는 없잖아! 이유 없이 뭘 받는 게 왜 이리 어색할까? 줄려면 더 근사한 걸 주던지, 내가 여기까지 구걸하러 온 줄 알아! 밀크캐러멜을 톡 까서 입에 넣는 순간, 찐득거리는 달콤함이 혀와 잇몸에 착 달라붙어 속삭인다. '긴장 풀어. 쯧쯧.'

그때 '오셋다이' 라는 단어를 알았다면 고맙다는 인사라도

제대로 했을 것이다. 오셋다이란 일종의 '보시'다. 시코쿠 사람들은 오헨로상(순례자)을 부처에 가까운 존재로 여기기 때문에 누구든 마주치면 고개를 꾸벅 숙이고 인사를 한다. 이 얼마나 황당한 일인가. 알지도 못하는 사람이 상냥한 인사를 한다? 그 속엔 틀림없이 꿍꿍이가 숨어 있다는 게 멀쩡한 현대인의 상식 아니겠는가. "도를 아십니까?"이거나 설문조사를 가장한 외판원 혹은 나이트클럽 호객꾼만이 이유 없이 친절한 법이니까.

시코쿠 사람들의 다정한 미소에 적응하는 데는 얼마간의 시간이 필요했다. 하지만 결국 무장해제에 성공하면 이른 아침 등교하는 초등학생들, 밭을 가는 할머니, 차를 타고 씽 지나는 사람들과 진심 어린 인사를 나눌 수 있다. 물론 언제나 그런 것은 아니지만, 이런 분위기가 시코쿠의 문화임은 틀림없다.

순례를 끝내고 서울로 돌아와서 대형 할인마트에 간 나는 매장 곳곳에 섬처럼 떠 있는 점원들이 몹시 지루해 보여 "다리 아프시죠?"라고 말을 거는 실례를 저질렀다. 국회의원 선거를 나선 것도 아닌데 어찌 이런 주책을 떨었는지. '너나 잘하세요.' 친절한 금자씨 식의 상큼한 미소가 되돌아왔다. 모른 척해 주는 것이 일상의 큰 미덕임을 깜박했군.

오셋다이는 그와 정 반대되는 물질적인 참견, 다정한 개인이 베푸는 순례자 전용 복지제도다. 물 한 컵, 과일 몇 개, 오니기리(주먹밥), 비 오는 날의 우산, 엽서, 열쇠고리, 숙소, 돈 등등. 그들은 순례자들에게 당장 도움이 되는 무언가를 내놓는다. 순례자의 불문율은 오셋다이로 받은 친절을 거절해서는 안 된

오헨로상 복장을 말쑥하게 갖추고 진언을 외는 순례자들

다는 것. 혹시 어렸을 때 세뱃돈을 잘 받는 아이였는지? 친척 어른들이 내미는 지폐를 당당히 받아 챙길 줄 아는 꼬마였다면 오셋다이 거절 불가의 원칙이 아무렇지 않겠지만, 부모님 눈치 보느라 머뭇거렸다면 이 또한 수습기간이 필요할 것이다.

첫 번째 오셋다이를 받은 나는 첫 번째 절 료젠지에 도착해서 쇼핑을 시작했다. 응당 법당을 찾아가 향을 올리고 절을 하는 게 순서겠지만, 일본 절의 참배 방식은 대단히 복잡해서 향불이 자욱한 본당 앞에 눈알이 매울 때까지 서 있어도 도통 파악이 안 된다. 하지만! 절 안의 북적이는 순례자들이 입은 저 하얀 옷을 입는다면 나도, 그럴듯하게, 뭔가를 할 수 있지 않을까? 시덥지 않은 예감에 이끌려 어느새 절 안쪽 기념품 가게에 가고 말았다.

순례자 풀세트를 사려면 1만 5,000엔(당시 환율로 25만 원 내외)의 예기치 못한 거액이 든다. 스게가사라 불리는 삿갓, 하쿠이라는 이름의 흰 웃옷, 흰 바지, 흰 토시, 금강지팡이 즈에, 각 절의 스탬프를 받는 녹교, 염불을 외울 때 목에 드리우는 영대 와게사, 주소와 이름을 적어 절에 납입하거나 오셋다이의 답례품으로 주기도 하는 오사메후다, 염주, 독경할 때 흔드는 종, 향, 초. 어휴! 번듯한 순례자가 되려면 무엇보다 종자돈이 필요하다니. 사형 반대 시위에서 만난 오헨로상은 누군가가 순례용품을 공짜로 줬다고 했는데. 고심 끝에 계산대에 올려놓은 물건은 최소한 순례자의 신분을 표시해 줄 수 있는 범(凡) 자가 쓰인

본당 앞에 가면 일단 초와 향을 올리는 게 순서

암, 수 기와를 구분해 쓰고 둥근 서까래와 사각 서까래를 함께 쓰는 한국과 달리 암수 한 몸인 기와에 사각 서까래만을 주로 쓰는 일본 전통 건축 양식은 매끈하지만 경직된 느낌을 준다.

삿갓, 절의 스탬프와 묵서를 받는 녹교 두 가지뿐이다. 오헨로 상 유니폼 하쿠이를 살까 말까, 금강지팡이 즈에를 살까 말까. 돈을 치를 때조차 결정을 못 했지만 날마다 하얀색 옷을 공들여 빨아 낼 자신이 없고, 공항 올 때 여권도 까먹는 정신머리로 지팡이를 챙길쏘냐. 잃어버릴 게 뻔해서 즈에도 포기했다.

곧 알게 됐는데, 흰 유니폼 하쿠이를 깨끗이 유지하는 법은 그리 어렵지 않았다. 순례자 숙박시설 민수크와 료칸에서 세탁기와 건조기에 돌려 버리면 그만이므로. 이용료가 공짜인 데도 있고, 100엔에서 200엔을 받기도 한다. 짧으면 이삼일, 묵혀 봐야 삼사일. 세탁 서비스가 무료인 료칸에서 한꺼번에 빨래를 해

치우는 것도 잔돈을 아끼는 방법이다.

아쉬운 대로 한바탕 물욕을 채우고 나니 그제야 절이 보인다. 아치형 지붕, 네모반듯한 서까래, 단청 없는 무채색 대들보와 규칙적으로 구부러진 소나무. 세련된 절 료젠지는 초등학교 조회시간에 '근면' 과 '성실' 을 강조하시던 교장선생님처럼 카랑카랑하고 딱딱한 모습으로 순례자들의 인사를 받는다. 부처님이 모셔진 법당 안으로 신발 벗고 들어가 절을 올리는 한국과 달리 이곳은 실내 출입이 금지돼 있어서 문밖에 선 채로 합장하고 향을 올리고 경을 읊어야 한다. 내성적인 부처님. '신' 이라는 단어를 생각하면 머릿속에 텅 빈 괄호밖에 떠올리지 못하는 신출내기 순례자에게 좀 친절하면 좋으련만.

이 더위에 문을 쿵 닫고 은밀함으로 일관하는 절집 분위기에 기가 눌려 배낭을 지고 나서려는 찰라, 알록달록 유치한 턱받이를 두른 돌부처와 눈이 맞았다. 옷을 해 입은 돌부처라. 이제 막 기기 시작한 까까머리 조카나 걸칠 법한 웃옷을 뒤집어쓴 돌멩이 부처는 비밀스러움이라곤 전혀 없이 생글생글 까르르 웃어 재낀다. 신비롭다는 기운은 이런 요사스런 에너지까지 포함

때때옷을 해 입은 애기
돌부처님

하는 것인지, 법당은 극도로 과묵하고, 돌부처는 장난기가 오도 방정 춤을 추고, 해가 쨍한 중천인데도 은근히 무섬증이 나서 침이 꼴깍꼴깍 뒷골이 찌릿찌릿.

"색시, 그 물은 마시는 물이 아니라오."

약수터에서 물 한 모금 꿀떡 삼키는데, 절의 관리인으로 보이는 아줌마가 손사래를 치며 이렇게 말씀하신 듯하다. '내가 뭘 잘못했나? 으…어…그러니까…' 얘기 한마디 똑 부러지게 못 하고 섰는데 아줌마가 시범을 보인다. 1)색시, 물을 한 바가지 퍼서 왼손을 씻어 2)그렇지 색시, 이번에는 오른손을 씻고 3)마지막으로 색시, 입을 헹궈. 옳지, 옳지.

절의 일주문 근처에 있는 '미즈야' 라고 불리는 약수터는 목마름을 해결하라는 것이 아닌, 참배 전에 일단 싹싹 씻으라는 물이었다. 우웩 퉤퉤. 마신 물을 뱉어 버리기엔 늦은지고. 하긴 서두를 건 없지. 어수룩한 순례자에게도 역전의 기회는 오기 마련. 88개 사원을 전부 걷고 다시 1번 절로 돌아오는 순례의 마지막 날, 이 우물을 다시 만나면 기분이 어떨지. 그땐 손이 아니라 수고한 발바닥을 씻어 주리라.

"색시, 요 다음엔 말이야."

아줌마는 커다란 종 앞으로 나를 끌고 갔다. 댕댕대대대댕. 난생처음 절에서 직접 때려 본 종소리는 서툴고 시시했지만, 잔뜩 긴장한 채 꼭 쥐었던 주먹을 살살 펴게 만드는 이상한 설렘과 부드러움이 있었다. 일본 절의 가장 큰 매력은 누구나 함부로 종을 칠 수 있다는 것이다. '어이, 부처! 계신가? 아무개가 왔어.'

(위 왼족부터 시계방향으로)
미즈야, 향로, 젖은 손을 닦으라고 미즈야 앞에 걸어 둔 정갈한 수건들, 종각

나를 알아보든 말든 초인종을 꾹꾹 눌러 보는 대범한 놀이를 끝내자 아주머니가 본당과 대사당에 향을 피우고 참배하라며 길을 열어 준다. 진정으로 고맙다는 말을 써본 지가 언제인지. 여러 번 머리를 주억거리고 절을 휘돌아 문을 나서니 목욕탕에서 등이라도 벅벅 밀고 온 듯 개운한 것이 길을 잃어도, 잘 데가 없어도, 떼강도를 만나도 아무렇지 않을 것 같았다.

그럼, 그렇지. 저기 화살표가 보인다. 스페인 순례길, 카미노 데 산티아고를 걸을 때처럼 커다란 화살표를 찾아다녔기 때문에 내 눈을 피해 간 작고 빨간 화살표. 전봇대, 가로등, 벤치의 한 귀퉁이에 붙은 이 소심한 길잡이는 딱 500원짜리 동전 크기

본당에 모셔진 부처님을 볼 수 없는 사찰 외부.
향, 초, 소원지, 부적 등이 그 자리를 대신한다.

만 한 스티커다. 처음 며칠은 틀림없이 숨은그림 찾기하듯 화살표 때문에 애를 먹겠지만 익숙해지면 수백 미터 앞의 표지판도 감지하는 광 레이저 인조인간 시력을 갖게 될 것이므로 근심하지 말기를.

17세기 승려 신넨이 세운 돌기둥 표석, 아담한 푯말, 나뭇가지에 묶인 리본 등등. 각종 이정표는 마을 자치회 및 헨로미치 보존 협력회에서 매년 점검하고 보충한다. 헨로미치 보존 협력회는 마흔두 살 때 큰 병을 얻은 걸 계기로 순례를 시작한 미야자키 다테키 씨가 운영하는 단체인데, 가장 정확한 순례 지도를 출판함은 물론 해마다 풀베기 자원봉사를 한다. 마을 외곽, 인적 드문 야산의 오솔길들이 온전히 남아 있는 것도 풀베기 자원봉사 덕택이다. 한 걸음, 한 걸음. 이 숨은 공로자들에게 신세를 지며 속도를 내본다.

2번 절 고쿠라쿠지 너머, 3번 절 찍고, 4번 절 다이니치지 돌아, 아픈 다리를 휴휴 쉬다가, 5번 절 지죠지를 찾아가는데, '뱀이다!' 꼿꼿이 고개를 쳐든 뱀이 아스팔트 위에서 날름 튀어나왔다. 꽤 굵직한 초록 뱀. 독이 있을까? 으악, 독이 퍼지면 다리를 절단해야 할지도 몰라! 주위엔 아무도 없고, 순례 첫날부터 무슨 액운이람. 제발, 제발! 다급한 상상 속의 나는 수십 마리의 킹코브라에게 물려서 유명을 달리하고 차디찬 시신으로 인천공항에 착륙하고 있었지만, 자동차 소음에 놀란 뱀은 하수도 속으로 사라졌다.

시코쿠를 걸을 때 가장 주의해야 할 게 뭐냐고 물으면 해답은 틀림없이 뱀이다. 논두렁에서, 대숲에서, 이른 아침에, 한낮에, 낙엽이 수북한 오솔길에서, 평범한 골목에서 혼자 두리번거리노라면 불쑥 기어 나오는 뱀은 스물다섯 살 때 우연히, 정말 어떤 준비도 없이 보게 됐던 모르는 사람의 주검처럼 바로 그 시간에 그곳에 있었기 때문에 피할 수 없는 속수무책의 사건처럼 여겨졌다. 백반을 준비해서 가지고 다녔다면 안심이 됐을는지 모르겠지만, 순례길 통틀어 열다섯 마리 정도의 뱀과 만나는 동안 정말 죽을 수도 있다는 막연한 위협에 시달렸다.

이럴 줄 알았으면 금강지팡이 즈에를 살 걸 그랬나? 위험할 때 휘두르면 좋은 무기가 될 텐데. 자, 자. 양손의 식은땀을

담벼락, 전봇대, 공중전화부스 등 길 가운데 불쑥 나타나 반가운 눈인사를 하는 순례자의 길잡이들

툭툭 털고 살포시 힘을 내보는데, 5·6·7번 절을 후딱 지나 8번
절 구마다니지를 굽어보니 잠자는 용을 닮은 와룡소나무가 지
긋이 뻗어 있다.

9번 절 호린지 문 앞에 당도하자 오만 가지 살림살이를 자
전거에 싸들고 몇 년째 순례 중인 오헨로상이 나무 밥그릇을 든
채 배고픈 땀을 줄줄 흘리며 구걸을 한다. 그야말로 집도 절도
없는 떠돌이 순례자. 나도 노잣돈을 홀랑 잃어버리면 저렇게라
도 순례를 계속하게 될까? 지금은 눈앞의 작은 불편도 해결하기
벅찬 초보. 그에게 찹쌀모찌를 나눠줬더니 허리를 90도로 숙여
인사한다. 아무것도 줄 것 없는 사람이 아무것도 바라지 않는 사
람에게 주는 깊은 인사를.

"오헨로상, 오헨로상."

어라, 10번 절 기리하타지로 가는 길목의 그림 가게 점원이
나를 부르네.

"짐을 놓고 가세요."

산꼭대기에 있는 10번 절에서 11번 절로 가려면 어차피 산
길을 도로 내려와야 하니까 잠깐이라도 어깨를 쉬라고 베푸는

5, 6, 7번 절 후딱 지나 9번 호린지, 10번 기리하타지를 향해 한 걸음씩.

오셋다이 도조.
환한 녹차를 꺼내 준 그림 가게 점원들

친절. 카메라만 달랑 들고 절에 다녀왔더니 종이를 마름질하던 점원이 서늘한 녹차 한 잔을 오셋다이로 내놓는다. 나도 허리를 90도로 숙여 고마운 마음을 얌전히 꺼내 드렸다.

걷는 순례자들은 한순간도 자신의 몸을 잊을 수가 없다. 특히 심장의 움직임을. 헥헥대고 땀이 나고 다리 근육이 뻐근해지면 잠시 숨을 고르고는, 다시 헥헥대고 땀이 나고 다리 근육이 뻐근해진다. 어깨도 잊기 힘든 몸의 일부다. 잔뜩 짐을 짊어진 어깨는 자주 불평을 늘어놓는다. 가방을 내려놔, 배낭끈을 조여, 근본적으로 무게를 줄여, 등등. 걷는다는 건 끊임없이 자기 몸의 뼈와 살과 타협하고 대화하고 달래고 겁주고 어르는 흥미진진한 100분 토론 같은 것인데, 나 자신을 국적, 가족관계, 직업, 학벌, 경제적 배경, 이런 복잡한 연결고리가 아닌 한 개의 심장과 두 다리, 짐을 지는 어깨로 이루어진 생명체라고 소개하고 싶은 원시적인 열정을 갖게 만든다.

그러거나 말거나, 해가 진다. 11번 후지이데라 절까지 걷는 건 무리일 듯. 한 개의 심장과 두 다리, 짐을 질 수 있는 어깨로 이루어진 뜨거운 생명체는 잘 곳을 찾아 기어 들어가야만 하고 저녁을 먹어야 하니까.

운 좋게 예약을 해놓지 않았는데도 빈 료칸(여관) 방을 얻었다. 오늘 하루가 발견과 놀람의 연속이어서 또 무슨 엉뚱한 일이 벌어지랴 싶었지만, 일본의 료칸은 정말 유별난 숙박시설이다. 1〉방문에 잠금장치가 없다 2〉주인이 갑자기 방으로 들어와서 이불을 깔아 주고 사라진다 3〉손님이 다 같이 식당에 모여 아침과 저녁을 함께 먹는다 4〉다유키네 집에서처럼 한 욕조에 모든 손님이 차례차례 입욕을 한다. 그 외에도 에어컨과 히터를 사용할 때, 텔레비전을 볼 때 자판기처럼 100엔을 집어넣어야 한다거나, 목욕 후에 손님들이 죄다 유카타(일본 전통 목욕 가운)를 입는다거나, 절대 신용카드로 결제할 수 없다거나, 민망

주인의 개성이 물씬 배어나는 순례자 숙박시설, 료칸과 민수크

할 정도로 오랫동안 손을 흔들며 손님에게 작별인사를 한다거나, 공동으로 사용하는 화장실이 재래식이라거나, 식사하는 동안 주인이 말벗을 해준다거나 등등은 각 료칸과 민수크(민박)마다 차이가 나는 사항이므로 특별히 언급하지 않겠다.

하지만 무엇보다 다 같이 쓰는 욕탕에 꼬부라진 털이 두둥실 떠다니는 걸 본다면 한숨이 쏟아질 것이다. 누군가의 은밀한 땀과 털이 뒤섞인 욕조에 뛰어들 것인가 말 것인가. 풍덩! 생각해 보면 여럿이 먹는 찌개에 밥풀 묻은 숟가락을 담그는 것과 무엇이 다르랴. 목까지 차오른 더운물에 누워 시원스레 몸을 지졌다. 졸음이 흠뻑 쏟아질 줄 알았는데, 웬걸. 처음 배역을 맡고 연극 대본을 읽은 아마추어 배우처럼 온 세상이 두근두근 덮쳐온다. 드디어 하루를 걸은 것이다.

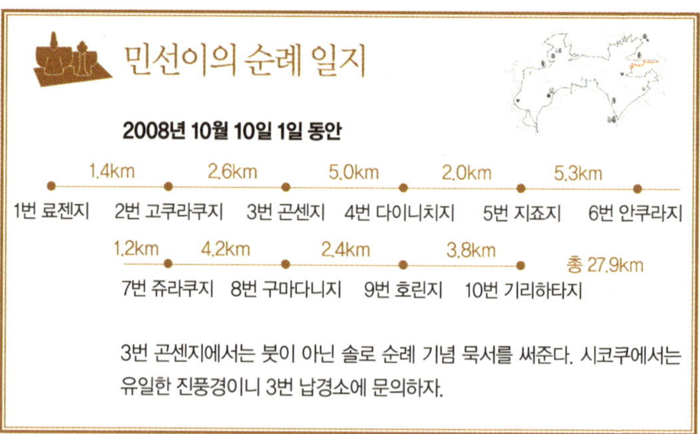

일본 사찰의 참배 레시피

김치찌개를 끓일 때조차 요리책에 나온 조리법대로 재료를 손질하고 계량컵으로 간을 맞춰야 직성이 풀리는 사람이 있다. 절을 찾는 일본 순례자들은 그런 레시피를 충실히 실행하는 모범생 같은 느낌을 준다. 딱히 불교 신자도 아니면서 반야심경을 외우거나 진언의 다양한 의미에 대해 공부한다. 우선, 그 기본적인 참배법을 엿보자.

①산문에 들어서기 전 합장한 후, 미즈야의 물로 손과 입을 헹군다. ②종각에 가서 종을 친 다음 본당에 향을 올리고 커다란 방울 와니쿠지를 흔들어 본존에게 순례하러 왔음을 알린다. ③자신의 이름과 주소가 적힌 오사메후다를 납찰 상자에 넣고 반야심경과 진언을 왼다. ④코보대사가 모셔진 대사당도 같은 방식으로 참배한다. ⑤납경소에서 기념 묵서를 받고 합장하며 산문을 나온다.

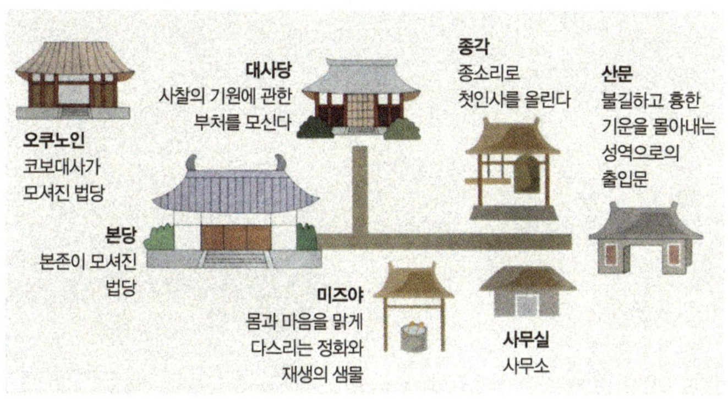

일러스트 출처: 시코쿠 88개소 순례여행 안내지도 / 헨로미치보존 협력회, 미와자키 다데키 지음, 무양당

3 | 길 위에서

추는
'살살 풀어'
살풀이 춤

몇 시가 좋을까? 걷기 시작하는 시간 말이다. 새벽 6시? 자신 없다. 7시? 가방 싸고 세수하고 아침 먹으려면 적어도 한 시간 전엔 일어나야 하는데, 과연? 8시는 너무 늦고. 순례 스케줄에 대한 나의 고민을 말끔히 해결해 준 사람은 뜻밖에 료칸 주인아줌마였다.

"오하이오 고자이마쓰(좋은 아침이네요)."

그녀가 새벽 5시 30분쯤 내 방문 앞에서 기상 나팔을 불었기 때문이다. 따뜻한 이불 속에서 만나는 동틀녘의 고요와 맑은 어둠, 밋밋한 밥 냄새, 사부작사부작 순례자들이 짐을 정리하는 소리. 기지개를 쫙 켜서 뭉그적거리는 잠을 몰아내고 두 다리를 살폈다. 아릿하게 쑤시던 종아리도 새끼발가락에 솟았던 물집도 밤사이 잠잠해졌다.

여장을 꾸려서 아침 먹으러 간 시간은 6시 15분쯤. 새하얀 하쿠이를 차려입은 오헨로상들이 끈적끈적한 청국장 낫또에 날계란을 똑 까서 잔멸치와 함께 더운밥에 비벼 먹는다. 평소 같으면 혀가 꺼칠하고 뱃속이 쓰려서 국물만 몇 숟갈 떠먹고 말았겠지만, 나는 알고 있다. 오늘 저녁 밥상 앞에 앉기 전까지 이런 진수성찬을 다시 만나긴 어렵다는 것을. 두부조림에 밥 두 공기를 거뜬히 비우고 낫또는 간식 삼아 배낭에 챙겼다.

"낫또로는 어림도 없어. 도시락을 준비해야지."

할아버지 오헨로상이 미끈한 영어로 말을 건다. 오늘 코스는 험난하기로 소문난 11번 후지이데라에서 12번 쇼산지까지 가는 '헨로 고로가시(험한 순례길)'이다. 하루 종일 산속을 헤매

게 될 것이니, 먹을 걸 넉넉히 준비하라는 말씀이셨다. 지도로
확인했을 땐 구멍가게라도 있을 줄 알았는데. 서둘러 료칸 아줌
마에게 주먹밥을 주문했다.

"한국에서 왔다고 했나? 오늘 잘 방은 예약했고?"
어제까지만 해도 침묵을 지키던 분이 휴대전화를 꺼내 손
수 료칸까지 잡아 주시고는 서울과 부산, 경주 불국사를 구경한
얘기며 돌솥 비빔밥, 불고기, 삼계탕에 대한 찬사를 쏼라쏼라
유창한 영어로 늘어놓는다.
"어쩜 그렇게 영어를 잘하세요?"
"얼마 전 캐나다로 어학연수를 다녀와서" 영어가 조금 늘

영어가 유창한 카토 상

동행이인, 코보 대사가 순례자와 함께 길을 걷는단 말씀.

었을 뿐이라는, 예순다섯 살 카토 상. 그가 오늘 나의 순례 도반이다.

　예순다섯은 도대체 어떤 나이일까? 직장에서 정년퇴임을 했을 만한. 어린 손자, 손녀들로부터 할아버지란 호칭을 들을 만한. 가까운 사람들의 죽음도 여러 번 봤을 만한. 세상에 안 당해 본 일 없노라고 떵떵거릴 순 있지만, 문자 메시지 보내는 게 당최 어렵기만 한 우리 아버지의 나이? 그런 나이에 영어 실력을 키우러 혼자 캐나다로 어학연수를 갔다 오셨단 말인가. 그래, 일본 정부에서 은퇴 연령을 70세로 연장하는 법안을 추진 중이라고 얼핏 들은 기억이 난다.

　"새 직장을 구하시려나 봐요? 하긴 요즘 영어는 필수니까."

등산화 끈을 묶으며 내가 물었다. 수다에 발목이 잡히면 곤란하다. 아침나절에 바짝 걸어야 점심 때 맘 놓고 쉴 수 있는 법.

"무슨 소릴, 은퇴한 지 벌써 3년이나 됐는데."

카토 상도 배낭을 둘러멘다. 드르륵 현관문을 열고. 7시 20분, 걷기 시작!

"에이, 그럼 뭐하러 캐나다로 어학연수까지 가셨어요?"

"거기 살고 싶어서."

"자녀분들이 캐나다에 사시나 보죠?"

"애들이야 도쿄에서 직장 다니지."

"그럼, 왜?"

"지루해. 60년도 넘게 한 나라에만 산다는 게."

카토 상은 은퇴하기 전까지 맘 놓고 여행 한번 못 해봤다며 지금이라도 느긋하게 삶을 바라보고 모험을 즐기고 싶다고 했다. 그는 일본의 베이비붐 시기(전후 1947년~1949년)에 태어난 '단카이 세대'와 맞물리는 또래집단으로 어렸을 적엔 유래 없는 수험 경쟁에 시달렸고, 대학 땐 학생운동에 목숨 걸다, 직장에 들어가서는 쉴 새 없이 일만 해서 일본을 경제 강국으로 키우는 데 청춘을 불사른, 그야말로 격동 30년의 주인공처럼 살았다. "일본 사회는 극도로 형식적이야. 잡다한 의무를 강요하는 데다 갱스터 같은 정치인들을 참아야 하고, 물가는 겁 없이 비싸!"

같은 액수의 연금으로 캐나다에서 살면 자연과 더불어 홀가분한 여생을 보낼 수 있는데 망설일 게 없다는 의견이셨다. 일본 전체 금융자산의 75퍼센트를 60세 이상 노년층이 소유하고 있을 만큼 금전적으로 풍족한 일본 노인들. 기초노령연금, 개호보험(노인요양 서비스 보험) 등으로 국가 및 지방자치단체로부터 복지 혜택을 받는 그들. 쇼산지로 향하는 가파른 산길 때문에 숨은 턱턱 막히는데, 일본 노인들의 여유가 은근히 탐난다. 박스 조각을 주우러 온 동네를 헤집고 다니는 한국의 할머니, 할아버지가 생각나서. 외환 위기, 구조조정 풍랑에 휩쓸려 명퇴당하고 강퇴당한 한국의 베이비붐 세대(1955년~1963년생)가 떠올라서.

얼마나 걸었을까? 지끈지끈 부러운 마음을 훌떡 걷어내며 몇백 년 묵은 편백나무 아래 거대한 코보대사의 동상이 나타났다. 하시야마 휴게소. 나는 배낭을 내려놓으며 카토 상에게 이번 순례의 목적을 물었다. "캐나다로 떠나기 전, 마지막으로 고향 산천을 유람하려고."라는 정도의 대답을 기대하며 던진 질문인데, 카토 상은 "수의를 마련하기 위해 걷는다."라는 뜻밖의 대답을 했다.

"시코쿠 88개 절의 스탬프가 전부 찍힌 수의는 아주 귀한 장례용품이야. 화장할 때 그 옷을 입으면 코보대사가 내 혼을 무사히 저세상까지 데려다 준다는구먼."

도보 순례로 묵서를 받아서 자신과 부인의 수의를 마련하고 싶은데, 더 나이가 들면 힘에 부칠 거란 걱정 때문에 서둘러 길을 떠나왔다고 말씀하셨다.

수의와 캐나다 이민 사이의 간극. 죽음이란 단어를 호주머

 일생에 한 번은 순례여행을 떠나라

뒤돌아보면 여전히 따라오는 길, 길

니에 넣고 다니면서도 이팔청춘 젊은이처럼 이민을 계획하시다니. 상반된 듯 보이는 '앞으로 남은 생애' 와 '죽음' 이라는 두 가지 의미를 자신의 미래로 받아들이는 그의 담담함 때문에 내 머릿속엔 묵직한 근심이 똬리를 틀었다.

늙음과 죽음은 서른세 살 나에게도 닥칠 미래, 내 노년은 어떤 모습일지. 늘그막에 아무도 곁에 없으면 어쩌나, 아픈데 병원비 댈 형편도 안 되면 어째? 한가한 생활, 여행, 수의. 그런 게 가당키나 할까? 울창한 갈림길마다 동행이인이라고 쓰인 리본이 방향을 알려 주고 믿음직한 말벗이 있는데도 괜스레 불안하다. 당장 보험이라도 들까 보다. 이렇게 남의 나라에서 실없이 돌아다닐 게 아니라 월급이 확실한 직장에 취직해서. 그러려면 연극을 때려치워야 하는데! 어느새 자리 잡은 걱정거리는 숲길 여기저기에 피어난 이름 모를 돌부처들을 따라 하나 둘 솟아난다. 내가 인생의 끝자리에 섰을 때 알맞은 준비를 하고 있을까? 이렇게 한가로이 길을 걸으며 지나온 생과 남은 삶을 가늠하게 될까? 이리저리 근심을 깨물며 죠도안이라는 버려진 절을 지나 묵묵히 길을 가는데 카토 상이 소리쳤다.

"내 지팡이!"

저런! 그는 하시야마 휴게소 근처 약수터에다 금강지팡이즈에를 깜박 놓고 왔다. 벌써 3킬로미터 이상 지나친 길. 카토 상은 지팡이를 찾으러 기꺼이 되돌아갔고, 나는 별안간 혼자가 됐다. 갑자기 배고픔과 피곤이 밀려온다. 마침 순례자를 위한 휴게소, 각 지방자치단체나 개인 후원자들이 만든 순례자 쉼터인 미치노이키를 발견하고 차디차게 식은 주먹밥을 꺼냈다. 대부분의 미치노이키가 정자 형태의 오두막인 데 비해 이곳은 다다미가 깔린 작은 방이다. 때가 꼬질꼬질 묻긴 했지만 이불도 몇 채 있고, 벽과 천장은 오사메후다가 부적처럼 붙어 있어서 어지럽다. 아마 가난한 순례자들을 위한 무료 숙소인 듯하다. 순례하는 동안 한 번쯤은 이런 곳에서 묵고 싶은데, 아직 엄두가 안 난다. 낯모르는 이와 같은 방을 써야 하고, 샤워도 할 수 없고, 화장실도 불편한 데다, 험한 꼴을 당할지도 모르는 일이므로 돈이 들더라도 료칸과 민수크를 이용하는 수밖에.

카토 상을 기다리려다 그만두고 홀로 걷는데 사뿐히 소나기가 내린다. 우비를 꺼낼까 말까. 배낭에 레인커버라도 씌우려

숙박이 가능한 루스이안 근처의 미치노이키

고 큰 나무 아래 섰다가 그만 죽은 너구리를 봤다. 피와 뼈와 살을 가진 죽은 것들은 이다지도 으스스한가. 혀를 비죽 내민 채 죽은 너구리는 제 불운한 사정을 들어 달라며 지독스럽게 보챘다. 만약 인간의 죽음이 수의와 관, 무덤, 장례식과 같은 형식으로 채워지지 않는다면, 길에서 뒹구는 동물의 시체처럼 아무렇게나 썩어 간다면, 그 죽음 안에 깃들었던 생명을 추억하거나 인식하기는 어려울 것이다. 카토 상이 수의를 준비하는 것, 건강한 노인들이 영정 사진을 찍는 것은 다 이런 속내일까.

내 발걸음 말고 아무 기척도 없는 고요에 휩싸여 십 리를 달려서 아련한 안개와 향기로운 삼나무가 꿈처럼 아득한 12번

안개에 잠긴 향기로운 마을과 절

절 쇼산지에 닿았다. 어제는 하루 만에 열 개도 넘는 절을 들렀는데 오늘은 두 개로도 벅차다. 나는 벤치에 가만히 앉아 신발과 양말을 벗고 흐르는 안개에 발을 담갔다.

둥근 절의 지붕, 둥근 돌부처의 얼굴, 둥근 하늘이 온몸을 어루만지는 편안함, 부드러움. 쇼산지의 모든 사물은 곱고 순하게 늙어간다. 스님에게 묵서를 한 장 받고 산을 내려오는데 자꾸만 섭섭해서 걸음이 더디기만 하다. 해가 지고 깜깜해진 후에야 카토 상이 예약해 준 료칸에 도착했다.

우와! 널찍한 히노키 탕을 가진 욕실, 방안 가득 감도는 나무 냄새, 새하얗게 날이 선 깨끗한 이불. 숙소가 내 맘에 쏙 든다. 헌데 카토 상은 지금 어디를 헤매고 계신 걸까? 지팡이는 찾았나?

"왜 이렇게 늦었어? 정말 재미난 소식이 있는데!"

엄마야! 나보다 20~30분 일찍 도착했단는 카토 상은 벌써 세탁기를 돌리느라 바빴다. 틀림없이 내가 먼저 왔어야 하는데. 길을 되돌아갔던 사람이 계속 전진한 사람을 앞서가는 것까지는 그렇다 쳐도 대관절 어디서, 어떻게 나를 앞지른 걸까? 소소한 경쟁의 시각으로는 이해할 수 없는 일들이 길을 걷다 보면 생긴다. 일상에서도 그렇겠지만. 꼴찌 하던 짝꿍에게 일등을 빼앗긴 우등생의 그런 기분.

"알고 있었어? 13번 절 다이니치지의 주지 스님이 한국 분이래."

"뭐라고요?"

산속의 깊은 고요, 쇼산지

그리고 그 고요를 밟는 순례자, 오헨로상들

"한번 찾아가 뵙지그래? 게다가 여자 스님이라는데."

누굴 만나 무슨 얘길 주워들으신 거지? 한국의 여승이 일본 절의 주지? 세상에나, 팔자가 얼마나 드세면 중 노릇 하는 것도 모자라 일본까지 왔을까? 탁발승도 아니고 수도승도 아니고 주지 스님이라니. 카토 상이 옮겨다 준 소식은 삽시간에 불이 붙어 저녁 밥상을 활활 데웠다. 어떻게 하면 그 스님을 잠깐이라도 만날 수 있을까? 잔뜩 흥분한 나머지 궁리에 궁리를 거듭했고, 결국 카토 상이 13번 절 다이니치지 안내소까지 동행해서 나를 소개하고 떼를 써보기로 했다.

다음날 새벽, 잠을 한껏 설치고 번개같이 일어나 카토 상과 길을 나섰다. 우리는 어제 올라왔던 만큼의 산길을 내려가면서 한국 스님에 대해 수십 편의 대하소설을 쓰고 수백 장의 초상화를 그려 대느라 힘든 줄도 몰랐다. 단숨에 20킬로미터를 달음박질쳐 13번 절 다이니치지에 들어섰다.

"잠시 기다리세요. 주지 스님께 여쭤보죠."

한국 손님을 모셔왔다는 카토 상의 애원에 우선 허락이 떨어졌다. 나를 만나 줄까? 어떤 분일까? 차라도 한잔 나눌 짬이 있으시면 좋으련만.

"아유 반가워라!"

또박또박 한국어 감탄사를 내지르며 어여쁜 중년 여인이 다가온다. 설마 저분? '파르라니 깎은 머리' 가 아니잖아. 언뜻 봐도 미인이라는 인상을 주는 그분은 검고 풍성한 머리칼을 다

소곳이 묶고 단정한 화장을 해서 스님이라고 믿기 어려웠다.

"무슨 연유로 혼자 걸어 다니누? 난 여기 사는 '묘선' 일세."

"스님이세요?"

"호호호호, 당연한 걸 왜 물어?"

이분의 정체는 무엇이란 말인가? 초면에 왜 머리를 기르셨느냐고, 화장을 해도 되는 거냐고 따져 물을 수도 없고. 인생의 뒷사연을 털어놓으랄 수도 없고.

"오늘은 어디까지 걸을 계획인가?"

묘선 스님이 얼빠진 채 꾸물대는 나에게 순례자의 본분을 일깨워 준다.

"17번 절 이도지까지 가려고요."

사진 몇 장으로 요약하긴 불가능한 묘선 스님의 인생

"그럼 이도지에 도착해서 전화하시게. 데리러 갈 테니."

그녀는 희고 고운 손으로 명함을 건네며 모처럼 고국에서 찾아온 나그네를 그냥 보낼 순 없고 하룻밤 재워 주겠노라고 했다. 무엇보다 고마운 것은 내 순례 계획을 존중해서 17번 절까지 마중 나와 주시겠다는 세심한 배려.

정신없이 한국말을 지껄이다 절을 나서자 카토 상이 나를 보며 헤헤 웃는다. 그럴 수밖에. 우리가 상상한 스님은 일제 강점기에 끌려온 조선 독립투사의 후손으로 한 많고 모진 생애를 살다 여승이 된 후덕한 몸매의 소유자였기 때문이다. 묘선 스님은 손놀림이며 몸맵시가 그저 곱다는 말로밖에는 표현이 안 되는, 거칠고 험난한 삶과는 거리가 먼 인생을 사신 분인 듯했다.

왼쪽부터 시계 방향으로 한국무용을 하실 때, 결혼식 때, 스님이 되셨을 때의 모습들.

그러니 더더욱 모를 일이었다.

추수가 끝난 논두렁 사이 길을 걷다가 16번 절 앞에서 카토 상과 헤어졌다. 오늘 그의 목표지는 여기까지다. 작별인사는 하는 둥 마는 둥 나는 새로 생긴 애인을 만나러 가는 심정으로 17번 절까지 내달렸다. 오후 5시 10분. 이도지의 문은 말끔히 닫혔다. 대부분 일본의 사찰은 오후 5시까지만 참배객을 허락한다. 나는 산문간을 기웃대다가 공중전화부스를 찾아 번호를 누르고 묘선 스님께 내 위치를 알렸다.

"원래는 춤꾼이었다네."

어쩐지, 몸 매무새가 보통이 아니더라니. 나를 데리러 온 묘선 스님이 13번 절로 돌아가는 자동차 안에서 과거의 한 자락을

방문객들이 바친 소원지들 때문에 절간 벽은 늘 알록달록하다.

털어놓으셨다. 그녀는 승무와 살풀이의 명인, 무형문화재 이매방 선생의 제자로 마흔이 넘도록 혼자 춤만 추며 살았다고 한다.

"무용단을 꾸리고, 해외공연 다니고, 대학원 공부에 돈벌이까지, 춤추기에도 모자란 청춘. 자네도 연극을 한다니 잘 알겠네, 뭐."

어둠이 차창을 포근히 감싸고 이야기도 속도가 붙어 옛 시절 그곳으로 달려간다. 묘선 스님이 여기 시코쿠에 눌러앉은 것도 다 춤 때문이었다. 시코쿠 문화재단 초청으로 도쿠시마 향토문화회관에서 승무를 공연하던 중, 우연히 관객으로 온 13번 절의 주지, 오구리고에이 스님이 그만 묘선 스님의 춤 맵시에 반해버리고 만 것이다. 한국 불교와 달리 일본은 메이지유신 5년

(1872년), 정부가 승려들의 육식 섭취·결혼·머리 모양을 자유롭게 허락하는 법령을 발표한 후 승려의 결혼생활이 보편화되었고, 사찰 또한 사유재산으로 인정해서 집안 대대로 상속한다. 고로, 상사병이 난 주지 스님은 도쿠시마 신문사 문화센터에서 살풀이춤 강습회도 마련하고 공연 기회도 만들어서 자주자주 묘선 스님과 정을 쌓고 인연의 그물을 깊이 드리워 결혼에 성공했다.

"그렇다고 배우자까지 스님이 돼요?"

"그럴 리가. 2007년 봄에 남편이 갑자기 죽었어. 우습지 뭐야, 우리 아이가 겨우 일곱 살이었는데. 그때만 해도 나는 나대로 서울, 일본, 뉴욕으로 돌아다니느라 바빴더랬지. 초청공연이 몰려드는 데다 마침 UCLA 교환교수로 선임됐었거든."

결혼한 지 꼭 11년 만의 일이었다고 한다. 나는 적당한 위로의 문장을 찾으려고 머릿속을 뒤졌지만 간단한 단어조차 발견하지 못했다. 내가 짐작할 만한 정도의 일이 아니었다. 묘선 스님은 남편을 떠나보내고 홀연히 지는 벚꽃을 보다가 그가 평생 보던 경전, 아침마다 들려주던 염불, 가슴에 품었던 부처라는 인격의 속뜻과 정체가 못 견디게 궁금했다고 한다.

"그걸 알아내지 않고서는 버틸 재간이 없더라고. 남편이 어떤 사람이었는지, 어째서 내 앞에 나타났다 훌쩍 사라졌는지. 속 시원히 캐볼 작정으로 스님 공부를 시작한 게야."

2차에 걸친 주지 스님 시험에 합격하고 100일간의 고된 수행과정을 거쳐 2008년 12월 19일, 주지의 계를 받는 묘선 스님. 이제 춤은 안 추시는 거냐고 여쭸더니 "그렇잖아도 내 춤이 살

묘선 스님이 계신 천년 고찰 13번 절 다이니치지

풀이랑 승무인데 더군다나 중이 됐으니, 춤대로 사는 셈 아닌
가.” 하신다.

한나절을 꼬박 걸어서 떠난온 절을 차를 타고 30분 만에 되
돌아왔다. 내가 헤맨 흔적은 지워져 버린 걸까. 더운 향내가 감
도는 뜰을 지나 절 안채로 들어섰다. 일반인에게 개방하지 않는
이곳은 승려들의 생활공간이자 공부방이다. 수를 가늠할 수 없
을 만큼의 많은 방과 닫힌 문, 그 가운데 환한 불빛이 비추는 곳
은 돌아가신 주지 스님의 영정이 모셔진 방과 김치전 냄새가 고
소하게 풍기는 식당뿐이다. 식당에 들어서자 나풀거리는 걸음
걸이의 처녀애가 “뭐 먹고 싶은 거 없으세요?”라고 한국말로 묻
는다. 고등학교 때부터 묘선 스님에게 춤을 배운 수제자로 절에
서 일을 도우며 유학 준비를 하는 중이란다. 모든 사람이 학교에
가고 직장에서 일하고 정해진 대로만 똑같이 사는 듯해도, 알고
보면 누구나 각자의 길을 걷는다. 그 사실이 유쾌하게 나를 흥분
시킨다.

젓가락과 숟가락이 나란히 놓인 푸짐한 저녁, 일본식으로
국물을 후루룩 마실 필요가 없는 한국식 밥상을 꼼꼼히 비우고
나자 묘선 스님이 욕실과 화장실이 딸린 널찍한 방을 내주셨다.
인간문화재 이매방 선생도 이 방에서 묵으셨다니 황송할 따름
이다.

일곱 살 때 목포권번 기생에게 춤을 배워 여든이 넘도록 무
대에 서는 이매방 선생님. 쉰한 살에 춤을 버리고 비구니가 된
묘선 스님. 그리고 지금 어느 료칸 방에서 잠을 청할 카토 상, 일

흔 살쯤엔 캐나다로 이민 가고 싶다는 그. 나는 쌀쌀한 다다미방에 그 인생들을 죄다 불러다 놓고 혼잣말로 이것저것 물어보고 그들의 대답을 가늠하다 곯아떨어졌다. 배낭만 겨우 벗고, 고린내 잔뜩 밴 양말을 신은 채로. 가장 좋은 패를 쥔 의기양양한 노름꾼의 벅찬 기분으로.

순례자로 변신하기 좋은 시간

시코쿠를 걷기에 가장 좋은 계절은 언제일까? 단연 봄·가을, 3~5월·10~11월이다. 여름엔 장마 때문에, 초가을(9월)은 태풍 때문에 무리수가 많다. 11월 하순까지 모기가 극성인 걸로 봐선 여름엔 모기, 파리마저도 여행의 고통스러움을 더할 것이다.

그러나 일본의 숱한 젊은이들이 방학을 맞아 여름에 순례를 강행한다. 순례길의 50퍼센트가 아스팔트인 만큼 더위와 탈진에 대한 대비가 필수다. 태평양 연안은 일본 최고 강수량을 기록하는 반면, 세토나이카 해안은 최저 강수량을 나타내는 지역이다.

의외로 12월 도보여행은 적당히 상쾌할 정도의 온도를 유지하며 이른 새벽, 늦은 밤, 강풍이 불 때를 제외하면 그다지 춥지 않았다. 한겨울엔 산에 눈이 오고 영업을 중단하는 료칸도 있으니 주의하자.

3~4월은 적은 양의 봄비가 자주 내려 귀찮을 것이고, 가을은 순례객이 인산인해를 이뤄 숙소 예약이 필수다.

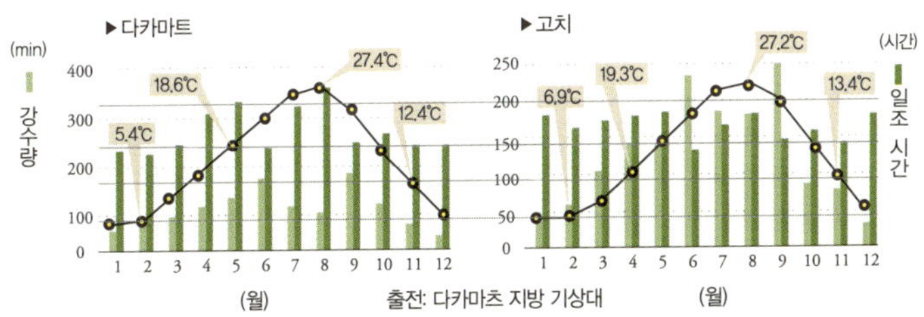

4 앗!
뜨거 호텔

바다다! 22번 절 뵤도지를 지나 묘진산 꼭대기에서 가쁜 숨을 고르는데 어깨 너머에서 바람이 비린내를 실어 왔다. 일주일 내내 산과 마을을 맴돌다 만난 동그랗고 환한 태평양. 멀리 졸음에 겨워 반짝이더니 산을 내려갈수록 무섭게 덮쳐 왔다.

파아, 파아. 요란한 인사를 마친 바다가 나에게 준 오셋다이는 1.5킬로미터의 모래사장. 덕분에 등산화 속에서 징역살이하던 불쌍한 발바닥이 다이노하마 해수욕장을 맨발로 걷는 호사를 누렸다. 물기 머금은 고운 모래는 최고의 발 마사지사. 한 걸음 옮길 때마다 찰싹찰싹 발바닥을 때리는데, 그 시원한 기운이 머리꼭지까지 뻗친다. 덩달아 파도도 발목까지 찰랑대며 자연 족욕을 해주니 무릉도원이 예 아닌가?

'허, 아니라면 어쩔래!' 라는 표정의 순례자가 모래사장에 퍼질러 앉아 발가락의 물집에 손부채질을 한다. 하나, 둘, 셋, 넷. 그들의 발바닥에는 천만 송이, 백만 송이 물집 꽃이 만발했다. 아예 발바닥 전체가 물집으로 부풀어서 한 치수 큰 신발이 필요할 성싶다. 저 상태로 소금기 가득한 모래사장을 맨발로 걷는다면 지옥 불이라도 만난 듯 화끈화끈 아릴 게다.

걷기 시작한 지 사나흘이 되면서 거의 모든 순례자가 물집에 시달렸다. 그들은 길에서 엉거주춤한 자세로 금강지팡이에 온몸의 체중을 실은 채 절뚝거렸고, 료칸에서는 계단을 오르내리며 규칙적으로 비명을 질러 댔다. 단 한 명, 나만 빼고. 물론 오른쪽 새끼발가락에 깨알만 한 물집이 쫌깐 자리를 잡았지만,

이내 사라졌고 더는 속 썩이지 않았다.

이건 죄다 해남에서 판문점까지 국토순례를 한 정만이란 친구가 알려 준 세 가지 비급을 쉼 없이 수련한 덕분이다 1〉 단 1분을 쉬더라도 등산화와 양발을 벗고 발을 말린다. 2〉 신발끈을 꽉 묶는다 3〉 샤워 후에 찬물을 받아 발을 담근다. 물집은 다양한 자극 때문에 견고하게 접착된 피부층 사이에 물이 고이는 일종의 상처다. 그래서 발바닥과 신발의 마찰력을 줄이고 적절한 통풍으로 습도를 낮추어 열기를 빼주면 최대한 예방할 수 있다. 순례 기간 내내 차돌만큼 매끈하고 단단한 발을 유지하고 싶다면 귀찮더라도 꼭 실천해 보기를.

"소독약 줄까요?"

부풀어 오른 물집을 터트리는 오헨로상에게 연고를 내밀었다. 그는 가볍게 사양하더니 배낭에서 바게트빵만 한 알로에를 꺼내 껍질을 벗기고 물컹거리는 알맹이를 발바닥에 문지르며 흡족해했다. 세균이라도 감염되면 어쩌나 염려스럽지만, 나름의 노하우를 존중하는 수밖에. 나는 그가 나눠 준 알로에를 햇볕에 그을린 손등에 발랐다. 얼음을 올려놓은 양 시원한 게 효험이 있는 듯했다.

"오늘은 몇 번 절까지 가요?"

지도를 펼치며 물었다. 그는 내가 아침에 떠나온 22번 절 보도지가 목표라고 대답한다. '사카우치', 1번부터 88번까지 순서대로 걷는 것이 아니라 88번 오쿠보지에서 1번 료젠지까지

역방향으로 도는 사카우치 순례자다. 그렇다면 이미 66개의 절을 거쳐 왔고, 순례의 4분의 3을 끝낸 셈? 끔찍한 물집을 달고 걸은 지 벌써 37일째란다. 세상에나! 물집이 단 한 개만 생겨도 괴로운데, 한 달이나 수많은 물집 덩어리와 동거했다니!

나처럼 순방향으로 한꺼번에 모든 절을 참배하면 '토시우치', 몇 년에 걸쳐 조금씩 나눠 돌면 '쿠기리우치'라고 한다. 대부분 직장인은 휴가 때마다 짬을 내서 쿠기리우치로 걷고, 여러 번 순례를 마친 사람들은 표지판을 거슬러 걷는 사카우치를 즐긴다. 사카우치 순례자를 만나면 숙소와 음식점, 슈퍼마켓 등 길에 대한 정보를 나눌 수 있다.

서로 역방향으로 걷기 때문에 기껏해야 일주일을 걸은 나도 선배로서 조언을 했고, 노숙 순례자인 그는 23번 절 야쿠오지 근처의 '하시모토 젠코야도'를 무료 숙박지로 추천했다. 무료 숙박? 귀가 번쩍 뜨이는 말이지만 미닫이문이 달린 버스 정류장이거나 다다미만 겨우 깔린 오두막일 게 뻔하다. 당장 지갑엔 1만 엔뿐이어도 우체국에서 현금을 찾으면 다시 넉넉해질 테고. 무엇보다 한데 잠을 잘 만한 배포가 없어서 약도를 그려 주겠다는 걸 마다한 채 기약 없는 작별인사를 했다. 부디 그의 물집이 단명하길.

성큼 다가왔던 바다가 어느새 숲 사이로 사라졌다. 철석대는 소리로 미루어 숲 너머에 바다가 출렁이려니 짐작할 뿐. 그렇게 한층 더 멀어진 바다가 나타났다 숨었다 하다가, 결국 파도소

리조차 자취를 감췄다.

땡볕이 장마비처럼 주룩주룩 내리쬐는 산간도로를 홀로 걸었다. 어제 만난 순례자가 화창한 날씨에 왜 굳이 골프우산을 쓰고 걸었는지 이제야 알겠네. 새벽녘을 걸을 땐 으슬으슬 추워서 언제 해가 뜨나 기다리다가 막상 해가 비치면 고생스럽고. 그렇다고 잘 곳도 못 찾았는데 와락 어둑해지면 또 햇볕만큼 절박한 게 없다.

듬직한 나무그늘 아래 짐을 내팽개치고 주야장천 머물고 싶은 마음을 살살 달래 아담한 항구 마을 히와사에 닿았다. 서둘러 우체국 ATM 기계를 찾아 현금카드를 밀어 넣어야 할 시간. 내일은 토요일이라 현금 인출기 사용이 오전 9시부터 정오까지로 제한되므로 미리 돈을 찾아 놓아야 안심이다.

"이 카드는 사용할 수 없는 카드입니다."

뭘 잘못 눌렀나? 사용할 수 없다니, 왜? 다시 한 번, 또다시. 여태까지 아무 탈 없이 멀쩡했던 카드였다. 몇 번을 되풀이해도 돈 나오는 기척은 없고, 자동응답기 여자가 튀어나와 "NOT IN SERVICE"라는 말만 반복했다. 우체국 직원들이 몰려와 애를 쓰고, 은행과 편의점 등 다른 곳의 ATM 기계를 사용해 보고, 한국 영사관에 전화해 도움을 청했지만 기계는 요지부동! 제발, 작동해 주렴. 지갑 속엔 오늘 저녁 료칸비밖에 없단 말이야! 벌써 오후 4시. 서울에 연락해 봤댔자 월요일에나 해결될 텐데, 1만 엔으로 3일을 어찌 버텨? 계산상으론 점심을 거르고 료칸비만 내도 한참 모자라는 돈. 신용카드로 긁으라고? 대도시의 호텔이

23번 절 야쿠오지의 108계단에 놓여 있는 1엔짜리 동전들.
일본에서는 남자 나이 마흔둘, 여자 나이 서른셋에 대액이 낀다고 믿어서 액막이 풍습으로 절의 계단에 동전을 올려놓는다.

大師堂
納礼入
写経奉納箱
財

라면 모를까, 시코쿠에서 신용카드는 무용지물인데 당장 오늘 밤을 어디서 보낼꼬.

빈 영수증을 쥐고 우체국을 나서는데, 마법에서 풀려난 재투성이 신데렐라처럼 초라한 꼴이라니. 가진 거라곤 꼬질한 배낭과 무거운 사진기, 시큼한 땀내가 밴 거추장스런 내 몸. 23번 절 야쿠오지로 향하는 발걸음은 추레하고 볼품없었다.

야쿠오지 산문간에 도착하자 요 며칠 얼굴이 익은 순례자들이 오늘은 어디 묵을 거냐고 묻는데, 아직 정하지 않았다고 얼버무리곤 씩씩하게 웃었다. 나는 왜 저들에게 도움을 청하지 못할까. 사정을 털어놓으면 무슨 방법이 생길 법도 하건만, 혹여 빈털터리가 됐다는 게 들통날까 겁나서 촉각을 곤두세우고 방어벽을 세웠다. 어찌 됐건 그들은 내가 처한 곤란함의 밑바닥으로 초대할 수는 없는 타인.

순간, 그동안 회복했던 몸과 마음의 균형이 흐트러지고 불편한 긴장감이 온몸을 지배했다. 여비가 바닥나자 아쉬운 건 물질뿐이고 특별한 경험, 내적인 변화 등 돈으로 환산할 수 없는 것들은 불필요한 짐처럼 느껴졌다. 편안하게 쉴 방과 누군가 준비해 둔 음식과 따뜻한 목욕이 보장되지 않으면 언제라도 걷기를 그만둘, 나는 고작 그 정도의 순례자였나?

어마어마한 어둠처럼 드리워진 108계단 퍼레이드, 23번 절 야쿠오지. 계단 하나하나에 놓인 1엔짜리가 내뿜는 엷은 빛이 아니었다면 올라 볼 엄두도 못 냈겠지. 일본사람들은 남자는

마흔둘, 여자는 서른셋에 대액이 낀다고 믿어서 액막이 풍습으로 절의 계단에 동전을 올려놓는다. 여자 나이 서른셋. 바로 내 나이가 일본식으로 치면 대액이 든 해로군. 가까스로 걸음을 옮겨 지금껏 대충대충 목례만 하던 부처님께, 코보대사께 제발 잠자리를 마련해 달라고, 가능하면 계단 위에 버려진 1엔짜리들을 내 주머니 속으로 긁어모아 달라고 빌고 또 빌었다. 해변에서 만난 순례자에게 무료 숙소 약도라도 받아 놓을 걸. 어쩌면 좋담? 오늘 료칸비를 써버리면 내일과 모레, 그 다음 날까지 물 한 모금 사 먹을 돈도 없는데.

대사당에 짠하게 맺힌 노을이 곧 어두워질 거라는 경고를 준다. 다급해진 나는 절을 뛰쳐나와 아무나 붙들고 무료 숙소를 외쳤다. 다행히 절간 앞 기념품 가게 주인이 도와줬는데, 그가 무료 숙소라고 데려간 곳은 다름 아닌 뷔페식당이다. '혹시 내가 식당을 찾는단 얘기로 오해했나?' 넓은 홀, 바쁘게 움직이는 종업원들, 손님과 주인은 간 곳 없고, 더욱이 공짜 잠자리를 기대하고 온 순례자는 눈을 씻고 봐도 없다. 일이 점점 꼬이는군. 나를 데려다 준 기념품 가게 주인은 어느새 사라졌고, 나는 황량한 벌판에 버려진 기분으로 뷔페식당 한가운데를 우두커니 서성였다.

"스미마센(실례합니다)."

종업원으로 보이는 스무 살쯤 된 앳된 여자애가 어깨를 톡톡 찌르며 따라오란다. 모르는 사람의 뒤꼭지를 무작정 따라가

레스토랑 한켠을 세놓은 하시모토 상의 젠코야도

느라 꼬깃꼬깃 졸아드는 자존심이여. 그녀는 음식이 진열된 뷔페코스를 지나 홀의 끝, 후미진 구석까지 가서 시커먼 문을 열었다. 휴… 이렇게 운치 넘치고 널찍한 은신처가 나를 기다릴 줄이야! 정갈한 다다미, 두툼한 이불, 커다란 유리창, 그 너머의 초록 나무가 지그시 눈인사를 한다. 순례자를 위한 무료 보금자리를 제대로 찾은 셈인가? 'bed room'. 여자애가 불쑥 내민 휴대전화 액정엔 그렇게 쓰여 있다. 외국인 오헨로상이 들이닥쳤을 때 그녀가 선택한 의사소통 방식은 휴대전화에 딸린 전자사전. 곧이어 'bath room' 이라는 새로운 단어가 제시됐고, 그녀는 조리실 뒤쪽 좁은 통로로 들어갔다. 오른쪽은 술 창고, 왼쪽은 홀의 내실과 통하는 작은 문, 그 사이 길목을 막아 반신욕 사이즈 삼나무 욕탕을 떡하니 만들어 놓았다.

이 뷔페식당이 순례자 무료 숙소라는 것도 놀랍지만, 무료 숙소라고 해서 대충 꾸민 오두막이 아니라 순례자들에게 필요한 것들을 꼼꼼히 갖췄다는 사실이 더 대견하다. 뜨거운 물이 펄펄 쏟아지는 욕조에 그만 가슴꼭지가 먹먹해 온다. 저녁은 뷔페식으로 제공하고 내일 아침도 공짜로 준다니. 이렇게 정성을 쏟은 주인은 누굴까? 나그네의 심정을 어루만지고 내 갑작스러운 불운을 막아 준 사람은?

나는 순례자를 위해 특별히 마련된 삼나무 목욕통에서 묵은 때를 벅벅 밀고 빈둥대기가 뭣해 방을 쓸고 구석구석 치웠다. 다다미에 낀 먼지가 나붓이 일어나고 괴롭던 마음이 차츰 환해진다. 현금 인출기가 말썽을 부린 사소한 사건. 월요일까지만

레스토랑 종업원이 안내해 준 순례자 전용 욕조!

시간을 벌면 어떻게든 해결될 일. 그때까지 불안함에 휘둘리지 않기를 바라며 갸륵한 내 짐들을 정리했다.

"오헨로상!"

나를 부르는 이는 이곳의 주인, 하시모토 상이다. 아침나절 해변에서 만난 순례자가 추천한 '하시모토 젠코야도'가 바로 여기다. '젠코야도'란 한문으로 '善宿泊(선숙박)', 즉 잠자리를 오셋다이 한다는 뜻으로 개인이 자기 집 일부를 오헨로상 숙소로 내놓는 방식이며, 그 역사가 18세기 에도 시대까지 거슬러 올라간다. 옛날 옛적 궁핍한 하층민의 종교 순례뿐 아니라 풍류를 즐기는 시인이나 광대에게 무료 잠자리를 제공했다는데, 과거 보러 가던 선비가 하룻밤 신세를 지고 남사당 놀이패가 부잣집에 머물며 놀이판을 벌이던 조선의 풍습과 무엇이 다르랴. 시코쿠 순례길을 통틀어 대여섯 곳의 각각 다른 젠코야도가 있고, 올해 예순둘인 하시모토 상은 장장 20년 동안 이 젠코야도를 운영했다.

그는 네모반듯한 찬합에 개인 밥상을 세 개나 챙겨서 나에게 음식 배달을 가자고 청했다. 밀가루 반죽이 잔뜩 튄 앞치마를 두르고 대머리를 반짝 빛내면서. 뭣 모르고 따라 나선지라 어느 집에서 저녁을 주문했으려니 여겼는데, 자동차가 도착한 곳은 불 켜진 버스가 서 있는 휑한 공터였다. 여기가 어딜까? 이 버스는 또 뭐지? 시동이 걸리지 않는 이 낡은 버스는 남자 순례자들을 위한 젠코야도였다. 내부를 완벽하게 리모델링해서 침실로 쓰기에 충분했고, 여러 오헨로상들이 남기고 간 낙서와 오사메후다 때문에 독특한 멋이 흘렀다.

하시모토 상이 세 명의 순례자에게 빈 찬합을 받고 뜨끈한 저녁을 나눠 주었다. 반찬이 조금도 남지 않은 가난한 그릇과 진수성찬의 물물교환. 싸늘했던 버스 안은 음식이 뿜어내는 온기로 은근히 데워졌고, 순례자들은 피곤에 지친 눈을 반짝이며 고맙다는 인사를 연거푸 했다.

하시모토 상은 뷔페식당과 료칸을 동시에 운영하는데, 아침부터 오후 3~4시까지 식당을 열고 저녁엔 료칸 손님들을 돌보느라 바빴다. 그 와중에 짬을 내어 순례자들에게 매일매일 공짜 도시락을 배달한다는 것. 도무지 굳은 결심이나 의무감만으로는 불가능한, 특별한 즐거움 때문 아니겠는가?

생각해 보면 방값 6,000엔을 꼬박꼬박 지불할 사람만 순례자가 된다면 뭔가 불공평한 구석이 있다. 가난한 인생도 삶이 청하는 춤을 넘실넘실 추어 대듯 여비가 빠듯한 순례자도 꾸역꾸역 밀려드는 기쁨을 맛보고 취할 권리가 있는 법이다. 나라고 언제 돈이 넘쳐서 여행을 나섰던가? 늘 가난한 여행자여서 물가가 싼 동남아에서도 가장 싼 음식점과 허름한 게스트하우스를 찾아다녔고, 흥정 없이 기념품을 산 기억도 없다. 주머니에 현금이 두둑해도 싸구려 버스를 타고 제멋대로 일탈을 즐겼다. 자유로움. 일본의 잘 차려진 료칸에 묵으면서 내가 잃어버렸던 건 바로 자유로움이었다. 료칸을 고집하지 않는다면 1만 엔은 열흘은 버틸 만한 액수인데, 돈이 없다고 투덜대다 모든 걸 집어치우려

했다니. 앞으로 나는 어떤 여행을 할까. 어떤 삶의 언저리를 기웃거리게 되려나.

식당으로 돌아온 하시모토 상은 싱싱한 회를 뭉텅뭉텅 썰어 식탁에 놓고 뷔페 음식 진열장에서 원하는 음식은 뭐든 골라 먹으라고 들뜬 목소리로 소리쳤다. 각종 스시와 고로케, 도미구이, 장어조림, 일본식 단팥죽-젠자이, 레몬에 무친 고등어회-시메사베, 이제껏 먹어 보지 못한 수많은 음식들이었다. 한껏 흥분한 식욕은 괴성을 질렀고 하시모토 상은 내 식사 시중을 들었다.

난감한 것은 우리의 언어 장벽이었다. 이제까지 줄곧 손짓 발짓으로 무작정 떠들어 댔지만 독대하고 앉아 보디랭귀지를

하시모토 상은 버스를 개조한 젠코야도에 도시락을 날라 주느라 언제나 저녁 시간을 비워 둔다.

고집할 순 없고, 침묵으로 일관하기도 싫고. 생각 끝에 메모지와 펜을 가져왔다. 고교 시절 한문선생님을 흠모한 덕분에 몇 자 알게 된 한자, 일본어의 근간을 이루는 한자로 조심스럽게 필담놀이를 시작했다.

"妻(처)?"라고 묻자 얼마 전 둘째 딸 결혼식에서 찍은 가족사진을 보여 주신다. 그는 여덟 살 연하인 부인과의 사이에 1남 2녀를 뒀는데 다들 결혼해서 흩어져 살고 뷔페식당 뒤편, 자신이 경영하는 료칸에 딸린 살림집에서는 부인과 단둘이 지낸다. 젊어서 료칸 사업으로 돈을 벌었고, 손님으로 묵는 오헨로상들의 고초를 누구보다 잘 알았던지라 그들을 위해 젠코야도를 시작했다고. 아마 죽을 때까지 이 일에 매달리지 않겠느냐며 웃는다. 입에 맞는 요리 이름을 물어보면 당장 부엌으로 달려가 재료에 해당하는 생선과 채소를 집어와서 장황한 설명을 덧붙이고, 잡동사니 속에서 한국 주소가 쓰인 편지봉투를 찾아내 젠코야도에서 신세 진 순례자니까 돌아가거든 안부를 전해 달라고 했다가, 몇 년 전 KBS한국방송국이 자기를 찍어 갔다며 자랑을 늘어놓으셨다. 밥상에는 한자를 갈겨 쓴 메모지가 발라 놓은 생선 가시 모양 수북이 쌓였고 유쾌함이 넘쳤다.

식사를 마치고 설거지를 하려니까 절대로 못 하게 말리시며, 이젠 료칸 일 도우러 갈 시간이라며 그 큰 식당을 내게 맡기고 사라지셨다. 아무도 없는 고요한 식당. 부엌엔 화기들로 가득하고, 계산대 위에는 잠가 놓은 금고와 팔려고 내놓은 기념품들이 빼곡히 쌓였는데, 이 모든 걸 나에게 맡기다니! 아무리 순

레자라지만 뭘 믿고 그랬을까.

한 가지 일을 20년이나 하다 보면 별별 사건이 다 생긴다. 연극학교에 다닌 것까지 통틀어 꼭 10년 동안 연극을 한 내 경우만 해도, 공연 전날 무대가 무너지는가 하면 공연 중에 배우가 다치는 사고는 물론 관객이 오지 않아 공연이 취소된 불상사도 겪었다. 어떤 순례자는 가게 물건을 슬쩍했을지 모른다. 아마 그보다 더 큰 탈이 났었을 수도. 고베 대지진이 난 1995년, 집을 잃은 고베 사람들이 순례자를 가장하고 시코쿠로와 도둑질을 일삼았다는 소문을 어느 절간 관리인에게 들었었다. 그런 실망스런 상황을 당하고도 이 일을 계속하는 힘은 도대체 어디서 나오는 것일까? 나는 어째서 줄기차게 연극을 하나? 순례자랍시고 해만 뜨면 의심없이 걷는 이유는? 일상 속에서 반복되는 자잘한 절망과 어쩔 수 없는 장애물, 누구나 그것들과 끊임없이 타협하며 자기만의 중심을 찾는다. 혹여 그것이 몹시 서툰 화해일지라도 궁색하지 않기를, 뒤바뀜의 여지가 넉넉히 남아 있기를 바라면서.

나는 식당을 지키는 파수꾼이라도 된 양 환하게 켜진 형광등을 하나 둘 끄고 방으로 들어왔다. 수백, 수천 명의 순례자가 덮고 잔 꿉꿉한 이불. 그 속에 내 몸을 밀어 넣고 잠을 청한다. 고치처럼 웅크리고, 나그네의 옛 노래를 흥얼거리며.

고소한 냄새에 문득 잠을 깨니 창문에 아침 햇살이 환하고 하시모토 상이 부엌에서 부지런히 계란말이를 부치고 있었다.

하시모토 상의 특별 요리들

일본의 계란말이가 매끈하면서도 두툼한 데는 특별한 비법이 있다. 계란 15개를 깨트려 다시마 국물, 설탕, 소금, 후추와 함께 믹서에 넣고 돌린 다음, 체에 거르고, 달궈진 프라이팬에 얇게 부어 반쯤 익힌다. 내가 만들 땐 여기서 둘둘 말아 버리고 끝인데, 그는 프라이팬의 반쯤까지만 말고서 다시 계란 물을 붓고, 저민 생강을 얹고서 익힌다. 그러기를 3~4회 반복하자 아주 두툼한 타마꼬야키 계란말이 완성.

나도 해보겠노라 설쳤더니 "아쯔이, 아쯔이." 주의를 준다. 아쯔이? 그게 무슨 말이지? 하시모토 상은 프라이팬을 만졌던 손가락을 호호 불며 귀에 가져다 댄다. 아, 뜨겁다는 뜻이구나. 그는 다섯 개의 계란말이 중 한 개를 내 도시락으로 내줬다. 그러면서 오늘 하루 종일 걸으면 해질녘 가이후라는 마을에 도착할 텐데, 그곳에서 기차를 타고 다시 젠코야도로 돌아와서 하룻밤을 더 묵고, 내일 가이후역으로 돌아가 순례를 시작하면 어떠냐고 제안하셨다.

"배낭은 자던 방에다 놓고 꼭 필요한 것만 들고 가볍게, 가볍게."

이 고즈넉한 공짜 호텔에서 하룻저녁 더 신세를 져도 된다는 후덕한 허락. 방값을 아껴서 좋고, 돈 걱정에서 놓여나니 더욱 좋고, 무엇보다 타인이 베푸는 뜻밖의 배려가 가장 귀중하다. 이토록 넘치는 흐뭇함을 몸속 어딘가에 숨겨 놨다가 지긋지긋한 불운이 다시 덮칠 때면 살포시 꺼내 봐야지.

최초로 맞는 짐 없는 도보여행. 물, 카메라, 가이드북, 우비, 지갑만 달랑 들고 길을 나섰다. 통증 없는 어깨, 가뿐한 발걸음, 달큰한 행복감이 동행해 줄 거라 기대했는데 예상과 달리 국도로 이어지는 여정은 지루하고 피곤하기만 했다. 문제는 짐이 아니라 길 자체인지도 모른다. 걷기를 그만두지 않는다면 까마득히 이어지는 길. 무거운 배낭을 졌든 단출한 맨몸이든 에누리 없기는 마찬가지다.

좁은 인도, 줄지어 달리는 트럭들, 산을 뚫고 시커멓게 입을 벌린 터널. 빨간 삿갓을 쓴 안내 표지가 터널 속을 가리킨다. 설마 저 속으로 걸어가라는 건가? 한참을 망설여도 길은 터널로 통하는 외길이다. 거대한 진공청소기처럼 먼지 소용돌이가 휘

늙은 연금술사가 만든 뜨거운 동전들

몰아치는 터널을 눈, 코, 입, 귀 몸의 모든 구멍을 한껏 움츠려 견딘 끝에 가까스로 빠져나왔다. 나를 툭 뱉어 놓은 터널. 동물의 내장 같은, 오래 묵은 자궁 같은 그 속을 지나는 동안 나는 무엇이 달라졌을까. 터널의 어둠을 골똘히 쳐다보는데 얼음처럼 찬비가 흩날린다. 가을을 데리고 올 것만 같은 으슬으슬 추운 비였다.

철로를 따라 이어진 국도는 무기쵸를 지나면서 바닷가로 들어섰다. 사납게 으르렁대는 바다는 어제의 다정한 표정을 잃고 수십번, 수백 번씩 내 따귀를 갈겼다. 태풍을 상대로 싸울 무기가 겨우 우비뿐이라니! 애달픈 한숨을 토해 내는데 우산도, 우비도 없이 배낭만 비닐봉지로 동여맨 오헨로상이 저기, 멀리

앞서간다. 나를 북돋우는 누군가의 묵묵한 행위, 조용한 실천. 아스팔트 빗길 위에 그가 찍어 놓은 발자국이 남았을 리 없지만 더듬더듬 흔적을 짚어 볼 수 밖에.

하루 종일 쉴 곳을 못 찾다가 고가도로 아래 외롭게 놓인 벤치를 발견했다. 반나절 만에 옷과 신발을 벗어 말리고 하시모토 상이 싸준 굵직한 계란말이를 꼭꼭 씹어 삼킨다. 내 유일한 식량이 알려 준 삶의 비린내와 차디찬 빗물. 그걸 꿀꺽 삼키는 목구멍이 먹먹하다. 잔뜩 비를 맞고 도착한 다음 순례자에게 벤치를 넘겨주고 물리도록 걸어서 가이후 역에 닿았다. 돌아갈 연고지가 생긴 떠돌이의 심정은 이토록 당당하고 설레는 것인가? 벌써 여러 번 이 기차를 타봤다는 듯 목적지도 묻지 않고 한 량 짜리 통근열차에 몸을 실었다.

산더미처럼 까놓은 붉은 생강, 드럼통에 가득 감긴 회, 껍질을 벗긴 몇 자루의 우엉. 저녁 7시가 넘어서 돌아온 식당은 사뭇 바빴다. 나는 서둘러 목욕을 마치고 조리실로 들어가 일을 도왔다. 비바람에 녹초가 된 몸속 어디에 그런 힘이 남았었는지 생강을 저미고, 레몬 소스에 회를 버무리고, 삶은 계란을 까고, 맡은 일마다 덥석덥석 해내서 사람들을 놀라게 했다.

하시모토 상은 그 와중에 저녁을 챙겨 주며 내일 올 단체손님들 때문에 일이 밀려 함께 저녁 먹긴 틀렸다고 서운해했다. 그러면서 조그마한 봉투 하나를 내미는데, 세상에! 그 속엔 공손한 빛을 발하는 동전이 한 움큼 담겨 있었다. 순례를 무사히 마치길 바라는 오셋다이라며 건네주었다.

"이에(아니에요), 이에, 이에!"

이미 엄청나게 많은 걸 받고 돈까지 챙기는 게 부끄러워 봉투를 극구 사양했다. 헌데 그가 자신의 주름진 손바닥에 '福' 자를 쓴다. 반짝이는 동전은 2008년 새로 발행된 신권! 1엔짜리가 10개, 10엔짜리가 5개, 100엔짜리가 5개, 500엔짜리가 1개. 이 돈은 물질이 아니라 '복'을 가져다주는 심부름꾼이다. 이 늙은 연금술사는 동전들을 달구고 녹여서 황금처럼 묵직하게 만들어 놓은 것이다.

"아쯔이(뜨거운), 아쯔이. 아쯔이 호텔 데스(뜨거운 호텔입니다)."

나는 나도 모르게 가슴을 두드리며, 음식 냄새가 가득 밴 식당을 가리키며, 목젖까지 차오른 뜨거움에 대해 말했다. 어리둥절한 하시모토 상은 조용히 앞치마를 벗고는 남자 순례자들에게 저녁 배달을 나섰고, 나는 아무도 없는 식당 안에 오롯이 서서 아직도 공기 중에 떠도는 후끈한 열기를 천천히 느꼈다. 그릇에도 식탁에도 간장종지에도 하루 종일 대신 비를 맞은 우비에도 묵묵히 일상을 견딜 당신에게도 감사 인사를 해야 할 것만 같았다.

 # 민선이의 순례 일지

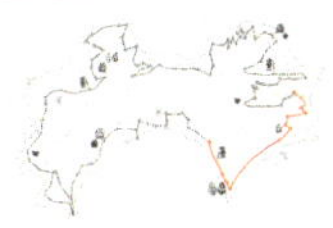

2008년 10월 13일 1일 동안

16.8km   4.0km   13.1km   총 33.9km

17번 이도지   18번 온잔지   19번 다츠에지   20번 가쿠린지

해마다 8월 중순 도쿠시마 현 전역에 일본에서 가장 큰 축제 중 하나인 '아와오도리' 축제가 벌어진다. 이 기간에 도쿠시마 현을 걷는 순례자라면 '아와오도리' 축제를 놓치지 말 것.

2008년 10월 14일 1일 동안

6.7km   10.9km   19.7km   총 37.3km

20번 가쿠린지   21번 다이류지   22번 뵤도지   23번 야쿠오지

잠깐 쉬면서 기차를 이용하고 싶다면, 23번 야쿠오지 JR히와사역에서 가이후역까지 기차로 이동할 수 있다.

2008년 10월 15일~17일 3일 동안

75.4km   6.5km   총 81.9km

23번 야쿠오지   24번 호츠미사키지   25번 신쇼지

해안가에서 해적 요리를 즐겨 보자. 해적 요리는 싱싱한 어패류를 불에 구워 먹는 이 지역의 별미.

2008년 10월 18일 1일 동안

3.8km   27.5km   총 31.3km

25번 신쇼지   26번 곤고쵸지   27번 고모미네지

4현 4색 미각 순례

순례자의 고단한 몸을 풀어 줄 점심 메뉴는 뭘까? 간단한 주먹밥과 초밥에 이력이 나면 든든하면서도 맛깔스런 시코쿠 지방의 특별한 라멘과 우동을 즐겨 보자. 시코쿠(四國)라는 이름처럼 도쿠시마 현, 고치 현, 에히메 현, 가가와 현 까지 총 네 개 현으로 구성된 이 지역은 일본을 이루는 네 개의 큰 섬(홋카이도, 혼슈, 규슈, 시코쿠) 중 가장 작아서 전통적인 생활방식과 독자적인 조리법이 고스란히 남아 있는 곳이다.

도쿠시마 현(아와) – 1번 절 료젠지에서 23번 절 야쿠오지까지

도쿠시마 라멘 _ 돼지뼈를 뽀얗게 우려낸 돈코츠 라멘의 일종이다. 도쿠시마 라멘만의 특징은 짜고 달달한 간장에 졸인 돼지고기와 날계란을 고명으로 얹는다는 점. 도쿠시마 시내에만도 100여 개의 전문점이 영업 중이다.

다라이 우동 _ 옛날 나무꾼들이 일을 끝내고 우동을 삶아 동료들과 솥단지째 먹던 것에서 유래되었다. 88번 절 순례를 끝내고 1번 절로 돌아오는 길목의 도나리마치 근처 식당에서 계곡물 소리를 들으며 쫄깃한 우동을 다라이(대야)째로 맛볼 수 있다. '진조쿠' 라는 민물고기로 국물을 낸 별미.

고치 현(도사) – 24번 절 호츠미사키지에서 39번 절 엔코지까지

나베야키 라멘 _ 담백한 닭 육수에 가느다란 면발, '치쿠와' 가 어우러진 토기냄비 라멘. 치쿠와는 고마츠시마 시의 특산물로 대나무 마디에 끼워서 익힌 고소한 오뎅. 36번에서 37번 절로 가는 스사키 시에서 나베야키 라멘이 유명하다.

에히메 현(이요) – 40번 절 간지자이지에서 65번 절 산카쿠지까지

오색 소면 _ 에도 시대부터 유래된 다섯 가지 색깔의 국수. 녹차로 초록색을, 계란으로 노란색을, 메밀로 갈색을, 매실과 차조기로 붉은색을, 아무것도 넣지 않은 백 밀가루로 흰색을 냈다. 인공첨가물을 섞지 않은 무공해 천연 재료라 더욱 인기다.

가가와 현(사누키) – 66번 절 운펜지에서 88번 절 오쿠보지까지

사누키 우동 _ 가가와 현은 일본 내 밀가루 소비량 1위를 자랑할 만큼 우동집이 많다. 신호등보다 우동 가게가 더 많다는 농담이 생길 정도. 반죽을 발로 밟아 면발이 쫄깃하고 정어리 간장으로 맛을 내며, 가게마다 개성 있는 우동을 내놓는다. 코보대사가 진언종과 함께 전파했다고 알려졌는데, 84번 절 입구의 와라야 우동집, 85번 케이블카 매표소 근처의 야마다야 우동집은 담백한 맛 때문에 명성이 자자하다.

*아와, 도사, 이요, 사누키는 각 현의 옛 명칭.

5 | 달빛을
이불 삼아
바람을
베개 삼아

진저리나게 보채던 바람이 이제야 잠들었다. 고치 현에 들어서면서부터 동행한 바람은 자꾸만 삿갓을 벗겨 내 귀찮게 했고, 산비탈을 기어오르는 발걸음을 짓누르곤 했다. 배낭 무게가 대략 10킬로그램 정도라지만 육중한 바람의 체중을 더하면 곱절은 더 무거울 것이다.

고개를 댕강 떨어뜨리고 땅만 보고 걷기를 몇 시간째, 30번 절 젠쿠라지로 향하는 마을 길에 단풍이 곱게 나린다. 벌써 11월, 날짜로 치면 푹신 익은 늦가을이지만 여전히 반소매를 입을 만큼 더운데, 식물들만이 민감한 변화를 눈치 채고 생명의 순환을 시작했다. 과수원의 붉은 감들, 들판에 길게 엮인 짚가리가 고요하면서도 바쁘게 겨울을 준비하고 있었다.

나는 슬슬 이 여행이 고역스럽다. 지루하게 반복되는 일상, 다를 게 없는 고만고만한 사찰들, 죄의식을 안겨 줄 만큼 치솟는 환율, 그리운 사람들. 나무들이 제 잎들을 떨어트려 계절이 깊어 갈수록 집이 그립고 배낭은 무겁게 어깨를 짓누른다.

주택가 한복판에서 터질 듯한 오줌보를 움켜쥐고 화장실을 구걸하는 일도 지겹긴 마찬가지다. 오늘은 다행히 미용실이 있어서 뛰어 들어갔지만, 가게 바닥은 내 흙 묻은 발이 불쑥 끼어들기엔 아까울 정도로 한없이 깨끗하고 새하얗다. 속수무책으로 실례를 무릅쓰는 사람의 누추한 심사. 초라한 마음을 가방에 잔뜩 지고 화장실 문을 열고 들어가, 배낭을 벗고 바지를 내리고 오줌을 눈 건지, 한참을 운 건지, 모르겠다.

못된 짓을 하다 들킨 것처럼 황급히 미용실을 나와 도망치듯 달려서 젠쿠라지에 들어섰다. 신사 맞은편에 자리 잡은 이 절은 여태껏 구경한 절 중에 가장 온화하고 부드럽고 개방된 절이다. 오래된 목조 건물은 반들반들 윤을 냈고, 본당 내부는 자유롭게 드나들도록 문을 활짝 열어 놓았다. 신발을 벗고 삐걱거리는 나무의 살을 밟는 기분. 한적한 뜰 안 늘어진 버드나무가 된 듯, 풍경 속에 자리한 사물이 된 듯, 어깨를 짓누르던 우울한 기운이 슬슬 누그러졌다.

"여긴 젠쿠라지가 아닙니다."

아뿔싸, 묵서를 받으러 납경소에 갔다가 이 절이 30번 젠쿠라지가 아니라 88개 절에 속하지 않는 번외 사찰, 안쿠라지라는 걸 알았다. 88개 사찰 중 몇몇 절은 다른 불교 종파의 사찰과 나란히 붙었거나 신사와 마주해서 정작 순례할 절이 어디인지 헷갈리는 경우가 종종 있다.

30번째 절은 그보다 특별한 사연을 지닌 절로, 파란만장한 내력이 19세기까지 거슬러 올라간다. 일본 정부는 메이지유신 때 불교를 타파해야 할 구습으로 규정하고 "불교를 뿌리 뽑자."라는 구호 아래 사찰과 불상을 무차별적으로 부수고 불교 신자들을 조직적으로 탄압했다. 천황의 절대 권력을 강화하기 위해 일본 토속신앙 '신도'를 불교보다 우위에 세우고자 한 정책이었는데, 1872년 전국적으로 1,066곳의 절이 폐쇄됐으며 승려들에게는 환속 명령이 내려졌다. 승려에게 육식과 결혼, 긴 머리를 허락한 것도 이 환속 방침의 일부였다.

30번 절에서 밀려난 번외 사찰 안쿠라지

젠쿠라지는 이 시기에 폐사되었다가 1929년 새로 지어졌다. 그 과정에서 옛 절을 안쿠라지, 새 절을 젠쿠라지로 명명했는데 문제는 주인이 다른 안쿠라지와 젠쿠라지 두 절 모두 30번째 절로 뽑히고자 했다는 것이었다. 일본 각지에서 매년 15만 명 이상이 88개 절을 순례하러 시코쿠에 몰린다. 그들은 300엔을 내고 묵서를 받을 뿐 아니라 기념품을 사고 불사를 하며 사찰에 딸린 유료 숙박시설 '슈쿠보'에 묵는다. 결국, 어떤 절이 순례 코스에 속한다는 것은 여러 가지 의미를 차치하고라도 대단한 경제적 특혜를 가진다는 뜻이었다. 두 절은 1993년까지 서로 30번째 사찰임을 주장하며 끊임없이 말썽을 일으키다가 1994년 1월 1일, 새로 지은 절을 30번째 사찰로 인정하면서 싸움을 끝냈다.

　그런 내력 때문인지 안내를 받아 찾아간 젠쿠라지는 동네 슈퍼처럼 사람들만 북적댈 뿐 고즈넉한 인품이 느껴지지 않았다. 진짜와 가짜를 가릴 건 아니지만, 역사의 굴곡 속에 살아남은 안쿠라지를 제쳐 두고 겉만 그럴듯한 젠쿠라지를 30번째 절로 명명한 속내에 동의하긴 싫었다.

　절에 대한 흥미가 뚝 떨어져 묵서는 받지도 않고 획 돌아나가려는데 "운동화 끈 풀렸어." 삿갓 밑에 푸른 눈동자를 숨긴 오헨로상이 상냥한 충고를 했다. 처음 만난 외국인 순례자! 그가 외국인이라는 게 반가워서 덜컥 악수를 청했다.
　"난 한국에서 왔어."

“그럼 너도 일본말 못하니?”

“완전 엉터리.”

“나도!”

유럽을 여행하다 일본사람을 만나면 잔잔한 안도감을 느꼈다. 희고 거대한 몸집이 우글대는 물결 속에서 나와 같은 피부색, 같은 체격을 가진 사람이 지구상에 존재한다는 증거가 필요했으니까. 시코쿠를 걷는 동안 어떻게든 외국인을 만났으면 했다. 피부색이야 어떻든 이곳의 말과 문화가 낯설고 버거운 사람. 그런 사람을 만나 그간 겪은 생소함에 대해, 서로의 미숙한 대처에 대해 얘기 나눌 수 있길 간절히 바랐다.

이탈리아가 고향인 로자리오는 일본 여행이 처음이라고 한다. 시체라도 몇 구 들쳐 멘 것같이 커다란 배낭을 짊어져서 걸을 때 나보다 큰 그림자를 품고 다니는 그는 영국에서 언론사진학을 공부하는 늦깎이 학생이었다. 학기가 시작하기 전 긴 여행을 하고 싶어서, 수련 중인 동양 무예의 고수를 만나겠다는 드라마틱한 이유로 무작정 일본에 왔다고 한다.

“무술을 할 줄 안다고?”

“평소엔 한두 시간씩 규칙적으로 연습해.”

그가 기합을 넣으며 성룡 같은 포즈를 잡았다.

“우와! 어디서 배운 거야?”

“이건 아주 기본적인 자세인데 뭐. 도쿄에서 더 배우려고 했지만.”

로자리오가 신묘한 내공을 쌓은 고수에 대해 아는 것이라

곤 이름뿐이었다. 어떻게든 만나 보려고 수소문을 했건만, 일본어를 전혀 모르는 그가 할 수 있는 건 고작 유스호스텔에서 인터넷을 검색하는 것. 여비는 점점 바닥나고 이러다간 계획한 3개월은 고사하고 3주도 못 채우고 집으로 돌아갈 상황이었다. 그러던 중 가이드북에서 '순례자의 길'을 발견하고 시코쿠로 와서 걷기 시작했다고 한다. 알뜰한 비용으로 일본을 속속들이 여행하는 가장 현명한 방법을 찾아낸 것이다.

그의 배낭이 내 키만큼 커다란 것은 그 속에 '집'이 들어 있기 때문이다. 로자리오는 하루에 600엔, 적으면 300엔을 쓰는 자린고비 노숙 순례자다. 지난주까지만 해도 노숙 순례자들을 그저 신기한 눈으로만 바라보고 대단하다 격려하면서도 은근히 무시했던 내 태도는 치솟는 환율과 하시모토 상의 젠코야도 덕분에 완전히 바뀌었다. 노숙 오헨로상은 닮고 싶은 롤 모델이며 학교에 다녀서라도 배우고 싶은 고급 지식이 되버린 것이다. 어디에나 자기 침실을 만들 재주와 용기, 거리낄 게 없는 인생은

무술을 연마한 그, 로자리오

본받을 만한 가치가 충분하지 않은가?

시험 삼아 그의 어마어마한 배낭을 메봤다. 무릎이 아슬아슬 떨려서 한 걸음 떼기가 불안했다. 로자리오가 건넨 지팡이를 짚고 겨우 몇 미터를 걸었지만 발목이 꺾여 주저앉고 말았다. 어떻게 이 짐을 지고 높은 언덕과 가파른 내리막을 아무렇지 않게 걷는 걸까? 각자에게 맞는 여행의 형태나 짐의 무게가 진작부터 정해진 게 아니라면, 나도 살림살이가 모조리 담긴 산만 한 가방을 메고 다니는 게 불가능한 건 아닐 텐데. 내 가방이 작고 가볍다는 뿌듯함은 로자리오의 배낭을 메본 순간 큰 짐에 대한 부러움으로 변했다.

스페인의 카미노 데 산티아고를 걷던 몇몇 순례자들은 다음 숙소까지 배낭만 택시로 보내는 유료 서비스를 이용해 짐 없는 순례를 즐기고, 히말라야 트레킹을 하는 관광객들은 으레 짐을 들어 주는 포터를 고용해 가뿐한 여행을 한다. 누구나 그렇듯 나도 가방의 무게를 줄이려고 갖은 노력을 했는데, 오늘만큼은 자신이 챙겨야 할 의식주의 무게를 온몸으로 받아들이는 기꺼움이 탐난다.

"달빛을 이불 삼아 바람을 베개 삼아 떠도는 내가 부럽단 말이지?"

로자리오는 코스모스가 늘씬하게 핀 꽃길 가장자리에 털썩 앉으며 시를 읊듯 중얼거리고, 등산화를 벗어 양발을 털어 말렸다. 쉴 대로 쉰 술 냄새? 간장 졸이는 냄새? 썩은 생선 냄새? 멀찍이 선 나에게 그의 발냄새가 역하게 풍겼다. 사흘 전, 한밤중에 지붕만 있고 담이 안 쳐진 정자에서 폭우를 만나 신발, 속옷, 침낭을 흠뻑 적신 탓이다고 했다. 로자리오는 내일 시내에서 동전 세탁기를 발견하면 모를까 그때까진 틈틈이 말리는 게 최상의 방법이라고 어깨를 들썩 했다.

자다가 비를 맞은 그는 사방에서 몰아치는 빗물을 피해 정자를 떠나 다른 잠자리를 찾아야 했다. 어둠 속에서 배낭을 챙긴 시간은 새벽 2시. 비를 맞으며 한 시간쯤 걸어 불 켜진 주유소를 발견하고 도움을 청했지만 거절당했다고 했다. 저렇게 무시무시한 가방을 멘 남자가, 그것도 흠뻑 젖은 외국인이 자정을 넘긴 시간에 문을 두드린다면 누구라도 겁먹었을 것이다. 다행히 로자리오가 순례자 복장을 하고 있던 터라 주유소 직원은 그를 차에 태워 지붕과 벽, 미닫이문이 달린 버스 정류장에 데려다 줬고 거기서 앉은 채로 잠이 들었다고 했다.

드높게 빛나는 오후 햇살 속에 그날 밤 그가 느꼈을 어둠과 빗방울의 찬 기운이 손에 잡힐 듯 어른거린다. 푹신한 이부자리에서 보낸 일상의 하루하루가 쉽게 잊혀지는 반면, 이런 기억은 오랫동안 회자된다. 고생스러움에 대한 섣부른 예찬이 아니라 신화 속 주인공들이 고난과 역경을 통해 성장하듯 그도 크고 작은 모험으로 삶에 더 진지하게 동참했던 까닭이리라.

마을을 벗어난 길은 고쿠부 강을 따라 이어졌다. 우리를 쫓아 조용히 움직이는 강물은 바닥의 푸른 수초를 훤히 드러낼 만큼 맑다. 고치 현의 현 소재지 고치 시에 들어서기 직전 로자리오는 멀찍이 보이는 오헨로상 휴게소에 텐트를 칠 계획이라

일생에 한번은 순례여행을 떠나라

며 아쉬운 작별인사를 했다. 말 통하는 친구를 겨우 만났는데 반나절 만에 헤어지다니. 하루 이틀 같이 걸으면서 노숙 노하우를 고스란히 전수받으리라 기대했지만, 섭섭하단 핑계만으로 동행을 요구하는 건 무리다. 우연히 다시 만나길 기대할 수 밖에.

　로자리오가 점찍어 놓은 오두막은 기와지붕에 통나무 벽으로 둘러싸여 갑작스런 비바람에도 끄떡없을 듯 튼튼했고, 식수가 나와 야영 장소로 더없이 적당한 곳이었다. 그러나 그곳엔 먼저 도착한 오헨로상이 침낭을 깐 채 다리 마사지에 열중하고 있었다. 시코쿠를 열일곱 번이나 걸어서 순례한 이 중년 남성은 수행 중인 탁발승이라며 로자리오가 아는 체했다. 폭우를 피해 주유소 직원의 도움을 받던 그날 밤, 가까스로 찾아간 버스 정류장에서 이 탁발승과 마주쳐서 이미 하룻밤 동침을 한 사이라고.
　로자리오는 먼저 맡은 이가 임자인 비좁은 오두막을 나눠 쓰자는 게 미안하고 해도 아직 중천인지라 다른 곳을 물색하기로 했다. 걱정스러운 건 큰 도시에서 노숙할 만한 장소를 찾는 게 까다로울 거라는 점이었다. 어디에나 감시자들이 넘쳐나서 침입자 혹은 부랑아 취급받기 일쑤여서 밤새 쫓겨 다닐 가능성도 농후했다. 복잡한 도시 중심가로 진입하기 전 적당한 잠자리를 고를 요량으로 내가 여러 군데를 추천했지만, 도로와 가까워서 시끄럽고 위험하다거나 땅바닥이 고르지 않다거나 잡풀이 무성해서 뱀이나 여타 동물의 침입을 받기 쉽다는 등 다양한 이유로 퇴짜를 맞았다.

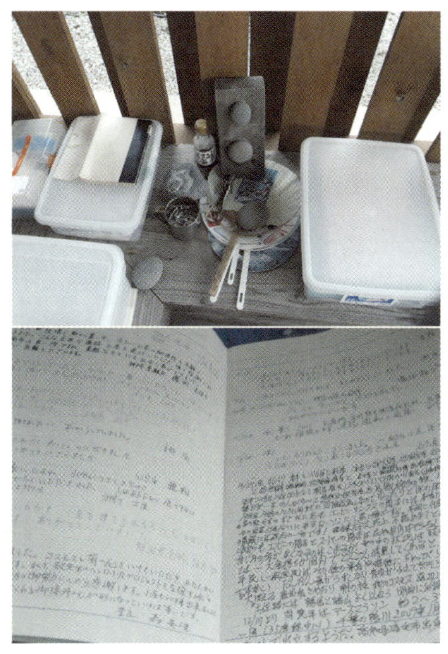

순례자 휴게소 미치노이키는 자원봉사자들의 관리로 운영되는데 아이스박스엔 더위를 식혀 줄 음료수가, 작은 도시락 통엔 구급약과 사탕이 들어 있다.

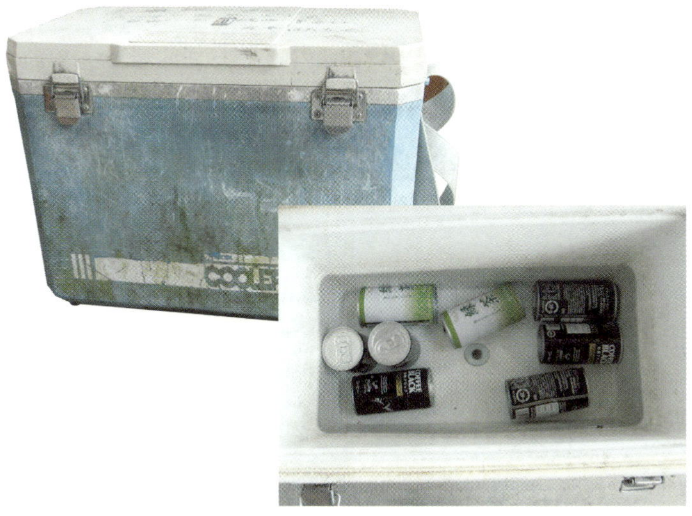

"괜찮니?"

"배고파서 그래. 점심을 못 먹었거든."

소심하긴. 거리에 널린 게 대형 할인마트인데, 진작 얘기를 하지. 마침 나도 예약해 놓은 숙소가 료칸도 민수크도 아닌 유스호스텔이라 식사가 제공되지 않는 곳이었다. 우리는 가장 가까운 마트에 들어가 저녁을 해결하고, 아예 내일 아침거리까지 쇼핑하기로 했다.

매장을 오가는 사람들은 나와 로자리오를 신기한 듯 쳐다봤다. 카트에 실린 큰 배낭 두 개, 그을린 얼굴에 대나무 삿갓, 서양인 남자와 동양인 여자. 그들이 힐긋거리는 게 당연할지도 모른다. 우리는 순례를 주제로 한 연극에 출연하려고 분장을 마친 배우처럼 요것조것 튀는 구석이 많았다. 게다가 매장에 전시된 물건의 정체를 파악하기 위해 쉬지 않고 영어로 지껄여서 더욱 이목을 끌었다. 진열장엔 먹음직스런 음식이 넘쳐났지만 정작 고를 만한 건 몇 가지뿐이었다. 가격, 양, 보관 방법을 따져보니 주먹밥, 튀김, 도시락이 가장 만만한 메뉴다. 컵라면은 뜨거운 물이 없어서 안 되고, 빵과 잼은 양이 부담스럽고, 초밥은

우리를 감동시킨
1,000엔을 어떻게 쓸까?

가격에 비해 양이 적다. 귤을 살까 말까 망설이는데 로자리오가 내 얼굴에 대고 1,000엔짜리 지폐 한 장을 흔들었다.

"이 돈 받았어!"

"뭐라고?"

"어떤 남자 분이 저녁 사 먹으라고 쥐여 주고 사라졌어."

도대체 무슨 말인지 이해가 안 갔다. 그는 분명히 내 옆에서 토마토를 고르는 중이었는데, 나도 모르는 사이에 누군가 돈을 주고 갔다고? 그것도 1,000엔씩이나?

"내가 고맙다는 말을 하려고 고개를 돌렸을 땐 이미 흔적도 없었어. 그 사람 얼굴도 못 봤다니까!"

그의 말을 듣고 1,000엔을 준 남자를 찾으려고 황급히 두리번거렸지만 모두 쇼핑을 즐기느라 평온할 따름이었다.

"우리 이걸로 음식을 사자."

"오셋다이로 받은 돈은 나누지 않는 게 원칙이야."

"이 돈은 나 혼자 받은 오셋다이가 아냐. 우리 둘이 똑같이 나눠야만 해."

그의 고집을 꺾지 못하고 어떻게 하면 근사한 방법으로 1,000엔을 쓸지 신나는 고민에 빠졌다. 왜 알지도 못하는 남자가 우리를 응원한 걸까? 어째서 돈만 주고 숨어 버렸지? 우리는 소공녀 세라가 된 기분으로, 무중력 상태의 우주 공간에 붕 떠오른 심정으로 1,000엔을 주고 사라진 사람에 대해 생각했다. 그는 과연 누구였을까?

신의 선물 같은 1,000엔을 어떻게 쓸까 궁리 끝에 우리는

일생에 한번은 순례여행을 떠나라

제대로 된 식사를 하자는 결론을 내고 마트에 딸린 우동 집에 갔다. 더듬거리는 일본어로 메뉴를 고르고 떨리는 마음으로 음식을 기다리는 설렘. 며칠 동안 잊고 지낸 여행의 짜릿한 기운이 다시 한 번 솟구치는 듯했다. 건너편 테이블에 앉은 여고생들은 무엇이 그리 우스운지 우릴 보며 까르르 까 웃음을 터트렸고, 드디어 우동과 라멘 세트가 나왔다. 기름지고 달큰한 국물. 로자리오는 쉴 새 없이 탄성을 내지르며 성찬을 들듯 경건한 표정으로 후루룩 쩝쩝 따뜻한 우동을 뚝딱 비웠다. 어떤 일류 레스토랑의 코스요리가 부럽지 않은 훈훈한 식사였다.

그는 순례를 마치고 도쿄로 돌아가 한 달 동안 이탈리아 식당에 취직할 계획이라고 했다. 일본에 더 머물고 싶은데, 그러려면 돈을 벌며 지내야 할 것 같다고. 요리를 잘하느냐고 물으니, 런던의 레스토랑에서 일하다가 조리사와 사랑에 빠져 결혼까지 했다며 쿡쿡댔다.

"나 애 아빠야."

"진짜?"

같은 식당에서 종업원으로 일한 로자리오의 부인은 폴란드인이고 딸은 세 살이고, 내후년쯤 가족들을 모두 데리고 고향 이탈리아를 여행하는 게 그의 꿈이다라고 했다.

대형 마트의 환한 불빛과 북적대는 우동 가게의 분위기 때문에 우리는 산과 골목을 헤매던 순례자임을 깜빡 잊어버렸고, 도시 생활자들처럼 느긋하게 식사를 즐겼다. 그리고 밝디밝은 마트 문을 나서자, 해가 꼴딱 떨어진 깜깜한 저녁이 우릴 기다리

로자리오는 순례를 시작한 후 처음으로 한데 잠을 포기하고 고치 유스호스텔에 묵기로 했다.

는 게 아닌가! 이런 난감할 때가. 길 위 표지판은 어둠 속에 몸을 감췄고, 가로등은 희미하다. 예약한 숙소까지 가는 일도 문제지만, 로자리오는 어디다 잠자리를 펼칠 것인가.

　　'목숨 건 사투'라는 말이 손색없을 만큼 시내를 향해 바쁘게 걸었다. 네온사인은 무섭게 번쩍이고, 셔터가 하나 둘 닫히고, 정체 모를 두려움으로 마음이 졸아들 무렵, 쫙 달라붙는 운동복을 입고 산책 나온 아줌마 무리를 만났다. 그들은 119 구조대라도 된 양 길 잃은 순례자를 비호하며 한 시간 반가량을 함께 걸어 목적지에 데려다 줬다. 고맙다는 말을 몇 번씩 되풀이하고 숙소로 들어가려는데 로자리오가 걱정돼 발걸음이 머뭇거렸다.

　　"잠깐 기다려. 짐만 놓고 와서 야영할 만한 곳을 같이 찾아

보자.”

“여기 하룻밤에 얼마라고 했지?”

“2,300엔”

“유스호스텔이라 싸네. 나도 여기서 머물까?”

“좋은 생각이야! 하루쯤은 편안히 쉬는 것도”

도시 한가운데 버려질 뻔한 노숙 오헨로상 로자리오는 순례 시작 후 처음으로 집 안에 머물기로 했다. 가정집을 개조해 만든 유스호스텔은 널찍한 목조 건물로 편안한 기운이 감돌았고, 평일이라 손님이 우리뿐이었다.

“침대다! 침대!”

그는 무료로 마시는 녹차에 환호성을 보냈고 새하얀 시트가 깔린 침대를 보자 거의 기절할 지경이었다. 마치 침대라는 물체를 처음 구경한 사람처럼 어쩔 줄을 몰라하며 펄쩍 튀어 올랐다. 그를 가장 기쁘게 한 건 세탁기였다. 가방 속에서 냄새 나는 빨래를 죄다 꺼내 세탁기에 돌리며 아이처럼 흥분해서 엉덩이를 흔들어 댔다. 빨래가 끝났을 때는 옷가지 하나하나의 냄새를 맡아 보며 향기로운 술이라도 들이키듯 만지작거리는 모습이라니.

걷는 내내 당연하다고 여겼던 소소한 것들에 감탄사를 연발하는 그를 보며 내 여행이 그동안 침체됐던 건 느낌표 때문이라는 걸 알았다. 뭘 봐도 시들하고 뭘 들어도 대수롭지 않았다. 호기심은 시큰둥한 마음을 따라 멀리 떠나 버린 지 오래다. 어떻게 하면 느낌표가 솟아나는 상태로 여행을, 삶을 유지할 수 있나? 일상의 변화를 찾아 여기에 왔듯 여행에도 변화가 필요할까? 하지만 어떤 변화? 무엇을 위한 변화?

이야기 속 바리공주는 자기를 버린 병든 아버지를 위해 생명수를 찾아 여행을 떠난다. 나는 무얼 바라고 여기까지 걸었지? 나를 위한 생명수를 얻으려고? 내가 반드시 살려 내야 할 게 존재한다면 그건 도대체 뭘까? 오랜만에 배낭 속에서 책을 꺼내 읽었다. 걷느라 바빠서 들춰 볼 틈 없던 가장 불필요한 짐, 책. 그 속에서 수많은 인물은 각자의 무언가를 위해 고민하고, 실수를 저지르고, 결단하고, 예기치 못한 사건에 휘말려서 우왕좌왕 어찌할 바를 몰랐다. 그들에게는 바리공주가 구했던 생명수보다 더 복잡 미묘한 성분의 약물이 필요한 듯 보였다.

순례를 시작한 후로 밤 10시 이후에는 꼭 잠들었었는데, 오늘은 12시가 되도록 차를 마신다, 일기를 쓴다 하면서 느긋하고 고요하게 밤 시간을 보냈다. 나는 연극배우들에게 배운 스트레칭을 로자리오에게 가르쳤고, 그는 태극권의 기본 동작을 알려 줬다. 달밤을 가르는 여유롭고 진지한 체조의 마무리 동작을 할 즈음, 무언가 개운한 기운이 심장을 중심으로 퍼져 나갔다. 오늘 내가 찾은 생명수는 이 체조일지 모른다는 생각이 머리를 스쳤다. 숨을 내뱉으며 눈을 떴을 때 주위 모든 공간과 시간이 싱싱한 표정으로 살아났으니까.

내가 유스호스텔 내부를 몇 컷 찍는 사이 로자리오가 건조기에서 바싹 마른 빨래를 안고 나타났다. 그는 뜻밖의 선물이라

 일생에 한번은 순례여행을 떠나라

도 받은 것처럼 웃음 가득한 얼굴로 자기 방으로 갔다. 똑똑똑, 그가 벽을 두드리고는 말했다.

"여기 오길 잘했어. 고마워."

똑똑똑, 나도 벽을 두드리고는 대답했다.

"언젠간 너처럼 노숙 순례자가 되고 싶어. 잘 자."

똑똑똑.

 ## 민선이의 순례 일지 

2008년 10월 19일 1일 동안

37.5km

총 37.5km

27번 고모미네지   28번 다이니치지

27번 고모미네지는 순례길에서 3.4km 벗어난 산꼭대기에 위치하기 때문에 28번 다이니치지에 가기 위해 도로 산을 내려와야 한다. 27번 절로 오르기 전, 근처 료칸에 짐을 맡겨 보자.

2008년 10월 20일 1일 동안

7.5km   6.9km   6.6km

총 21km

28번 다이니치지   29번 고쿠분지   30번 젠쿠라지   31번 치쿠린지

30번 젠쿠라지 지나서 고치 시 중심에 가면 매주 일요일마다 열리는 재래시장이 있다. 일본 제일의 규모를 자랑하며, 히로메 시장에 장이 선다.

순례자의 배낭 꾸리기

순례자에게 배낭은 몸의 일부거나, 반드시 함께해야 할 동행자다. 배낭 속에서 모든 필요한 것들을 얻지만, 그 배낭이 때때로 고통의 원천이 되기도 한다. 짐의 가짓수와 양이 결정되면 ▶ 알맞은 배낭을 고르고 ▶ 효과적인 방법으로 짐을 꾸리고 ▶ 바르게 메야 오랜 시간 동안 걷는 도보여행이 괴롭지 않게 된다.

배낭의 선택

숙박시설로 료칸과 민수크를 이용하면서 거기서 지급하는 세면도구(수건, 치약, 칫솔을 포함)를 쓰고, 무료든 유료든 날마다 세탁기와 건조기를 사용해 그날 입은 옷을 빨고, 실내에서는 '유카타'만 입는다면 짐의 양은 획기적으로 줄어든다. 여벌의 외출복이란 재킷 하나면 충분하며, 속옷과 양말도 서너 개로 버틸 만하다.

퇴직 후 순례자가 된 노년층 오헨로상들은 지도, 우비, 스패치, 선글라스, 몇 가지 상비약, 약간의 간식만 넣은 1~2킬로그램의 짐을 메고 걸었다. 이런 경우라면 프레임이 없는 소형 배낭이 유용하지만 카메라, 책, 세면도구, 화장품, 만약을 대비한 옷가지 등을 챙겨 넣을 거라면 내부 프레임이 장착된 배낭을 선택해야 짐의 무게를 엉덩이와 어깨 사이에 골고루 분배시켜 장시간 편안히 걸을 수 있다.

내부 프레임 배낭을 고를 땐 내구성과 기능성은 물론, 등판 프레임이 자기 신체에 맞는지, 엉덩이 벨트와 어깨끈이 짐의 무게를 효율적으로 잡아 주는지를 체크하는 일이 중요하다. 각 회사별 모델에 대한 평판을 수집하고, 직접 짐을 넣고 착용해 본 후 구입해야 후회가 없다.

짐 꾸리기

1. 가벼운 물건은 아래로 무거운 것은 위로(주로 배낭 등판 쪽) 넣고 자주 사용하는 물건은 헤드에 넣는다.

2. 좌우가 기울지 않게 무게를 나눈다.

3. 가능한 외부에 짐을 매달지 않는다. 짐을 매달면 흔들거림 때문에 무게가 치우쳐서 불필요한 체력소모가 발생한다.

4. 폭우에 대비해 김장 비닐을 준비한다. 배낭에 달린 레인커버만으로는 큰 비를 견디기 힘들다. 김장 비닐을 레인커버 안쪽에 대거나, 모든 짐을 김장 비닐에 싸서 배낭에 넣는 것이 가장 안전하다.

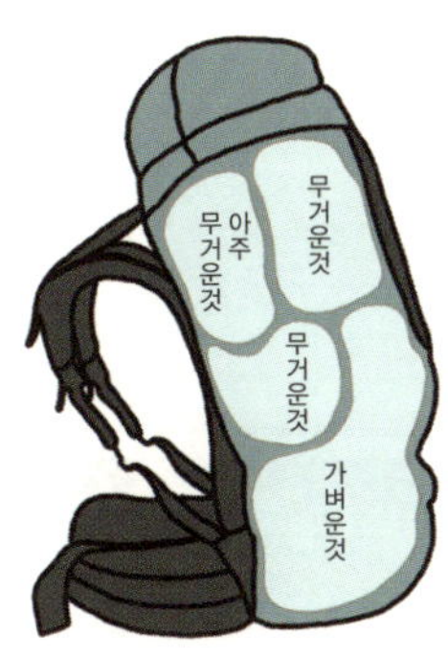

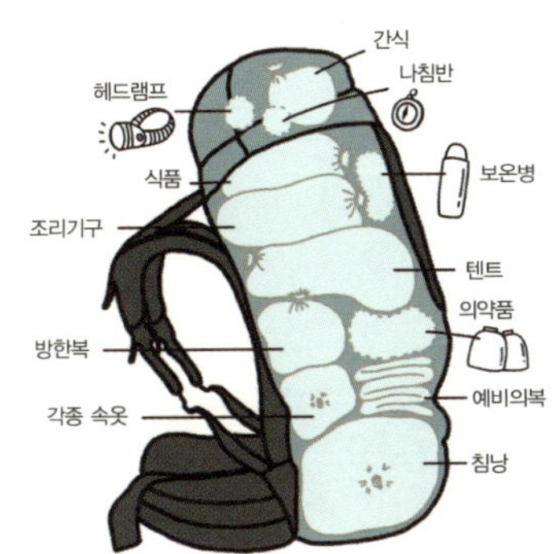

배낭 메기

1. 엉덩이 벨트와 어깨끈을 느슨하게 해놓은 상태에서 배낭을 멘다.

2. 엉덩이 벨트를 골반에 걸치고 단단히 조인다.

3. 등과 배낭의 등판이 일체가 되도록 어깨끈 위쪽의 끈을 바짝 당긴다.

4. 어깨끈을 적당히 조인다.

5. 취향에 따라 가슴 벨트를 채운다.

6. 걷다가 가끔 허리 벨트를 느슨하게 만들고 어깨끈을 단단히 조여 무게를 어깨 쪽으로 보내서 엉덩이 근육을 쉬게 해준다.

100년 묵은 순례 증서

일하던 농부들이 진시황의 무덤을 발견하고, 호랑이 사냥을 나섰던 영국 병사가 아잔타 석굴을 발견했듯, 거대한 역사적 유물이 그 몸체를 드러내는 건 삶과 마주치는 우연한 지점일지도 모른다.

지극히 개인적인 이유로 일본을 걸었기 때문에 한국과 일본의 역사적인 문제, 풀지 못한 여러 가지 과제들에 대해서는 무관심했다. 가장 빈번하게 접한 한일 관계란 배용준과 최지우였고, 종종 야구와 축구로 대변되는 경쟁심 정도를 느꼈을 뿐 더 깊은 무엇은 만나지 못했다. 일본인들은 미안하다, 고맙다, 실례한다는 말을 신앙처럼 떠받들며 황송할 정도로 친절하게 다가와 예의 바른 관계를 유지했다. 아마 31번 절 치쿠린지에서 36번 절 쇼류지를 걷는 동안 일어난 세 개의 파편적인 사건이 아니었다면, 두 나라의 현대사에 얽힌 여러 가지 의문을 돌아볼 틈조차 없었을 것이다.

이른 아침 고다이 산 산책로를 따라 올라가 식물원 한가운데 자리 잡은 31번 치쿠린지를 돌아봤다. 봉긋 피어난 여러 가지 색깔의 국화가 기분 좋은 인사를 했고 한 무리의 단체 순례자들이 새떼들처럼 다녀간 본당은 빈집처럼 고요했다. 순한 햇볕, 반짝이는 먼지, 상쾌한 추위. 시린 손을 비비다 절간 구석에 앉아 따듯한 녹차와 빵으로 끼니를 때웠다. 텅텅 빈 깨끗한 내장에 음식물이 스미는 아늑함. 땀이 식을 때까지 뭉그적대다 서늘해진 후에야 배낭을 멨다.

아침 일찍 걷다 보면 마주치는 초등학생들. 교모에 교복, 똑같은 가방을 메고 나란히 줄을 서서 학교에 간다. 맨 앞에 선 아이가 최고 학년.

가르마처럼 외길로 훤하게 뻗은 오솔길, 산 아래로 이어진 한적한 그 길에 의아스럽게도 교통체증이 일어났다. 무슨 사고라도 난 걸까? 순례자 예닐곱 명이 일렬로 서서 움직이지 못한 채 앞사람이 걷기만을 기다렸다. 몇 분이 지나도록 서너 걸음을 못 떼는 답답한 속도. 급한 마음에 풀숲을 헤치고 앞으로 뛰어 내려갔더니 할아버지 순례자가 허술한 나무 막대기를 양손에 짚고 쩔뚝이며 내리막을 걷는데, 그 빠르기가 얼마나 더딘지 재활 병원에서 걸음마를 훈련 중인 환자를 보는 듯했다.

"혼자 오셨어요?"

보호자가 필요할 것 같아 걱정스러운 마음으로 물었다.

"웬 아가씨요? 어디서 왔소?"

그가 걸음을 멈추고 간신히 고개를 돌려 나를 봤고 그 사이, 뒤에서 기다리던 순례자들은 이때다 싶었는지 우르르 몰려 나와 할아버지를 앞질러 가버렸다.

"괜찮으세요? 전 한국에서 왔는데."

"한국? 조선에서 왔다고?"

줄곧 일본어로 말씀하시던 그분은 갑자기 "조선에서 왔다고?"라며 익숙한 국어로 물으셨다. 그는 자신을 재일교포라고 소개하며 내 손목을 붙들곤 반가워했다. 오사카 시내를 걸어 다닐 때면 수시로 한국말이 들리고 한국어 간판도 보여서 재일 한국인 수가 60만 명에 육박한다는 걸 실감할 수 있었다. 그러나 이 산골에서 불쑥 튀어나온 재일교포란 존재는 생소하고 당황스러웠다. 일본인도 한국인도 아닌 모호한 정체성, 나와 이어진 어떤 연결고리를 찾아야 한다는 부담감.

"걷는 데 많이 불편하시죠?"

어색하게 머뭇거리다가 부드러운 한국어로 여쭸다.

"나는 우리 조선말 다 잊어버려서 모르고, 반가워."

그가 할 줄 아는 한국어는 내 일본어만큼이나 제한적이었다. 나이가 대략 여든 살은 돼 보이는데, 언제 어떻게 일본에 오셨을까? 원래 일본에서 태어나셨나? 아님 오랫동안 한국어를 안 쓰다 보니 말을 잊은 건가? 이 속도로 순례를 마치려면 다섯 달은 족히 걸릴 텐데, 무슨 맘으로 여길 걷는 거지? 순식간에 머릿속이 질문으로 가득 찼지만, 산비탈에서 간신히 지팡이에 몸을 기대고 서 계신 그분은 지쳐 보였다. 날씨도 그다지 덥지 않

지팡이 두 개를 짚고도 어렵사리 걷던 재일동포 오헨로상

은데 땀을 쩔쩔 흘리시면서 숨을 몰아쉬더니, 바지 주머니에서 볼펜과 메모지를 꺼내 자신의 이름과 주소를 적어 주곤 도쿄에 들르면 놀러 오라며 허옇게 마른 입술로 "동포"라는 말을 되풀이하셨다. 할아버지만 홀로 남겨 두기가 뭣해 10여 분 정도 같이 걸었지만, 숨이 멎을 듯 굼뜬 속도에 보조를 맞추기가 불가능해 포기하고 말았다.

속력을 낸 후 뒤돌아봤을 땐 아무도 없는 텅 빈 길만이 나를 따라왔다. 그제야 할아버지의 과거에 대한 여러 가지 추측이 밀려들었다. 강제 노역, 징병, 관동대지진에 조선인 학살, 소련군에 억류된 조선인 포로. 추상적으로 떠오른 단어들은 한 걸음 한 걸음 발길을 내디딜 때마다 소설책과 영화에서 보고 들은 사

건들로 구체화됐고 지금 걷는 여기가 일본이라는 나라, 한국과 전쟁의 상흔으로 얽히고 맺힌 땅이라는 걸 서서히 인식할 수밖에 없었다.

　　두 번째 우연은 다네자키에서 나가하마로 건너는 뱃전에서 다가왔다. 33번 절 셋케이지로 가려면 우라도 만을 건너야 하는데, 순례 도중 무료로 배를 타는 특별한 기회라 내심 기다렸다. 단 몇 분이지만 퉁퉁거리는 작은 모터보트 속으로 날아드는 더운 바람과 자꾸만 사라지는 물보라가 여행의 감상을 한껏 부풀렸다. 게다가 코가 주먹만 한 선장은 금강지팡이 즈에를 오셋다이로 줬다. "한 달 전에 어떤 순례자가 놓고 간 걸 주워 놨다가

다네자키에서 나가하마로 건네 주는 무료 보트

선물하는 거니까 고맙다고 말할 것도 없다우."라며 그가 쑥스럽게 얼버무렸지만, 손잡이에 'Rosa'라는 이름과 함께 길이를 가늠하게 눈금을 표시해 놓은 이 지팡이가 얼마나 유익한 친구인지를 깨닫는 데는 오래 걸리지 않았다. 땅을 콩콩 노크하는 호기심 그득한 소리, 내 걸음과 한 박자씩 어긋나는 느긋한 리듬, 뱀이 덤벼도 주인 잃은 개를 만나도 당당한 무기가 생겼다는 안도감. 배를 탈 땐 혼자였지만 내릴 땐 나와 내 지팡이 그리고 새로운 동료 '켄'도 함께였다.

나를 제외한 유일한 승객 켄은 88번 절 근처의 마츠야마가 고향인 스물네 살 남자애다. 교사인 아버지의 권유로 중학교 2학년 때 영국으로 유학 가서 대학을 마치고 올해 일본으로 돌아와 영어를 모국어처럼 쓰는 그 애는, 곧바로 취업전선에 뛰어드는 게 억울하고 직업 구하는 게 쉽지 않아 진로를 가늠할 겸 순례자가 됐고 했다. 많은 일본 젊은이들이 그렇듯 켄도 노숙 순례자다.

"텐트랑 버너는 무거워서 포기했고, 침낭에 매트만 가지고 다녀. 밥은 사 먹고."

켄은 노숙 순례자라하기엔 지독히 깔끔했다. 그 비결을 물으니 절에 머물면서 틈틈이 샤워를 한 덕분이라고 했다. 여태 몰랐던 오헨로상들의 또 다른 숙박 형태는 절의 쪽방에서 잠을 자는 '츠야도(通夜堂)'다. 절에서 공식적으로 손님을 받는 숙소는 슈쿠보라는 유료 객실인데, 몇몇 절들은 순례자들을 위해 작은 공간을 비워 놓는다. 번듯한 방을 마련한 경우보다는 창고와 보일러실을 개조한 예가 흔하고, 이불을 제공하지만 더운물과 식사는 기대하기 어렵다. 나는 츠야도라는 말을 몇 번이나 입으로 옹알거렸다. 그 이름을 기억해 뒀다가 순례가 끝나기 전 꼭 한 번은 절의 셋방에 누워 나그네의 적적한 심사를 누려 보리라.

"잠깐만, 하루에 한 통씩 여자친구한테 엽서를 보내거든."

우체국을 지날 때 그는 빽빽하게 쓴 엽서에 입을 맞추고선 우체통에 덜렁 집어넣었다. 영국에서부터 사귄 일본인 여자친구는 벌써 취직해 도쿄에서 직장을 다닌다고 했다. 그녀에게 잘 보이기 위해서라도 서둘러 직업을 구해야 한다며 헤헤 웃는 켄. 그는 줄곧 유쾌한 분위기를 만들며 정치·사회적 문제에 해박한 관심을 표했다. 어려서부터 다국적 환경 속에서 살았기 때문이기도 했고, 워낙 여행을 좋아해 대화 소재로 삼을 만한 공통점도 많았다. 켄은 일본인이라기보다는 외국인의 관점에서 일본의 구조적 문제와 제도적 특징을 객관적으로 꼬집는 평론가적 태도를 유지했다.

길은 논밭 사이로 어지럽게 이어졌고 은은한 바람이 불었다. 허수아비를 대신해 만들어 놓은 바람개비들이 몸을 파닥이

진언을 외는 단체 순례 객들

한일 관계에 대해 나와 열변을 토하던 켄

며 일제히 날개를 움직였다. 부드럽게 느껴지는 바람인데 실제로는 힘이 세서 날개의 각기 다른 색깔이 혼합돼 보일 정도로 바람개비가 세차게 돌아간다.

"카제가 이이네."

켄이 바람개비를 보고 신기해하는 꼬마에게 말했다. 카제? '카제' 라는 말이 왠지 익숙하다. 무슨 뜻일까? 분명히 아는 낱말인데. 잠시 후, 카제라는 단어가 친숙한 건 '가미카제 특공대' 때문이란 게 떠올랐다.

"카제는 바람이란 뜻이야."

"그럼 가미는?"

"신이라는 의미지."

13세기 몽골 함대가 규슈 지방을 침입했을 때 급작스레 풍랑이 불어와 일본군이 예상치 못한 승리를 한다. 그래서 이 태풍을 가리켜 신풍(神風), 가미카제라 했고 태평양전쟁 막바지에 감행한 자살공격대의 이름도 여기서 유래했다. 이렇게 바람개비 때문에 시작한 이야기는 가미카제 특공대로 옮아갔고, 한일 관계의 밑바닥을 후벼 파는 식으로 대화가 이어졌다.

나는 은근히 켄이 어떤 죄의식을 느끼기를 기대했다. 전쟁의 피해자는 한국인이며, 가해자는 그의 나라 일본이기 때문이다. 그가 가미카제 특공대에 대해 나만큼 분노하며 일본 정부에 대해 적개심을 드러냈을 땐 도리어 당황스러웠다. 수천 명에 이르는 어린 병사들이 귀환할 연료가 없는 전투기에 타고 500킬로그램의 폭탄과 함께 죽었다. 그들은 대부분 천황이 하사한 필로

폰이 첨가된 술, 신주에 만취된 17~18세의 소년들이었다. 야스쿠니 신사를 방문하는 일본 정치인들이 그렇듯 모든 일본인이 가미카제 특공대를 일본의 자부심과 영광으로 여기진 않았다. 켄은 가미카제 특공대를 맹목적 헌신과 충성심의 광기라고 일축하며 맹렬히 헐뜯었다.

그런데 묘하게 켄이 일본 정부의 태도를 비난하면 할수록 뭔가 불편했다. 차라리 미안하다고 해야 하는 거 아닌가? 바로 옆에서 걷는 한국인에게 용서를 구할 기회가 왔는데, 자기네 정부 탓만 하고 왜 아무런 언급이 없지? 일제 침략기에 피해를 당한 한국사람들은 일본 정부가 공식적으로 사과하고 법적, 물리적 책임을 지길 바라면서 한일전 축구와 야구를 목숨 걸고 응원

사건의 발단이 된
바람개비(옆페이지)와 아이들

한다. 한국이 이기면 신문, 라디오, 텔레비전과 더불어 온 나라가 들썩이고 지면 그 경기는 개인적 사회적 불행이 된다. 나는 딱히 일본 정부에 사죄나 책임을 촉구하는 서명운동에조차 참여해 본 적도 없으면서 몇 시간 전에 처음 만난 일본인이 눈물 어린 참회와 사과를 해주길 바랐다. 그가 직접적인 가해자도 아니고, 내가 직접적인 피해자도 아니면서. 이 복잡한 심사의 밑바닥에 어떤 근거가 존재하는 걸까? 막무가내로 우기는 억지가 아니라 분명 무언가 있을 듯한데.

"1·2차 세계대전을 겪은 평범한 일본인들은 일본 제국주의의 희생양일 뿐이야. 우리는 아직도 그 상처에서 벗어나질 못했고."

일본 정부를 비판하는 얘기 끝에 덧붙인 그의 말이 나를 울컥하게 만들었다. 일본사람들이 그저 피해자라니. 별안간 가슴이 답답해 왔고, 그동안 시코쿠 사람들이 베푼 친절이 모조리 가식처럼 느껴졌으며, 정체 모를 불쾌감으로 내장 속에 부글거렸다.

"얼마나 많은 조선인이 강제로 끌려가서 탄광을 파고, 철도를 만들고, 전쟁에 나가고, 성 노예로 전락해서 죽고, 다치고, 핍박받은 줄 알아? 그 모든 이익을 일본사람들이 누린 거잖아! 단순히 피해자라고?"

소리를 꽥 지르며 켄을 쏘아봤다. 그의 얼굴은 화끈 달아올랐고, 눈동자는 어디를 봐야 할지 몰라 산만하게 두리번거린다.

"그런 뜻이 아니라… 미안해. 식민지였던 나라들의 피해를 무마하려고 한 얘긴 아냐. 그렇게 들렸다면 사과할게."

우리는 한동안 땅만 보고 걸었고 여러 번 길을 잃었다. 표지판을 신경 쓸 겨를도 힘도 남아 있지 않았다. 가야 할 절의 번호가 34번인지 35번인지 헷갈릴 지경이었다. 딴 얘기로 소재를 바꿔 시시덕댔지만 미묘한 갈등과 괜한 눈치가 38선처럼 그어졌다. 이 문제를 진지하고 차분하게 마무리할 가망은 없는 건지, 애써 궁리해도 방법이 떠오르지 않았다.

삶으로 침투한 역사적 사건의 반격은 여기서 끝나지 않았다. 노숙하는 켄과 작별하고 료칸에 들어섰을 때 순례 중 처음으로 여권 검사를 당했다. 유스호스텔이나 호텔도 아닌, 손님이 나까지 셋뿐인 작은 료칸. 곱게 늙은 주인 할머니는 매서운 눈초리로 여권을 꼼꼼히 뜯어봤고 내 모양새를 간간이 힐긋댔다.

"한국에서 왔다고? 6,000엔이야."

떠날 때 계산을 하는 게 상례인데 다짜고짜 돈부터 내놓으란다. 손님 중에 그런 취급을 받는 사람이 나뿐이라 어리둥절했지만, 공연히 말썽 피고 싶지 않아 얌전하고 깍듯한 태도로 꾹 참았다. 어째서 이분은 시코쿠의 다른 사람들처럼 친절하지 않을까? 손님을 의심하는 태도는 뭐지?

여느 때처럼 목욕을 끝내고, 세탁기를 돌리고, 저녁을 먹으러 밥상에 둘러앉았다. 이불처럼 두꺼운 천을 걷고 밥상 안으로 발을 집어넣자 따뜻한 기운이 후끈 올라온다. 상 안쪽에 전열기를 단 일본식 난방기구, 고타츠. 싸늘한 가을밤을 데우는 난로 때문에 불편했던 감정이 노곤하게 녹는다. 주인 할머니 태도가 여전히 딱딱했지만 생선회와 과일을 곁들인 푸짐한 식사 앞에서 울상을 짓긴 싫었다. 주인 할머니가 일본인 손님들에게는 밥과 국을 자꾸 권하면서 나에게는 헛기침만 난발하는 것이 거슬렸지만, 옆방에 묵게 된 시미즈 상이 나 대신 그녀에게 핀잔을 줬다. 나의 지지 세력이 확보된 셈이었다. 귀엽고 살짝 새침한 구석이 있는 주인 할머니, 이미 칠순이 넘은 나이 아닌가. 담담히 넘기기로 했다.

주인 할머니는 종종걸음을 치며 사라졌다가 두툼한 책을 가지고 와 자랑스럽게 펼쳤다.

"이게 100년 묵은 순례 증서야. 돌아가신 아버지가 시코쿠를 걸으면서 받은 묵서지. 조심해서 구경들 해."

그녀가 가져온 낡은 서책에는 88개 절의 스탬프가 빼곡히 찍혔다. 누렇게 바랜 종이 위에 검은 글씨, 붉은 도장들. 100년이나 묵은 순례 증서들은 바싹 마른 낙엽처럼 힘없이 나부꼈다.

"사진 찍어도 돼요?"

주인 할머니는 입을 삐쭉댔지만 반대하지 않았다. 철컥철컥 카메라 렌즈 속의 유물은 어떤 증거자료처럼 고스란히 내 눈동자 속으로 다가온다.

"내 아버지는 대단한 분이셨어."

주인 할머니는 흥에 겨워 근엄한 목소리로 일장 연설을 했고, 시미즈 상이 나를 위해 더듬더듬 영어로 통역해 주었다.

"저분 아버님이 경찰관이셨대. 서울에서."

서울? 이 할머니의 아버님이 서울에서 경찰관이셨다니? 내가 이해하지 못해 다시 묻자, "아주 옛날에. 일본이 한국이랑… 그때, 한국에서 경찰이셨대."라고 시미즈 상이 웃으며 설명한다. 그제야 할머니의 아버지가 일제 강점기 순사였다는 걸 인식할 수 있었다. 대하사극에서 길고 얇은 칼을 차고 콧수염을 기른 채 등장하는 일본 순사, 독립운동가들을 고문하고 마을 처녀를 겁탈하는 피도 눈물도 없는 일본 순사. 그도 100년 전 어느 계절엔 무거운 짐을 지고 나처럼 88개 절을 순례하며 묵서를 받았다니.

사진을 찍다 말고 100년이나 전해 내려온 순례 증서를 다시 들여다봤다. 그건 마치 김구, 윤봉길, 윤동주… 내가 알고 배

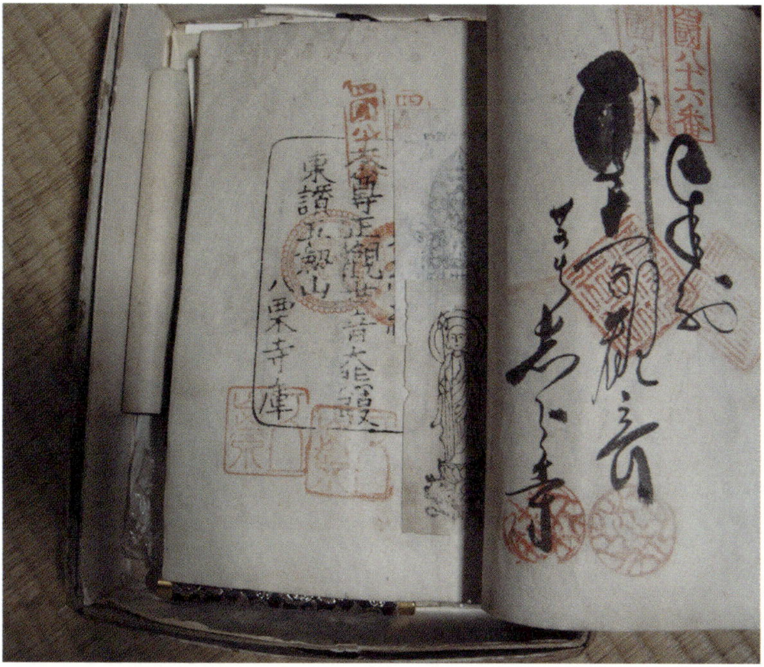

100년 전 일본 순사였던 한 청년이 나처럼 무거운 짐을 지고 88개 절을 돌며 순례를 했다니…

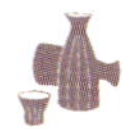

운 열사들이 당한 고문의 흔적처럼 끔찍해 보였다. 어지럽게 얽힌 붉은 도장들은 핏빛으로 되살아났고, 검은 글씨는 엄숙한 유서 같다. 료칸 주인 할머니가 못마땅한 눈길로 나를 대한 이유는 바로 이거였군. 아버지로부터 물려받은 한국에 대한 인상, 범죄자들이 우글대고 조심해야 할 사람들이 많은 나라. 그녀는 아버지에게서 배운, 100년 묵은 한국에 대한 잘못된 판단으로 나를 만났고 어떤 성찰도 없이 불쑥 차별이란 잣대를 들이댔다.

지나간 역사에 대해 진상을 밝혀라, 과거사를 청산해라 하는 요구가 어떤 말인지 어렴풋이 알 것 같았다. 그건 과거에 집착하자는 게 아니라 과거의 그 일 때문에 현재 진행 중인 여러 가지 문제와 차별에 대해 밝히고 보상하란 뜻이다. 할머니가 나

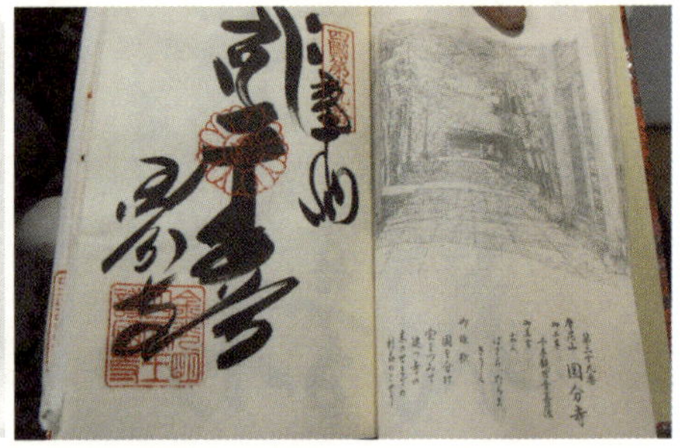

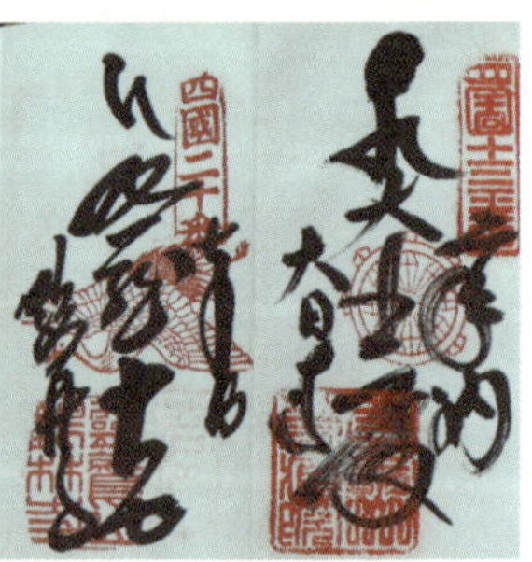

에게 가한 차별은 미미한 정도였지만, 이런 사고를 지닌 사람이 열 명만 모여도 끔찍한 일이 벌어지지 않을까?

심란한 마음에 식욕을 잃고 방으로 돌아와 드러누웠다. 다다미의 짚 냄새가 역하게 올라오는 답답한 방. 탁자 위에 놓인 고려청자 모조품이 눈에 들어온다. 혹시 조선에서 가져온 약탈품은 아닐까?

정작 사과해야 할 일본인은 켄이 아니라 전범들, 전쟁을 통해 이익을 본 무수한 사람, 료칸 주인 할머니의 아버지 같은 사람들이다. 내가 켄에게 내심 반성의 말을 고대했던 건 대부분의 일본사람에게 조선 침략을 통해 실질적인 소득을 얻고 이익을 봤다는 혐의를 적용했기 때문이란 걸 깨달았다. 그러나 국가가 개인을 얼마만큼이나 대변하는가? 한국 정부는 이라크에 파병했지만 나는 파병을 반대하고, 고이즈미 전 일본 총리는 야스쿠니 신사를 참배하지만 켄은 그걸 비난한다. 나는 어느새 일본사람과 일본이라는 나라를 동일시하고 말았던 것이다. 내 생각과 한국 정부의 생각이 판이하고, 한국 정부가 내 의견 따위엔 콧방귀만 껴서 분통이 터지는데도 말이다.

부엌에서 달그락대는 일상적인 소음이 들려왔다. 적을 경계하느라 힘이 쭉 빠진 주인 할머니가 느릿느릿 설거지를 하는 모양이었다. 텔레비전에선 멜라민 파동과 이스라엘 군의 팔레스타인 폭격에 관한 뉴스가 옛날이야기처럼 친절한 일본어로

흘러나왔다. 2년 전 시리아를 여행하다 만난 이라크 사람이 생각났다. 설탕을 팔던 마흔 살의 남자였는데, 바그다드에 전쟁이 나자마자 가족을 버리고 시리아로 넘어와 목적 없이 떠도는 이라크 난민이었다. 그는 어떻게 됐을까? 살아남았을까? 이라크로 돌아가 가족들을 만났을까?

2차 세계대전은 끝났지만, 전쟁은 장소를 옮겨 계속된다. 이라크, 팔레스타인, 파키스탄, 아프가니스탄, 소말리아. 전쟁이 삶을 파고들어 남긴 상처는 인간이 가늠할 만한 것일까? 수치화하고 통계를 내서 누군가는 말끔히 책임을 질 수도 있는 것일까? 과연 누가? 어떤 식으로? 도쿄대학의 서경식 교수는 어느 신문 칼럼에서 '화해라는 폭력'에 대해 얘기했다.

"역사의 가해자들은 '도의적 책임'을 인정하면서도 결코 '법적 책임'을 인정하려 하지 않는다. 그리고 처음에는 넌지시, 결국에는 고압적으로 피해자의 요구가 비현실적인 과제임을 시

아픈 물음표처럼 남겨진
길, 길…

사하면서 화해를 가로막는 것은 피해자 쪽의 무지와 몰상식, 원한이라고 주장한다. 그것은 결국 선진국 국민으로서의 기득권을 지키고 자신을 정당화하려는 욕망을 이면에 깔고 있다."

한국과 일본의 친선 축구, 이라크를 지키는 미국의 평화유지군이 성립될 수 없는 건 이런 이유다. 우연히 한국에 태어난 나, 우연히 일본에 태어난 많은 사람, 일본 땅을 걷는 나. 처음부터 한일 관계에 대한 고찰을 의도한 여행은 아니지만 골똘한 고민이 어려운 손님처럼 찾아왔다.

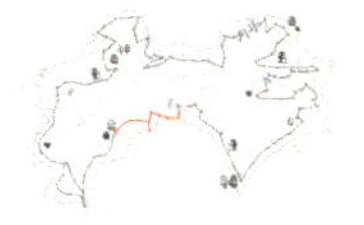

민선이의 순례 일지

2008년 10월 21일 1일 동안

| 31번 치쿠린지 | — 5.7km — | 32번 젠지부지 | — 7.5km — | 33번 셋케이지 | — 6.3km — | 34번 다네마지 |

총 19.5km

31번 지나 다네자키에서 33번 근처 나가하마로 매 1시간 간격으로 무료 보트가 운행된다.

2008년 10월 22일 1일 동안

| 34번 다네마지 | — 9.8km — | 35번 기요타키지 | — 13.9km — | 36번 쇼류지 |

총 23.7km

2008년 10월 23일~24일 2일 동안

| 36번 쇼류지 | — 58.5km — | 37번 이와모토지 |

총 58.5km

36번 쇼류지에서 우라노우치 중학교까지 약 11km 정도를 도보 대신 작은 보트로 순례할 수 있다. 보트 시간표는 각 료칸에 문의하자.

한국과 코보대사의 인연

88개 순례길의 수호신이자 진언종의 창시자 코보대사(弘法大師)는 한국과 어떤 인연이 있을까? 문헌에 의하면 코보대사의 속성은 좌백(佐伯) 씨로 신라 도래인의 후손이었다고 한다. 또한, 어머니도 아도(阿刀) 씨며 신라인이었다.

이렇게 시작한 코보대사와 한국의 인연은 1910년 한일병합으로 고약하게 이어진다. 개항과 동시에 진언종을 비롯한 일본 불교의 종파들 – 정토진종, 조동종, 일련종 등 – 이 개항지를 중심으로 들어와 포교 활동을 펼쳤고, 조선 불교와 합병을 꾀하면서 조선 내 친일 종파와 연합협약을 맺었다. 결국 조선 승려들의 반대에 부딪혀 현실화되지 못하지만, 아직도 목포 유달산에 가면 진언종과 코보대사의 흔적이 남아 있다.

유달산 마당바위 근처 일등봉 아래에는 부동명왕성과 코보대사의 암각이 보이는데, 1920년대 말부터 1930년대 초 사이에 일본인들에 의해 만들어진 것이다. 유달산을 시코쿠 88개 순례지로 재현하려 했던 그들은 조선에 거주하는 일본 불교 신자들의 시주를 받아 유달산 곳곳에 88개 불상을 세우기도 했으나, 해방 후 철거 및 도굴되어 모두 사라지고 자취만 남았다. 구전에 의하면 일본인들은 유달산의 88개 불상을 차례로 참배하고 마지막으로 코보대사의 암각에 불공을 드렸다고 한다.

신라의 핏줄을 지닌 코보대사, 자비심의 대명사인 그가 한일병합을 빌미로 유달산을 신앙의 본거지로 차지하려 했을까? 그가 평생 수행을 통해 인간의 생로병사에 대한 깨달음을 얻었을지라도 사후, 역사의 소용돌이 속에 휘말리는 것은 어쩔 수 없는 일이었겠지. 결국, 종교도 정치·사회적 문제와 동떨어져 자유롭게 존재하기는 어려운 법이니까.

목포 유달산의 코보대사(위, 사진 제공: 천효훈 님)와 1번 절 료젠지의 코보대사(아래)

7 | 나에게 돌아올 당신의 엽서

길이 늘 평화로운 것만은 아니다. 순례자를 지치게 하는
매연 가득한 아스팔트와 지루한 고속도로, 터널들

지금 막 4.8킬로미터나 되는 터널 속을 걸었다. 고요히 거닐었던 사만토 강의 감상을 싹쓸이할 만큼 더럽고 무시무시한 터널. 십 리도 넘는 매캐한 터널을 한 시간가량 헤매고 빠져나오니 온몸의 땀구멍들은 뭔가를 게워 낼 듯 근질근질했고, 눈알과 콧구멍은 따끔거렸으며, 침을 아무리 뱉어도 목구멍이 껄끄러웠다. 터널 바닥에 아무렇게나 흩어진 정체불명의 쓰레기들, 위급하게 번쩍이는 경보등, 멀리서 어른대는 터널 밖의 세상.

38번 곤고후쿠지를 찾아가는 길은 심술궂고 극성맞았다. 도중에 뻥 뚫린 태평양이 따라오지 않았다면 히치하이킹이라도 하고플 만큼 굳건한 아스팔트로 일관된 길, 육중한 트럭이 매연을 토해 놓는 길. 신이즈타 터널을 벗어났을 땐 어떻게 이따위 길을 순례 코스에 넣었느냐는 욕이 절로 나올 만큼 부아가 치밀었고, 불쑥 어둑해진 산 그림자 때문에 불안했다.

어둠은 모든 것을 의심스럽게 만든다. 길은 외길, 321번 국도를 쭉 따라가면 예약해 놓은 숙소가 나오겠지만 길잡이가 필요했다. 순례자들은 다 어디 간 거지? 지나가는 승용차를 세워서라도 길을 물어볼까? 제발 누구라도 나타나 줬으면.

"웡! 웡!" 하얗고 커다란 개를 끌고 산책 나온 아줌마가 반대편에서 걸어왔다. 우연히 만난 '아사즈 상'. 초등학교 선생님인 그녀는 절망스럽게 매달리는 나를 위해 료칸까지 무려 10킬로미터 이상을 함께 걸어 주었다. 그뿐 아니라 료칸으로 가는 길에 자신이 담임을 맡은 반 아이의 집에 찾아가 그 집 어머니에게 나를 소개한 후, 빵과 과일을 챙겨 오셋다이로 안겨 주기도 했다. 으르렁대는 흰 털복숭이 개를 끌고 축축하게 젖은 이슬을 밟으며 겁 없이 밤길을 쏘다닌 시간. 어둠 속에는 우리가 뱉은 어눌한 영어와 일본어 단어들이 제멋대로 떠다녔고, 머리 위엔 호박죽 같은 푸짐한 달이 매달렸다.

얼추 두 시간 만에 료칸에 도착했을 땐 저녁 먹을 시간이 훨씬 지났을 무렵이었다. 주인은 내가 현관에 들어서자마자 "서둘러 목욕하고 밥 때를 맞춰 달라."라며 재촉했고, 사납게 짖는 아사즈 상의 개를 흘겨봤다. 우리는 주인의 기세에 눌려 잽싸게 작별인사를 하고 아쉽게 헤어졌다.

이메일 주소라도 물어볼걸. 방에 들어와 배낭을 벗자 섭섭한 마음이 피곤함과 함께 몰려왔다. 오셋다이 답례품으로 주는 오사메후다라도 드릴걸. 따끈한 목욕물에 무른 발을 담그고 무럭무럭 피어오르는 수증기를 마시면서 또 한 번 서운해 했다. 아사즈 상과는 만남으로 쳐도 이별로 쳐도 충분치 않고, 뭔가 더 나누고 통할 게 남았는데 그걸 깡그리 무시해 버렸다는 느낌. 짧

깊은 밤, 아사즈 상과의 데이트

은 사귐이 후회스러웠다.

먼지 낀 문풍지를 보며 발가락을 주무르다 졸음에 겨워할 즈음 료칸 주인이 손님이 왔다는 소식을 전했다. 손님이라니? 나에게? 순례자들이 각자 방으로 돌아간 료칸 거실에서 왼손에 허연 붕대를 맨 아사즈 상이 동그마한 보따리를 들고 내 이름을 불렀다. 그녀는 집으로 돌아갔다가 자가용을 몰고 나에게 왔다고 했다. 가는 길에 흰둥이가 손을 물어 붕대를 맸을지언정 직접 담근 유자차와 따뜻한 물이 든 보온병, 귀여운 찻잔 두 개, 치즈 케이크 한 조각을 달랑달랑 들고온 것이다.

"혹시 하이쿠 좋아해요?"

그녀가 서너 권의 책을 꺼내며 물었다. 아사즈 상이 특별히 한국에 관심이 있는 건 '마유즈미 마도카'란 친구 때문이라고 했다. 하이쿠 시인 마유즈미 상이 시코쿠에 여행 왔다가 다리를 다쳐 아사즈 상과 같은 병실을 썼는데, 둘은 늦은 나이에 절친한 벗이 됐고 마유즈미 상은 활달한 여행 작가이기도 해서 스페인 산티아고 가는 길, 부산에서 서울까지의 길을 도보로 여행했고 책으로 까지 펴냈다고 했다.

'사랑해요'라고 쓰인 책표지에 인쇄된 한국어가 눈에 띄었다. '걸었다, 노래했다, 그리고 사랑했다'라는 제목으로 한국에서도 출판된 마유즈미 상의 여행기엔 부산에서 서울까지 걸으면서 지은 쉰여덟 편의 하이쿠가 적혀 있다.

까치가 놓은 오작교를 건너서 한국에 왔네.
할아버지 인정이 너무 많아 강물 데우네.
늙은 할머니 빨간 고추 말리며 기운 넘치네.

〈최충희 님 번역 인용〉
 ─ 걸었다, 노래했다, 그리고 사랑했다
　마유즈미 마도카 지음, 아침바다 펴냄

그녀가 마유즈미 상의 하이쿠 세 편을 또박또박한 일본어로 한 번, 긴 설명을 붙인 영어로 한 번 읽어 줬다. 형광등 환한 일본식 응접실이 시의 깃털을 타고 한국의 시골 마을로, 시간과 공간이 뒤죽박죽 섞인 내 유년의 풍경 속으로 움직여 그리움의

꼭지를 흔든다.

　5·7·5의 음률을 지닌 하이쿠는 에도 시대에 발전한 정형시로 봄, 여름, 가을, 겨울의 계절어를 담아 인생의 면모를 표현한 17자의 짧은 시다. 마유즈미 상의 하이쿠는 텅 빈 허공을 보여 주거나 색으로 꽉 찬 선명한 사진처럼 다가오기도 했고, 훈훈한 목욕물처럼 몸을 감싸 주기도 했다. 일본의 주요 일간지에 투고란이 건재할 만큼 여전히 인기가 많은 하이쿠의 오랜 스승은 마쓰오 바쇼(1644~1694년)다. 30세에 이미 하이쿠 스승으로서 이름을 날렸고 따르던 제자들이 즐비했던 그는 41세에 돌연 은둔생활을 시작해 생을 마감하는 51세까지 짚신과 지팡이에 의지해 일본 전역을 방랑한다. 마유즈미 상도 바쇼처럼 나그네가 되어 한국에서 시를 읊고 헤맨 것이리라. 친구 얘기에 자랑 보따리가 늘어진 아사즈 상은 초등학교 선생님답게 여행에 관한 바쇼의 하이쿠도 한 편 소개했다.

오저 오늘오늘의 소원 두가지가 있을 뿐.
오늘 밤 좋은 숙소를 빌릴 수 있었으면,
그리고 짚신이 발에 맞았으면 하는 것

〈김정례 님 번역 인용〉
– 바쇼의 하이쿠 기행, 마츠오 바쇼 지음, 바다 출판사

　아사즈 상이 날라다 준 시 꾸러미는 그녀가 직접 담근 유자차처럼 향긋했고, 검은 밤하늘을 따라 오묘하게 깊어 갔다.

"언젠가 한국에 가면 좋겠어."

태어나서 한 번도 시코쿠를 벗어난 적이 없다며 호기심 어린 눈으로 중년의 그녀가 말했다. 똑딱거리는 시계는 9시 반을 가리켰고 료칸 주인은 문단속을 하려고 우리 주위를 서성거렸다. 아사즈 상은 핸드백에서 기모노 천으로 만든 작은 동전 주머니와 88개 절의 풍경이 담긴 기념우표를 꺼내 내게 건넸다. 손님을 위한 극진한 대접, 우연히 만난 친구를 깜짝 놀라게 해줘야겠다는 장난기가 동시에 느껴지는 오셋다이. 나도 수놓은 골무로 만든 열쇠고리를 배낭에서 떼어 내 그녀에게 줬다. 역시나 아쉬운 이별이지만 아까와는 다른 충만함이 가슴에 고였다.

그녀가 자동차를 타고 붕 떠나고, 나는 하얀 이불 위에 그녀가 준 우표와 동전 지갑을 나란히 놓고 한참을 바라봤다. 며칠 전 공중전화 부스에서 동전 지갑을 잃어버려서 꼭 필요했는데,

이 많은 우표를 어디다 쓴담?

그녀는 어떻게 내 사정을 안 걸까? 하필 그 시간에 개를 끌고 나와 나를 만난 건 무슨 인연이지? 왜 우표를 준 거야? 일본에서 한국으로 엽서 한 장을 보낼 수 있는 80엔짜리 우표가 88개. 커다란 그림처럼 이어져서 뜯어내기가 아까운 88개 사찰의 기념 우표, 이걸 다 어디다 쓴담? 한국의 친구들에게 맘껏 엽서를 써? 아냐, 뭔가 드라마틱한 활용법이 떠오르면 좋겠는데.

오셋다이로 받은 88장의 우표를 멋지게 사용하는 방법은 뭘까? 신발장에 처박혀서 쓸모없던 헌 운동화가 연극 소품으로 등장해 조명을 받을 땐 벅차고 자랑스러웠다. 우표에 있어서 그런 쓰임새, 오래 기억될 만한 우표의 변신… 바로 이거야! 일기장에 어지러운 낙서를 한 끝에 다음과 같은 메모를 만들었다.

하이쿠를 지어 저에게 보내 주시길….

강렬한 느낌을 받은 찰나, 당신이 시인이 되는 그 순간,

길을 걷다가 「순례란 이런 것이구나.」라는

제 주소가 적혔답니다.

보내는 사람은 당신이고 받는 사람 난엔

여기 한국으로 날아올 우표가 붙여진 엽서가 있습니다.

순례자님, 저에게 당신의 한 순간을 나눠 주세요.

巡礼者様

私にあなたの一瞬間を配って下さい

そこに韓国に飛んで来る切手が付けられた

はがきがあります。送る人はあなたで

宛先く人の欄には私の住所が書れた

です。道を歩いている途中巡礼というのは

こんなことなのかと強烈な感じを受けた

刹那、あなたが詩人になるその瞬間…

ハイクを作って私に送って下さるように…

다음날, 도화지를 사서 서툰 솜씨로 수십 장의 엽서를 만들고, '야마하' 뉴욕지사에 근무했던 영어를 잘하는 오헨로상을 만나 메모의 내용을 설명한 후 일본어로 바꿔 써달라고 부탁했다. 그는 바위에 걸터앉아 말쑥한 글씨의 일본어 안내문을 만들었고, 이 프로젝트의 첫 번째 참가자가 됐다.

"하이쿠는 어렵게 느껴지는데, 그냥 시라고 바꾸면 어떨까?"

"좋아요. 이젠 88개 우표 중에 맘에 드는 우표를 고르세요."

"설마, 지금 당장 뭘 써달라는 건 아니지?"

"그럼요. 아무 때나, 생각나실 때 써서 보내 주시면 제가 한국에서 고맙게 받아 볼게요."

그는 무진장 흥미롭게, 그러나 슬며시 부담스런 눈치로 엽서를 챙기고 나를 앞서 걸어갔다. 그의 엽서가 돌아올까? 나는 몇 명의 순례자들에게 이 엽서를 나눠 주게 되려나? 과연 몇 장의 엽서가 내 집 우체통으로 귀환할까?

<가요에게서 돌아온 엽서>
태평양이 훤히 보이는 아시즈리 곶을 코앞에 두고 걷기를 그만뒀다. 6킬로미터 떨어진 공중변소에 금강지팡이 즈에를 두고 와서 찾으러 가야 했고, 내 앞에 근사한 젠코야도가 나타났기 때문이다. 작은 난로와 두툼한 이불, 7~8명이 잘 만한 다다미가 깔린 방, 휴대용 가스레인지와 허름한 식탁이 놓인 부엌과 간이 화

장실에 세탁기까지. 텅 빈 젠코야도의 벽엔 두 명의 순례자가 그
림 속에서 천천히 걷는다. "안 계세요?" 아무리 소리쳐도 대답
이 없었지만 아궁이 위에 올려진 철제 욕조 속 물이 절절 끓어
넘치는 걸 봐선 분명 주인이 사는 젠코야도다. 동화책 속에나 나
올 법한 이 집 욕탕은 차라리 거대한 냄비. 욕탕에 뜨거운 물을
받는 형식이 아니라 욕조를 아궁이 위에 올려서 불을 때는 일본
전통 방식의 목욕탕이다. 아궁이 속에 남은 불씨가 발갛게 사그
라졌다. 이 정도 집이라면 하룻밤 묵어 가도 괜찮겠지? 멋스런
공짜 숙소에 더운 목욕물까지! 배낭을 내려놓고 흡족해하는데
누군가 어깨를 툭 쳤다.

"어머, 켄!"

며칠 전보다 까맣게 탄 켄이 스물몇 살쯤 된 일본 여자애와
반갑게 인사했다.

"너도 드디어 노숙 순례자가 된 거야? 이쪽은 어제 만난
'가요' 야."

만화 캐릭터처럼 찡긋 웃는 가요는 굉장히 어려 보이기도
하고, 나이 많은 부인처럼 성숙한 이미지도 풍겼다. 어쨌든 나
는 이들에게 배낭을 맡기고 지팡이를 찾으러 떠났다. 배가 몹시
고팠고 켄과 새로운 친구 가요와 어울리고픈 생각에 아무 차나
잡아타는 히치하이킹을 감행해서 20분 만에 지팡이를 들고 젠
코야도로 돌아왔다. 켄과 가요는 차에서 내리는 나를 보고 수완
이 대단하다며 칭찬했고, 이마에 모기를 수백 방 물린 또 한 명
의 순례자 '나오' 는 처마 밑에서 담배를 뻐끔거렸다.

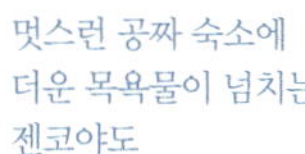

멋스런 공짜 숙소에
더운 목욕물이 넘치는
젠코야도

이렇게 숲 속 젠코야도엔 총 네 명의 젊은이가 모여들었다. 아늑한 공간, 오붓하면서도 시끌벅적한 밤 공기, 모든 게 대만족인데 저녁밥이 걱정이다. 주위엔 식당도 슈퍼도 없다. 굶는 건 고역이고 근처 마을에 가서 쌀이라도 얻어 와야 하나, 텃밭의 고구마라도 몰래 캐서 삶아야 하나.

"정 먹을 게 없으면 우리 집에서 한 끼 해주지 뭐."

어느새 나타난 젠코야도 주인아저씨가 저녁값으로 각자 1,000엔을 낼 만한지 물으며 방바닥에 장작을 부려 놓으셨다. 살랑한 밤 공기가 걱정돼 난로를 피워 주러 들렀다가 우리 얘기를 들은 것이다. 다들 손벽을 치며 좋아했고, 젠코야도 주인아저씨는 무료 숙박시설은 그럭저럭 운영해 나가지만 식사까지 책임질 순 없는 형편이라며 미안해했다.

저녁이 준비되는 동안 빨래를 하고 무섭게 끓어 대는 목욕물을 퍼 올려 몸을 씻었다. 누구든 탕 안에 들어가려고 시도했지만, 국수를 삶을 만큼 뜨거운 물에 뛰어드는 건 불가능했고 바가지에 찬물과 뜨거운 물을 섞어 끼얹는 것으로 만족했다.

저녁은 젠코야도 주인아저씨와 그의 여든 살 노모가 함께 마련해 주셨다. 밭에서 딴 푸성귀와 마당처럼 펼쳐진 바다에서 갓 잡은 생선 반찬이 그득한 밥상. 여든 살 할머니는 젊은 애들 넷이서 왁자지껄 어울리는 게 흐뭇하셨는지 우리가 밥그릇을 비울 때까지 식탁 앞에서 지켜보고 계셨다.

"맥주 생각이 절로 나는데."

배가 빵빵하게 부른 켄이 지붕 위 별을 보며 노래하듯 소리

쳤다.

"그럼 사 와!"

"어디서?"

"3~4킬로미터쯤 걸어가면 구멍가게 하나 없을까?"

"맥주 사 와, 맥주! 맥주!"

켄의 한마디에 술이 고파진 나와 가요는 무작정 맥주를 사 오라고 졸랐고, 그 성화에 못 이겨 켄과 나오가 맥주를 사러 어 둠 속으로 사라졌다. 그들은 진짜로 맥주를 구해 올까? 객기 어 린 기대와 장난이 유쾌하기만 했다.

남자 둘을 쫓아내고 나와 가요만 방안에 남아 온순하게 타 오르는 난로를 사이에 두고 서로의 삶에 대해 탐색을 시작했다.

"왜 순례자가 됐어?"

스물몇 살처럼도 보였다가 한없이 늙은 여자 같은 분위기 를 풍기기도 하는 가요에게 물었다. 그녀는 지갑을 꺼내 사진 한 장을 보여 줬다. 사진 속에서 여섯 살쯤 된 여자애가 치아를 드 러내며 웃는다.

"내 딸이야."

"네 딸이라고? 도대체 너 나이가 몇 살인데?"

"스물넷."

언제 결혼을 하고 언제 애를 낳은 걸까? 오사카에서 간호 사로 일하는 가요는 10대에 결혼해서 아이를 낳았지만 남편과 이혼했고 지금은 다른 남자친구와 사귄다고 했다. 문제는 가요의 새 남자친구가 56세의 유부남이라는 것.

"그와 헤어지려고 순례를 왔어."

가요는 웃는 얼굴로 눈물을 주르륵 흘리며 말했다. 여행지에서 만난 타인들은 특별한 관계를 형성한다. 가까운 친구와 가족들에게도 차마 꺼내지 못했던 얘기를 털어놓고 자기 인생의 이력을 서슴없이 말하기도 했다. 서로 떠도는 상태라는 공통점, 일상으로 관계가 발전하지 않을 거라는 가정이 어떤 편안함을 주는지도 모른다. 독하게 결심하고 떠난 길이지만 이별은 어려운 모양인지 가요가 아무 말 없이 내 충고를 기다렸다.

"가요, 잘 헤어졌어! 세상엔 너를 애인으로 삼고 싶어 안달난 남자들이 수두룩한데, 계속 그 남자와 사귄다면 딴 남자들이 불쌍하잖아."

그녀가 쿡쿡 웃었다. 손으로 그녀의 눈물을 찍어 주며 생각했다. 길 위에서 어떤 인연을 만나기를, 혹은 길 위에서 만난 많은 사람에게 그녀가 자신의 얘기를 자꾸 털어놔서 가벼워지고 조금은 객관적인 눈으로 자신의 연애를 누군가와 토론해 보기를. 나는 배낭에서 빈 엽서를 꺼내 그녀에게 건넸다.

"네 생각이 정리되면, 나한테 안부 전해 줄래?"

그녀는 내가 준 빈 엽서를 이리저리 뜯어보며 반드시 풀어야 할 숙제가 생긴 것처럼 의지를 다졌다.

"꼭 소식 줄게."

맥주를 사러 갔던 켄과 나오는 결국 빈손으로 돌아왔다. 한 시간가량을 헤맸지만 도무지 어둠뿐이라 돌아오는 길을 찾는

데만도 벅찼다며, 숲 속의 밤을 뛰어오느라 취한 듯 벌겋게 달아오른 뺨으로 열기를 내뿜었다. 우리는 따뜻한 맹물을 술인 듯, 차인 듯 나눠 마시며 늦도록 수많은 얘기를 접었다 펴느라고 잠을 이루지 못했다. 지붕 위의 별들은 우리 머리 위에서 각각 다른 빛을 발하며 반짝였다.

여행을 끝내고 돌아온 어느 오후, 첫 번째 엽서가 '가요'에게서 돌아왔다. 그녀는 켄과 나오의 안부를 전했고, 순례에 대해 다음과 같이 썼다.

인생은 순례길
인생에도 산이 있고, 계곡이 있고, 평탄할 때도 있다.
힘들 때와 즐거울 때도 있다.
아무 문제없이 보내는 시간도 있다.
순례에도 산과 계곡이 있다.
오로지 도로를 걸을 때도….
험한 산을 오르면,
거기엔 본 적도 없는 경치가 펼쳐진다.
땀 때문일까, 눈물 때문일까.
본 적 없는 아름다운 풍경.
인생은 순례길.

가요의 엽서

〈요지에게서 돌아온 엽서〉

40번 절 간지자이지는 1번 료젠지에서 가장 멀리 떨어진 외톨박이 사찰로 '우라세키쇼'라고 불린다. 주말이라 이른 새벽에도 참배객들로 붐볐다. 스님을 대동하고 온 단체 순례객들은 본당 앞에서 반야심경을 독경했고, 100살도 넘었을 것 같은 할머니는 절 입구의 불상들에 일일이 물을 끼얹으며 합장했다. 소원을 이루어 준다는 팔체불. 나도 할머니 뒤를 따라 물을 끼얹어 보는데 바라는 게 딱히 떠오르지 않았다. 우연히 마주친 무심한 마음 상태. 스스로 확인한 한산함이 반갑다.

국도를 따라 걷는 아침 내내 쌀쌀한 기운이 따라왔고 점심때가 못 되어 우와카이 바다를 지났다. 먼 섬들이 동그란 젖무덤

처럼 출렁출렁 솟은 아담한 바다. 잔잔하고 반짝이는 수면 위에는 진주 양식을 하느라 띄워 놓은 부표(浮標)가 떼를 지어 어디론가 갈 철새들처럼 둥그렇게 일렁였다.

해안가를 따라 놓인 도로와 산길 중 어느 쪽을 선택할까 망설이다 등고선이 촘촘한 산을 택했다. 아이난쵸 마을을 비집고 난 그 길은 순례길 중 최고의 풍경을 보여 줬다. 녹음 속을 걷다 보면 아득한 바다가 구름 아래 세상처럼 다가왔고, 고도가 높아질수록 바다는 더 먼 곳으로 달아났다. 소리 없이 바다를 가르며 움직이는 배를 타고 한 걸음, 한 걸음, 알 수 없는 시간 속을 서성이다 산을 내려왔다.

50미터 앞에 편의점 입간판이 인사를 한다. 나그네에게 편의점만큼 요긴한 데도 드물다. 쉴 만한 벤치, 옷을 갈아입을 만큼 넓고 편한 화장실, 온수가 나오는 개수대, 간식거리가 기다리는 곳이 바로 여기다. 반면 점심을 해결하려고 들렀다면 실망스러울 것이다. 냉장고에 처박힌 주먹밥, 어제 만든 햄버거 도시락, 속이 빈약한 샌드위치, 맛으로 따져도 영양가를 셈해도 단조롭고 지루한 메뉴뿐. 뭐 다른 거 없을까? 입맛을 스윽 돌게 할 특별 요리. 점심거리를 찾아 기웃거리는 순례자에게 편의점은 겉만 번지르르한 속 빈 강정이다.

"스파게티 만들어 줄까?"

주르륵 맥이 풀려 냉장고 진열장을 두리번거리는데 절간 어귀에서 서너 번 부딪혔던 '요지' 가 이렇게 제안했다.

진주가 익어 가는 바다

"스파게티를 지금, 여기서?"

"네가 먹고 싶다면 요리해 줄게."

편의점에서 스파게티를 만들겠다니, 어떻게? 그는 편의점 바깥으로 나를 불러내 자신의 배낭을 열어 조리기구와 양념통을 보여 줬다. 올리브기름, 바질, 월계수 잎, 통후추, 머그컵 두 개 분량의 냄비와 버너. 편의점에 딸린 주차장은 조리하기 충분한 부엌이라고 자신만만하게 말했다. 매일 똑같은 점심 식단에 질렸다는 사소한 투덜거림에 이렇게 구체적인 해결방법을 제시하다니. 그가 불쑥 내민 친절한 손을 잡을까 말까? 어쨌거나 예약해 놓은 숙소까지 갈 길이 멀다면 멀고 시간이 촉박하다면 촉

가끔 화살표는 정방향으로 순례하는 토시우치 오헨로상과
역방향으로 순례하는 사카우치 오헨로상을 위해 양방향 모두를 표시한다.

박한데. 생각 끝에 길에서 만든 스파게티의 맛에 대한 궁금증과 여행의 일상 속으로 끼어든 매력적인 이벤트에 홀려서 그를 요리사로 초빙했다.

음식에 썩 어울리는 이름을 가진 요지는 내 나이 또래 남자애로 4개월째 자전거로 일본 전역을 떠도는 중인데, 전직 조류 연구원답게 자전거 핸들에 부엉이 깃털을 꽂고 고장 난 텐트와 침낭, 매트, 잡다한 짐에 의지해 하루하루를 살고 있었다. 어제는 항구 어귀에서 고기 파티를 하는 사람들을 만나 그들과 어울리고 잠도 얻어 잤다며, 비좁은 냄비에 스파게티 면을 후루룩 삶아 내며 웃었다. 바람이 불어 버너의 불이 아슬아슬 죽었다

살아나기를 반복했지만, 점퍼를 벗어 바람막이를 만들고 냄비 뚜껑에 베이컨과 채소를 볶았다. 마지막으로 올리브기름에 면을 살짝 데워 20분 만에 토마토소스에 바질과 파슬리 가루를 뿌린 '요지표 스파게티' 완성. 비록 플라스틱 통에 담아 냈고 길 위에 차려진 밥상이지만, 불그죽죽한 스파게티는 어렸을 적 할머니를 따라가 논두렁 어귀에서 얻어먹은 새참만큼이나 구수하게 술술 넘어갔다.

"요지, 어떻게 스파게티 만들어 줄 생각을 했어? 귀찮잖아."

"난 혼자 밥 먹는 게 세상에서 제일 귀찮고 싫어."

그는 깡마른 손으로 젓가락질을 하며, 입술로는 쩝쩝 소리를 냈다. 햇볕에 그을린 붉은 목덜미, 가시덤불처럼 아무렇게나 자란 부시시한 머리칼. 4개월을 길에서 헤맨 그의 여정이 온몸에서 뚝뚝 묻어났다. 내년 봄까지 여행을 계속할 거라는 그. 먼 나그네의 길을 모두 헤매고 나서는 어떤 모습으로 변할까.

편의점을 드나드는 사람들은 우리를 낯설고 신기한 눈으로 쳐다봤고, 헛기침을 하며 소심한 충고를 했다. 그 다양한 관심이 어색했지만 불편하지는 않았다. 스파게티 맛 때문일까? 그들의 눈길이 부드러웠기 때문인가? 식사를 마친 요지는 지난번 만났을 때 찍은 거라며 사진 두 장을 건넸다. 여자친구에게 한국에서 순례 온 사람을 만났다는 편지를 쓰려고 뽑아 놓은 건데, 사진의 주인을 만났으니 돌려주는 거란다. 어느새 그는 설거지 안 된 냄비와 식기를 배낭에 꾸리고 갈 길을 재촉했다.

"아니영, 안녕."

편의점 주차장을 빙글빙글 돌며 그가 나에게 배운 서툰 한국말로 작별인사를 했다. 아마 다시 만나긴 어려울 것이다. 그 애는 자전거로 나는 걸어서 여행 중이니까. 38번에서 39번 절로 가는 길이 왔던 곳을 되돌아가는 코스가 아니었다면 이 우연도 불가능했을 테지.

"요지! 줄 게 있어."

속력을 내는 요지의 자전거를 세워 엽서를 전했다. 그는 내 설명을 들으며 감탄사를 연발하더니 빈 엽서를 품고 페달을 밟으며 도로 너머 강 어딘가로 사라졌다.

요지의 엽서

모르는 단어가 생길 때마다 뭔가를 그려 의사소통을 하던 그는 위와 같은 그림을 그려 보냈다.

순례가 중반에 들어설 무렵, 나는 엽서를 백지수표처럼 남발했다. 도로공사 때문에 먼지를 뒤집어쓰고 도착한 42번 부츠모쿠지에서 만난 브라질 부부에게도, 43번 메이세키지 근처 작은 절에서 만난 '마쓰다'에게도.

나는 마쓰다 덕분에 츠야도에 머물 수 있는 '도요가하시'라는 절을 찾아냈다. 도요가하시는 88개에 속하지 않는 번외 사찰 '방가이(시코쿠에 총 20개의 방가이가 존재하는데, 88개 절과 방가이 숫자를 합치면 결국 108개 사찰이 된다)'인데, 다리 밑에

마쓰다 덕분에 머물게 된 도요가하시 츠야도

코보대사가 잠을 잔다는 전설 때문에 붙여진 이름이라고 했다. 정말로 도요가 다리 밑에 내려가면, 낮잠 자는 코보대사의 상이 하수구 옆에 모로 누워 있다. 뿌연 물이 흐르는 도시의 하천과 악취가 아무렇지도 않은 듯.

마쓰다는 그 하수구 옆에서 코보대사와 같은 포즈로 낮잠을 자던 돈키호테 같은 순례자였다. 소박한 방으로 꾸며진 츠야도에 머물 것을 권해도 굳이 하수구 옆 맨바닥을 고집하던 그는 마츠야마 시 경찰관으로, 휴가를 얻어 달랑 5,000엔만 들고 열흘간 순례를 왔다고 했다. 마쓰다한테는 다가가기가 어려울 정도의 악취가 났는데, 도요가하시 근처 온천에서 목욕하고 동전세탁기에 옷과 신발을 빤 후에는 아무 냄새도 나지 않았다. 인간

일생에 한번은 순례여행을 떠나라

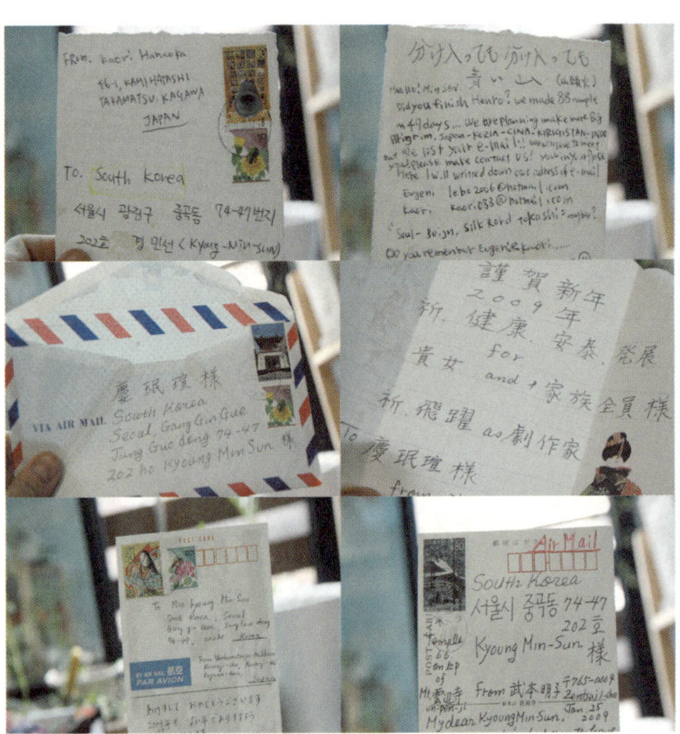

의 몸처럼 영혼도 손쉽게 빨래하고 목욕하고 보송보송 말려 새로워질 수 있다면. 마쓰다에게 준 엽서는 악취를 벗은 기념으로 건넨 상장 같은 것이었다.

다음날, 하루 종일 뿌리는 비를 맞으며 19세기 약방과 분라쿠 극장, 학교가 고스란히 남아 있는 고풍스런 도시, 우치코 시를 지나 질퍽거리는 국도를 걸어 44번 다이호지에 닿았다. 절 개수로 치자면 전체 88개 절 중 딱 반을 온 셈인데, 젖은 땀과 빗물 때문에 오한이 덮쳐 얼떨떨하기만 했다.

44번 다이호지는 백제의 승려가 십일면 관세음보살상을 가져온 것을 계기로 세워진 절로 산문에 아주 거대한 짚신이 걸려 있었다. 88개의 절 중 여러 절이 산문간에 크고 작은 짚신을 세워 놓았는데, 다이호지의 짚신은 100년에 한 번 새것으로 바꾼다고 했다. 몇십 년 동안 아무데도 못 가고 찾아오는 사람들의 인사를 받으며 꼼짝없이 갇힌 거대한 신발을 보니 비에 젖었어도 어디든 돌아다니는 내 등산화 팔자가 더 나은 게 아닐지. 산문간에 합장하며 내 빈 엽서를 짚신에게 바쳤다. 이 길을 오가는 수많은 순례자의 흔적이 빈 엽서 속에 묻어나길 바라며. 자글자글 짚신 매듭에 얽힌 나그네들의 소식이 내 집 우체통에 날아들길 기대하며.

 # 민선이의 순례 일지

2008년 10월 25일~28일 4일 동안

80.7km
37번 이와모토지　38번 곤고후쿠지　　총 80.7km

해수욕을 즐기고 싶다면 민수크 스이쿄소에서 모래사장 미술관까지 이르는 2.5km의 해변을 놓치지 말자. 모래사장 미술관은 모래사장 자체가 미술관이라는 발상에서 시작한 야외 미술관인데, 전국에서 모집한 그림을 티셔츠에 프린트해서 빨래를 말리듯 전시한다.

2008년 10월 29일~30일 2일 동안

52.8km
38번 곤고후쿠지　39번 엔코지　　총 52.8km

38번 곤고후쿠지에서 39번 엔코지 가는 길은 왔던 길을 되돌아가는 코스다. 같은 길을 반복해서 걷기 싫다면 해변을 따라 멀리 돌아가는 길, 미우라 산악 마을을 지나는 길을 선택하거나 반복된 순례길 구간만큼만 버스를 타는 방법도 있다.

2008년 10월 31일 1일 동안

25.8km
39번 엔코지　40번 간지자이지　　총 25.8km

2008년 11월 1일~2일 2일 동안

50.2km
40번 간지자이지　41번 류코지　　총 50.2km

2008년 11월 3일~6일 4일 동안

2.6km　　10.6km　　67.2km　　8.4km
41번 류코지　42번 부츠모쿠지　43번 메이세키지　44번 다이호지　45번 이와야지　　총 88.8km

2008년 11월 7일 1일 동안

29km　　0.4 km　　4.4km　　3.1km
45번 이와야지　46번 쇼루리지　47번 야사키지　48번 사이린지　49번 죠도지　　총 36.9km

지팡이 매너

예부터 금강지팡이 '즈에'에는 코보대사의 혼이 깃들었다고 믿었다. 그래서 순례자들은 다음과 같은 까다로운 규칙과 법도에 따라 지팡이를 모시고 대접한다.

1. '다리 아래에는 코보대사가 잠자고 있다.' 라는 전설에 따라 다리를 건널 땐 지팡이를 짚지 않고 손에 들고 건넌다.
2. 휴식할 때, 자기 몸보다 지팡이가 먼저 쉬게 한다.
3. 숙소에 도착하면 땅에 닿았던 지팡이 끝 부분을 물로 씻어 도코노마에 놓아 둔다.
4. 지팡이 끝이 닳으면 칼로 깎아 손질하는 게 아니라 돌이나 나무 등걸에 비벼 매만져 준다.

바로 이 부분이 도코노마.
다다미방의 정면에 바닥을 한 층 높여 만들어 놓은 곳으로 벽에는 족자를 걸고 바닥에는 도자기·꽃병 등을 놓아 장식한다.

8 | 그리고
동그랗게
이어지는
시간

도고 온천의 도시 마츠야마

산등성이를 쏘다니다 드디어 만난 인구 50만의 대처, 마츠야마는 도고 온천으로 이름을 떨친 에히메 현의 중심지이며, 일본 최초의 경전철이 아직도 도로를 오가는 예스러운 도시다. 50번 절한타지에서 마츠야마 시내를 가로지르는 51번 아시테지까지가는 길은 걷기를 포기하고 과감히 경전철을 탔다. 도보여행의 규칙을 어겼다는 죄의식이 옷깃을 잡았지만 경전철을 타고 느긋하게 번화가를 둘러보고자 하는 유혹, 고풍스런 성냥갑 같은 경전철에 몸을 싣고 덜컹거리고픈 충동을 존중하는 게 훨씬 자연스럽다는 예감에 나도 모르게 티켓을 샀다.

　이른 퇴근길, 전철 안은 점잖은 신사와 맵시 나게 차려입은 숙녀들로 차분했다. 논두렁, 밭두렁, 오솔길에서 만난 사람들과는 전혀 다른 향기와 채취를 풍기는 사람들. 삿갓 쓴 순례자의 눈엔 휘황찬란하게 솟은 호텔과 백화점뿐 아니라 교양 넘치는 승객들까지도 온통 신기하고 으리번쩍하게 보였다. 전철은 시시콜콜한 욕망이 빼곡하게 박힌 쇼윈도우, 크고 작은 간판들 사이를 천천히 헤엄쳤다. 당장에라도 내 욕구에 맞는 물질을 사냥해야 할 것 같은 충동이 미끼를 놓는데, 다행히 초라한 삿갓과 뭉뚝한 지팡이, 거추장스러운 배낭이 순례자의 신분을 상기시켰다. 빌딩의 파도를 넘어 중심가를 두리번거리던 전철은 종점인 도고 온천역에 멈췄다.

매년 500만 명 이상의 일본인 관광객이 다녀간다는 소문을 증명하듯, 도고 온천 주위는 튀기고 볶고 지지는 온갖 음식점들과 기념품 가게들로 복작거렸다. 나는 숙소를 찾아 나서는 것도 잊고 무거운 짐을 진 채 화려한 가게들 앞을 기웃거리며 '다루토'라 불리는 팥 롤케이크를 집어 먹다가 도고 온천으로 직행했다.

1894년 개업해서 여전히 번창하는 도고 온천은 국가 유형 문화재로 지정된 뼈대 높은 목욕탕이며, 미와자키 하야오의 애

뼈대 높은 목욕탕 도고 온천

니메이션 「센과 치히로의 행방불명」의 배경으로 대중적 인기를 한몸에 받았다. 뿐만아니라 1,000엔짜리 지폐 모델로 등장하는 작가 '나쓰메 쇼세키'의 찬사를 후광으로 지닌 대단한 온천이다. 하지만 막상 옷을 벗고 탕에 들어가면 "동네 목욕탕이잖아."라는 말이 절로 나올 정도로 소박했다. 여러 가지 이벤트탕, 노천온천, 다양한 사우나는 아무리 둘러봐도 없고 중앙에 유황 물이 펄펄 솟아나는 단순 탕이 존재할 뿐이었다. 고급 시설을 원한다면 49번 절 근처 다카노코 온천을 찾으라고 한 순례자가 귀띔했다. 하지만 그 유명세 덕택에 얼굴에 피어싱을 서른 개도 넘게 한 히피족 아가씨, 기사 달린 리무진을 타고 온 부자 사모님도 홀딱 벗고 다 같이 목욕물에 둥실 떠다닌다는 이곳이 어쩐지 재미있다. 앞이 막막한 수증기 속에 발그레하고 탱탱한 살, 뿌옇고 축 처진 살, 검고 바싹 마른 살들의 물결이 너울너울 출렁였다.

목욕을 마치고 따로 돈을 내면 2, 3층의 휴게실에서 차를 마시며 쉴 수 있다. 곰곰이 수지타산을 맞춰 보다가 시계를 보곤 서둘러 숙소를 찾기로 했다. 영업시간이 밤 11시까지라 온천 입구는 전통 목욕 가운인 유카타만 걸치고 슬리퍼를 끌고 다니는 사람들로 넘쳐났다. 그 옷이 교복이나 작업복이라면 확실히 다른 느낌일 텐데, 속옷을 안 입었을 가능성도 다분한 목욕 수건 같은 옷이라 껄렁껄렁 여유작작 밤바다에 바캉스 나온 피서객들 같았다.

삿갓을 배낭에 묶고 젖은 머리를 털며 후미진 뒷골목을 거닐었다. 집으로 돌아가는 사람들의 발걸음 소리, 인자한 가로등, 가볍게 구르는 휴지 조각. 괜한 우수가 느껴지는 도시의 밤이 순례자를 달뜨게 한다.

이날은 후지야 게스트하우스에서 묵었다. 싸고 넉넉하고 고즈넉한 가정집. 단돈 2,000엔에 목욕탕이며 세탁기에 인터넷까지 무료 이용이다. 나는 잔뜩 풀어헤쳐진 마음으로 순례자들과 맥주를 나눠 마시다 오랜만에 한국의 동거인, 오현이에게 전화를 걸었다. 달이 없는 늦가을 밤, 서울의 그는 뭘 할까? 벌써 몇 주째 소식 한 번 못 전한 터라 단단히 삐쳤겠지? 당장 돌아오라는 호통을 칠지도 모를 일. 불안한 마음을 술기운으로 누르며 열네 자리나 되는 긴 번호를 눌렀다. 드디어 신호음이 울리고 딸 깍. 전화선 너머 그의 친숙한 목소리가 들렸다.

"여보세요"

나는 괜스레 미안해서 대답도 못하고 꾸물거렸다. 그가 불 같이 화를 낸다 해도 딱히 할 말이 없는 입장이므로. 그런데 오 현이가 들뜬 목소리로 새로운 소식을 전했다.

"나, 열흘짜리 휴가 얻었어. 이번 기회에 순례자가 되어보 려고!"

벌써 오사카행 비행기 표를 예약했다는 말에 소리를 꺅 질 렀다. 함께 걷는다는 기쁨에서 내지른 비명이 아니라, 아무 대 책 없이 일을 벌인 그의 무지막지함에 기가 질린 외마디 절규. 날짜나 상의하고 결제할 일이지, 입국 날짜만 자유롭고 출국 날 짜는 변경 불가능한 표를 사서 어쩌겠다는 건지.

"무지 신나지?"

"마이너스 통장도 꽉 찼다며 무슨 돈으로?"

"너 묵는 방에 꼽사리 끼면 밥값밖에 더 들겠어? 모자라면 카드 긁지 뭐."

가장 큰 문제는 일정인데, 그가 올 2주 후엔 88번째 사찰을 찾아갈 순례 막바지 즈음이었다. 대강 순례가 마무리될 테니 걸 었던 길을 다시 걸을 수도 없고, 비용도 큰 골칫거리다. 오현이 는 시코쿠에서 신용카드가 통하지 않는다는 말을 믿으려 하지 않았다. 게다가 일본의 료칸과 민수크를 한국의 여관과 모텔 정 도로 생각하다니. 일본은 숙박비를 '한 방당 얼마' 로 받지 않는

다. 머릿수대로 계산하고 에누리란 상상하기 어렵다. 한 명이 한 방에 머물면 6,000엔, 두 명이 한 방에 머물면 1만 2,000엔. 정확히 곱절 값을 받는다. 이 규칙은 노래방에서도 똑같이 적용 돼서 다섯 명이 노래방에 가면 방을 하나만 차지하더라도 곱하기 다섯에 해당하는 값을 치러야 한다. 엔화는 또 얼마나 치솟는 가! 세상에, 이럴 때 일본 여행을 오겠다고? 순식간에 내가 머물고 걷는 곳이 '일본'이라는 것도 잊고 격렬한 반대를 외쳤다.

"넌 이기적이야! 나도 여행할 자격이 있어!"

여행할 자격, 권리, 자유. 내가 늘 그에게 주장하던 말이다. 내가 떠날 땐 모든 조건에 한없이 관대했건만 동거인의 여행에 는 돈 걱정부터 늘어놓으며 이토록 까다롭게 굴다니. 한국을 떠

방문객들로 붐비는 51번 이시테지

난 지 겨우 한 달, 어느새 그의 욕구를 존중하고 타협하는 법을 잊은 걸까? 일본으로 날아오겠다는 그의 선포는 성가신 눈 다래끼처럼 귀찮기만 했다. 별안간 왜 순례자가 되겠다는 거야? 게다가 특별한 준비나 결심도 없이 하루에 30킬로미터씩 걷겠다니? 에휴, 직장이나 고분고분 다닐 일이지.

오현이 일정에 맞춰 시코쿠 순례길을 걷는다면 나는 왔던 길을 되짚는 관광가이드가 될 게 뻔하고, 그게 싫으면 새로운 도보여행 계획을 짜야 했다. 하지만 아무런 정보도 없이 어디를 어떻게 물색해서 걸어 다닐꼬. 하루 종일 혼자 숲 속을 거닐 때조차도 그의 요구와 불평이 귀에 쟁쟁 울려서 어찌 하면 그의 여행을 막아 낼지 궁리하느라 전전긍긍 골치를 썩었다.

50번대 절은 이틀 만에 지나 왔다. 절간 거리가 3킬로미터 밖에 되지 않아 다음 절의 번호와 이름을 외우기도 벅찼는데, 특히 54번 절부터 59번 절까지는 미국에서 단체로 도보 순례를 온 서양인들과 마주쳤다. 그들은 전통적인 순례자 복장을 단단히 차려입고 사찰마다 줄을 맞춰 서서 반야심경을 외웠다. 항상 나보다 일찍 도착해서 늦게 출발했지만, 어느새 다음 절에 다다르면 미리 와서 경을 읊조리는 중이었다. 30명도 넘는 인원이라 딱히 말을 걸어 볼 기회는 없었지만 십자가 액세서리가 눈에 띄는 걸로 봐선 불교 신자 집단은 아닌 듯했다. 그들은 다만, 요가 동작을 따라 하고 노래를 배우듯 불경 낭송을 즐겼다.

"나무다이시헨조공고(南無大師遍照金剛)."

무엇이 저들로 하여금 낯선 땅을 걷고 뜻 모를 진언을 외우게 만들었을까? 뚜렷이 설명할 순 없어도 나름대로의 사연을 가졌겠지? 1,200킬로미터 순례가 그리 유별난 것이 아닐지라도 4박 5일 남태평양으로 바캉스를 떠나는 것과는 확실히 다른 여행이니까. 구불대는 영어식 발음의 진언은 서툴지만 몹시 간절하게 들렸다. 저들은 왜 순례자가 됐을까? 나의 동거인은 왜 순례자가 되려고 과감히 비행기 표부터 끊었지? 내게 이 길이 절실했던 것처럼 그에게도 특별한 이유가 생긴 건가? 스스로의 욕망에 충실하듯 그의 욕구도 최대한 배려해야 할 텐데, 어째서 나는 꿍하고 인색하기만 한가? 순례자가 된 누군가의 열정적인 사연을 들으면 동거인을 이해할 길이 열리려나? 미국인 단체 순례자들

과 며칠 더 마주치면 얘기를 트리라 맘먹었는데 59번 고쿠분지에서 헤어진 후엔 다시 만날 수 없었다.

59번에서 60번 절로 향하는 길은 고속도로를 마주한 국도로 공사가 한창이었다. 먼지가 날리고 거대한 트럭들이 오가서 저절로 얼굴이 찌푸려지는 길이지만, 공사를 주관하는 측에서 도보 순례자들을 위해 별도로 우회 길을 내고 따로 안내원을 배치해서 차라리 고마운 길이 됐다.

야생 원숭이가 튀어나오는 산간 도로를 끝까지 따라 올라가 축축하고 어두운 등산로를 두 시간쯤 걸어 60번 요코미네지에 닿았다. 절 집 지붕을 붉게 물들이는 단풍과 힘을 잃은 모기

가 완연한 가을을 알리고 있었다. 시코쿠의 가을은 한국보다 급작스럽다. 줄곧 덥다가 어느 날 하루 이틀이 못 견디게 춥고 나자, 가을은 아쉽게 사라져 버리고 그만 겨울이 오려 한다. 그래서인지 단풍 색이 단조롭고 균일했다. 한국의 산 구석구석에도 아득히 낙엽이 쌓여 가겠지. 오늘 밤, 동거인에게 전화를 걸어 우선 진심 어린 사과를 한 후, 구체적인 계획을 세우리라. 그의 의지를 꺾지 못한다면 평범한 관광 코스를 물색해 타협하는 것도 괜찮겠지. 꼭 순례길을 걸을 필요는 없는 거니까.

골똘한 생각에 빠져 한숨을 내뱉는데 절 집 계단 아래서 높다란 배낭을 메고 끙끙대며 걸어오는 서양인 남자와 동양인 여자가 시야에 들어왔다. 스게가사 삿갓도 안 썼고 금강지팡이 즈

삼나무들에 둘러싸인 60번 요코미네지

에도 짚지 않아서 순례자라기보다는 동남아를 여행 중인 것 같은 그런 차림이었다. 걷어붙인 팔뚝엔 달마대사의 타투가 춤을 추고 있었다.

"혹시 인도 여행하다 왔어요?"

혁혁대는 그들에게 물었다. 그들은 대뜸 어떻게 알았느냐며, 점쟁이가 아니냐며, 짐을 내려놓고 길고 긴 이야기를 시작했다. 스페인 청년 에우제니와 일본 처자 가오리는 4년째 전 세계를 유랑 중이며, 이번 순례를 마지막으로 여행을 끝낼 생각이란다. 지난해에는 돈이 떨어져 에우제니의 고향 바르셀로나에 가서 수개월 동안 돈을 벌어, 카미노 데 산티아고를 걷고, 올가을 87번 나가오지 근처 가오리의 고향으로 돌아와 추수를 도운 그

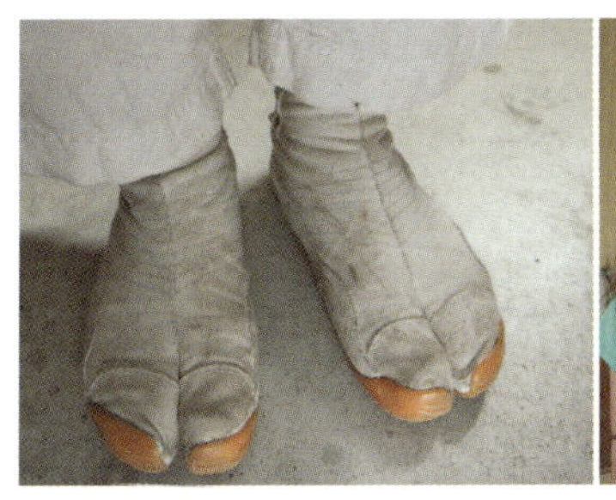

일본 전통 신발을 신고 순례 중인 가오리와 에우제니

들은 역방향으로 도는 사카우치 순례자가 됐다고 했다. 텐트를 지고 침낭을 메고 코딱지 같은 살림 도구를 바리바리 싸 들고.

"우린 2년 전 인도의 바라나시에서 만났어. 가오리도 나도 1년 넘게 여기저기 유랑 중이었지."

어머나, 로맨스의 주인공들은 따로 있었군. 여행에서 만나 애인이 된 사람들, 결혼한 경우도 봤지만 이렇게 2년 넘게 방랑객으로 얽혀 떠도는 이들은 처음이었다.

"너희가 내 고민을 해결해 줄 것만 같아."

나는 이 유별난 커플에게 내 동거인과 어디를 어떻게 여행해야 할지 상담을 신청하며 고운 낙엽 위에 이야기 밥상을 폈다. 의외로 가오리는 동거인과의 도보여행을 적극 권했다. 그녀는 이번 여행이 관계의 밀도를 높여 줄 거라고 확신했다.

"사람들은 혼자 걷거나 여행하면서 자기 자신과 만난다고 믿어. 그 말에 어느 정도 동의하지만 가장 친밀한 사람과 떠돌면서 알게 되는 스스로의 모습이 더 진실에 가까울지 몰라."

그러면서 그녀는 고야 산에서 출발하는 영지 참배의 길 '구마노코도'를 소개해 줬다. 고야 산은 진언종의 총 본산이며, 코보대사가 입정해 56억 7,000만 년 후 미륵보살이 살아올 때까지 기다린다는 설화가 전해지는 영험한 산이다. 원래 88개 사찰의 순례를 마친 사람들은 고야 산에 가서 코보대사에게 자신이 순례를 무사히 끝냈음을 고하는 전통이 있는데, 구마노코도는 이 고야 산에서 시작하기 적당한 길로 신도, 불교, 두 종교가 결합한 수험도 등 다양한 신앙이 난무하는 순례 코스다.

"그리고 텐트를 가져가. 무겁지만 돈 걱정도 숙소 예약 부담도 사라질 테니."

에우제니는 매트와 침낭만 튼튼하고 지붕 아래 자리를 잡는다면 저녁에도 춥지 않고 비가 와도 안심이라며 용기를 북돋았다. 어렸을 적에 걸스카우트나 아람단 같은 걸 했으면 어땠을까? 1년 동안 동남아와 유럽을 떠돌 때도 텐트 생활은 태국 산속에서 딱 이틀뿐이었고, 늘 게스트하우스와 유스호스텔에 묵었다. 한국에서야 수많은 모텔과 민박을 놔두고 굳이 텐트를 펼이유가 없었다.

"걱정 마, 텐트 치는 게 얼마나 간단한데."

텐트라는 말에 내가 근심스럽게 눈알을 굴리자 에우제니는 배낭 옆구리에 묶여 있던 텐트를 꺼내 순식간에 집을 한 채를 지었다 허무는 묘기를 펼쳐 보였다. '그래, 이 정도라면 그리 어렵지 않겠는데'. 그의 능숙하고 가뿐한 손놀림에 이상한 자신감이 솟았다.

"그럼 고야 산에서 다시 만날까?"

그들은 귀찮은 기색도 없이 텐트를 다시 배낭 옆구리에 달고 짐을 꾸리더니만 유쾌하게 작별인사를 했다. 일간지 오늘의 운세 편에 "북쪽에서 오는 귀인을 만날 길한 징조"라는 식의 글귀를 읽으면 언제나 시큰둥했는데, 에우제니와 가오리는 정녕 북쪽 편백나무숲 사이에서 나타났다가 내가 걸어온 길로 사라진 '귀인'이었다. 구마노코도라는 순례길, 텐트 생활. 그들의 제안은 새롭고 흥미진진한 모험을 예고했다.

가파른 숲을 내려가 어렵사리 찾은 61번 고우온지는 88개 절을 통틀어 가장 위압적인 절이었다. 평면 브라운관처럼 네모반듯한 건물이 삼면에 둘러쳐져 재판정에 온 것 같은 착각을 불러일으켰는데, 건물 내부에서는 수많은 사람의 열정적인 독경 소리가 들려왔다. 근방에서 기도의 효험이 좋기로 소문난 절이라 단체로 찾아온 참배객들이 넘쳐났다. 증축 공사를 하는 걸로 짐작건대 스님들의 돈 버는 수완도 빼어나리라.

1킬로미터 떨어진 62번 절까지만 걷고 오늘의 순례를 마치려고 했지만 료칸이 꽉 차서 64번 마에가미지를 지나 사이죠 시내에 들어섰다. 작은 도시지만 기차역 근처에 비교적 큰 서점이 있기에 구마노코도에 관한 책을 찾았다. 내 변변찮은 일본어 실력 때문에 점원이 사장을 부르고 사장이 대학생 아들에게 전화해 영어통역을 시도했지만, 구마노코도에 관한 사진첩을 발견했을 뿐 쓸 만한 자료를 얻지 못했다. 그 후에도 새로운 료칸에 들르고 순례자들을 만날 때마다 구마노코도에 대한 정보를 캐내

일생에 한번은 순례여행을 떠나라

한때 학문의 도량으로 번성 했었던 66번 운펜지

려 애썼는데 별다른 소득은 없었다. 가오리, 에우제니와 얘기를 나눌 땐 그 길에 대해 훤히 아는 것 같은 착각에 빠졌지만 정작 그 길이 어딘지, 시코쿠에서 어떻게 가야 하는지조차 몰랐다.

텐트에 대해서는 사정이 훨씬 나았다. 동거인 오현이는 대학 새내기 시절 산악부였던 이력을 들먹이며 일본에서의 야영 생활을 환영했다.

"무전여행이 되겠는데!"

"텐트랑 매트를 사야 하잖아."

"호텔비로 써버리는 것보다 수지가 맞는데, 뭐"

"12월인데 춥지 않을까?"

"그래 봐야 열흘인데. 정 힘들면 하루 이틀 방 잡아 버리자."

그의 들뜬 목소리가 수화기 너머에서 기대감으로 쿵쿵 뛰었다. 요 며칠 통화하는 내내 날카로운 신경전을 벌였는데, 처음으로 의견을 나누며 차분한 대화를 이어 갔다. 오현이가 이번 여행에 건 바람은 예상보다 훨씬 담백하고 간단한 것이었다. 일상과의 끈끈한 관계를 잘라 내고 자신에게 집중하는 것. 적어도 그는 편안한 잠자리나 안락한 휴식을 꿈꾸고 있진 않았다. 그래, 구마노코도란 길만 제대로 찾는다면 모든 문제가 스스로 풀릴지 모른다.

65번 절 신카쿠지로 가는 길은 국도와 고속도로의 이중주라 할 만큼 지루함의 연속이었다. 나는 그 길 위에서 시코쿠 순례의 종착지 88번 오쿠보지, 1번 료젠지를 상상하기보다 새로

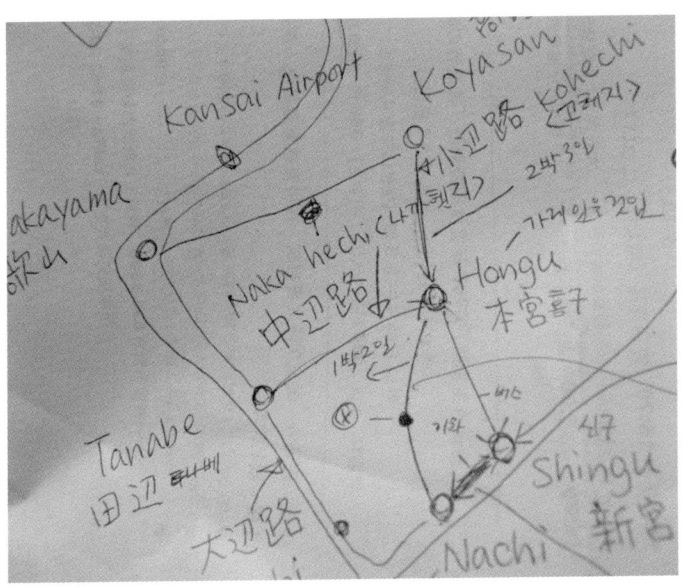

시노부가 꼼꼼히 그려 준 수제 구마노코도 안내지도

운 순례길, 구마노코도를 여행할 꿈에 흠뻑 취했다. 지금 든 가방도 무거워서 아스팔트에 팽개치려는 깜냥에 내 키만큼 커다란 배낭, 로자리오와 에우제니, 가오리가 멨던 거대한 짐을 지고 묵묵히 산에 오르기를 소망하다니. 어디서 씻고 빨래는 어떻게 하며 뭘 먹을지 짐작만으로도 번거롭고 구질구질한 문제들이 널렸지만 모험에 대한 유혹, 미지의 삶을 차곡차곡 풀어 보려는 구체적인 욕구가 모든 걸 압도했다. 그 여행을 마치고 나면 뭔가 색다른, 성형수술을 하거나 엄청난 고난을 겪고 났을 때보다 훨씬 새로운, 이상적인 모습으로 변할 거라는 기대 때문에 숨이 가빠왔다.

"3년 전 구마노코도를 걸었어."

69번 간온지에서 만난 '시노부'란 순례자가 그토록 바라던 해답을 줬다. 뉴욕대학에서 재즈 음악을 전공했던 그녀는 아르바이트로 시작한 은행 일에 발이 묶여 15년이나 대출 상담원으로 일한 독신 여성이었다.

"난 요즘 진로에 대한 심각한 고민에 빠졌어."

마흔이 될 듯 말 듯한 나이에 어울리지 않는 걱정거리다.

"고향인 요코하마 클럽에서 두 달에 한 번씩 10년 넘게 재즈 공연을 해왔는데, 이제는 재즈 가수와 은행원 중 뭔가를 선택해서 집중해야만 할 때가 된 거야."

그걸 결정하려고 3년 전 구마노코도를 걸었지만 여태까지 두가지 모두를 병행하고 있다고 했다. 그러면서 이번 시코쿠 순례를 마치면 어떻게든 은행 일을 끝장내고 싶다고 했다.

"너무 오래 참았어. 이러다간 할머니가 돼서 진짜 내 노래를 부르게 될 걸."

그녀는 메모지에 구마노코도의 꼼꼼한 지도를 그려 주었다. 구마노코도는 원래 교토에서 시작해 구마노산잔(熊野三山)의 구마노 홍구 대신전, 구마노 나치 타이시, 구마노 하야타마 타이시를 방문하는 것을 목표로 삼는데, 10~11세기 무렵 황족이나 귀족이 참배했던 것을 시작으로 16세기에 이르러 무사, 서민층까지 확대된 순례길이다.

"2004년 세계문화유산으로 등록되었기 때문에 길 안내 표지판이 무척 치밀해."

길은 대부분 홍구 대신전으로 연결되는데, 고야 산에서 시작하는 코헤지 길, 키타나베에서 시작하는 나가헷지 길, 이세 신궁에서 시작하는 이세지 길 등이 유명하며 총 755킬로미터 다. 시코쿠와 달리 길이 숲과 산간 오지로만 이어져 몇몇 마을을 제하고는 식당과 상점은 찾기 어려우며, 료칸이나 민박도 정해 진 몇 곳밖에는 없다고 했다.

"야영을 한다고? 글쎄, 산속이라 물 구하기도 힘들고 굉장 히 추울 텐데. 고야 산 정상은 해발고도가 1,200미터도 넘어. 야 생동물도 많고."

시노부의 충고를 듣고 별안간 의기소침해졌다. 텐트뿐 아 니라 물과 음식까지 모시고 다녀야 한다는 데다 야생동물까지 조심하라니. 일본의 겨울이 제아무리 따뜻해도 해발 1,200미터 산속은 영하로 떨어질 게 틀림없는데.

간온지 근처 료칸에 들어선 나는 짐만 부려 놓고 시노부를 따라 고도하키 공원에 '관영통보'를 보러 갔다. 관영통보는 17 세기 유통되던 동전인데, 백사장에 거대한 크기(지름 345미터)

이른 새벽의 시노부의 료칸 방 콘서트

로 만들어 놓은 모래 조각으로 구경하는 사람마다 건강하고 장수하며 부자가 된다고 했다. 쌓으면 허물어지는 모래를 어떻게 바다 곁에 잡아매 형체를 만들었을까? 푸른 파도를 막아 낸 모래 조각은 거대하지만 위태로워 보였고, 그 위태로움 때문에 매력을 발산했다. 절박한 바다 끝의 모래 조각.

시노부와 나는 각자의 오롯한 근심거리를 안고 그 경계에 섰다. 아무렇지도 않은 듯 굳건한 모래 조각은 사실 극성스런 파도와 바람을 가까스로 견디는 것이다. 시노부가 재즈 가수가 되거나 대출 상담원으로 남거나, 내가 새로운 순례길에 도전하거나 쾌적한 여행 코스를 찾아보거나.

시노부는 먼 바다와 모래 조각이 보이는 언덕에서 뭔가를 선택하고 결정할 용기를 얻은 걸까? 그녀는 속에서 일어난 소용돌이를 조용히 감추고 료칸으로 돌아가는 길 내내 침묵을 유지한 채 편안하고도 단단한 걸음을 걸었다. 나는 앞서 걷는 그녀를 따라가며 줄곧 동거인 오현이를 느꼈다. 그와는 이미 3년을 같이 살았고, 누구보다도 친밀하다. 그런 그와 길을 헤매고 한데 잠을 자면서 발걸음을 맞추는 것은 분명 유쾌할 거라는 확신이 밀려왔다.

다음날 새벽, 순례 복장으로 차려입은 시노부가 방문을 두드렸다. 그녀는 이곳에 하루를 더 머물며 보다이 산 암자에 찾아갈 작정임을 알렸다. 아쉽다. 함께 걸으면서 그녀의 노래를 듣고 싶었는데.

“지금 한 곡 부를게.”

내가 못내 서운해하자 그녀는 배낭을 멘 채 노래를 시작했다.

“Somewhere beyond the sea(저 바다 건너 어딘가에는)”

초라한 무대에도 불구하고 혼자뿐인 관객을 위해 노래를 부르는 그녀, 자신감이 넘치는 그녀는 인생이 이끄는 바람에 몸을 맡긴 듯 자유롭게 보였다.

“It’s far beyond a star(저기 별을 넘어 멀리) It’s near beyond the moon(어쩌면 달 가까이에)”

그녀가 가수가 아니고는 못 배기는 이유, 마흔이 넘어서 모든 걸 중단하고 다른 선택을 해야 하는 필연은 그 노래 속에 존재했다.

“We’ ll kiss just as before(우리는 예전처럼 키스할 거야) Happy we’ll be beyond the sea(우린 저 바다 건너에서 행복할 테니까) And never again I’ll go sailing(그리고 다시는 항해를 떠나지 않을 거야)”

그녀가 맞이할 새로운 여행에 큰 박수와 환호를 보낸다.

민선이의 순례 일지

2008년 11월 8일 1일 동안

2008년 11월 9일 1일 동안

2008년 11월 10일 1일 동안

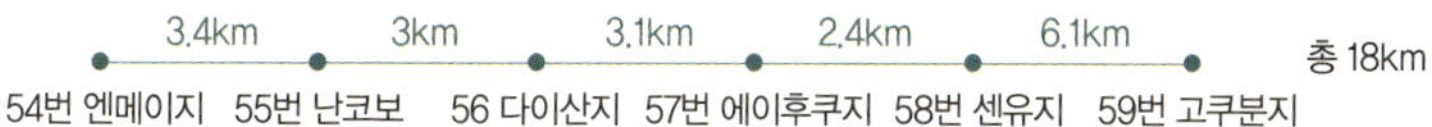

2008년 11월 11일 1일 동안

2008년 11월 12일~14일 3일 동안

2008년 11월 15일 1일 동안

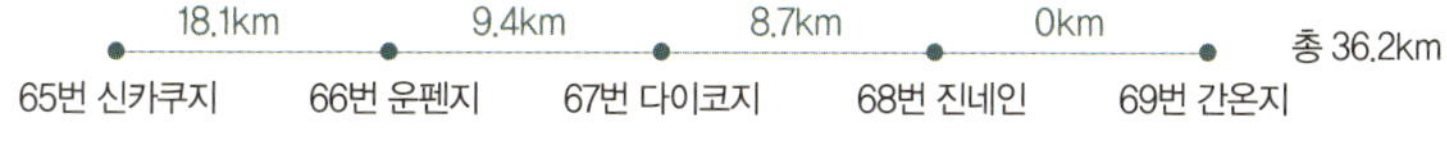

66번 운펜지를 오를 때는 물, 간식, 점심을 꼭 준비해야 하며 불안정한 날씨 변화에도 대비해야 한다.

2008년 11월 16일 1일 동안

순례자의 하루

순례자가 되어 제일 먼저 달라지는 건 생활 리듬이다. 늦게 자고 늦게 일어나는 습관은 해가 지면 잠들어 해가 뜨면 걷는 식으로 바뀌고 불규칙한 식사시간은 완벽히 개선되어 일주일 후엔 자기만의 걷기 패턴이 생긴다. 물론 물집, 근육통 등의 잡다만 문제도 발생하지만 일단 익숙해지면 안정적으로 도보여행을 즐길 수 있다.

료칸과 민수크를 이용하는 순례자의 하루 일과

❀ **5시 30분** 옆방의 부스럭거리는 소리를 듣고 이불 속에서 뭉그적거림

❀ **6시** 벌떡 일어나 짐 싸기

❀ **6시 20분** 널어 놓은 빨래를 걷고 후르륵 급한 세수

❀ **6시 40분** 다른 순례자들보다 조금 늦게 아침식사

❀ **7시 10분** 꼼꼼한 양치질

❀ **7시 20분~30분** 지팡이를 챙겨서 걷기 시작

❀ **10시 30분** 더 이상 배가 고파 걸을 수 없음. 쉬면서 요구르트나 과일 등으로 간단한 간식

❀ **12시30분~1시30분** 도시락이나 우동으로 점심/ 당일 묵을 숙소를 정해서 예약

❀ **4시쯤** 지갑 속 현금을 확인하고 필요하다면 우체국에 들러 현금 인출(대부분 우체국 ATM 기계가 5시 30분까지만 작동함)

❀ **5시 10분~20분** 무슨 일이 있어도 순례를 마치고 숙소 도착

❀ **5시 30분~6시 30분** 순서를 기다렸다 목욕/ 그날의 빨래를 세탁기에 돌림

❀ 6시 30분~7시 저녁식사 및 순례자들과 수다 떨기

❀ 8시~8시 30분 다리 마사지 및 간단한 체조

❀ 8시 30분~9시 30분 일기 쓰고 지도 보며 다음날 길
   체크

❀ 10시 이전 쓰러져 잠.

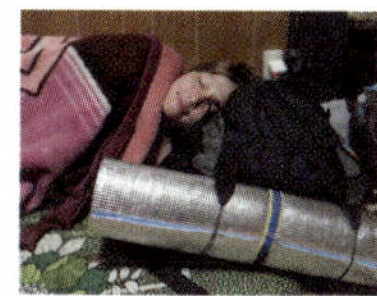

노숙 순례자의 하루 일과

❀ 5시 손전등을 켜고 일어나 아침 준비

❀ 5시 30~6시 30분 아침 먹고 설거지

❀ 6시 30분~7시 30분 텐트 접고 짐 구겨 넣고 주변 청소

❀ 7시 40분~50분 드디어 걷기 시작!

❀ 11시 30분~1시 일단 간단한 간식을 먹고 점심 먹을 장
   소 물색/ 아침에 해놓은 밥에 국 혹은 라면을 끓여 점심
   을 챙겨 먹고 설거지(아침에 주먹밥 등으로 도시락을
   싸거나 식당에서 해결하는 것도 시간을 아끼는 방법)

❀ 4시 30분 그날 잘 만한 장소를 물색

❀ 5시~6시 30분 텐트 치고 그날 입은 옷과 양발 말리기
   / 저녁밥 짓고 식사

❀ 6시 30분~7시 30분 주변에서 물을 찾아 간신히 씻고
   설거지

❀ 7시 30분~8시 30분 주위 환경과 계절에 따라 식료품
   쇼핑을 하거나 온천에 가거나 동전 세탁기를 이용해 빨
   래를 할 수도 있지만 전깃불도 들어오지 않는 산속이라
   면 글쎄

❀ 8시30분~9시 다리 마사지 및 간단한 체조

❀ 9시~9시 30분 내일 걸을 길을 확인하고 침낭 속으로.

* 위 일과표는 봄, 가을 기준. 여름에는 걷는 시간이 늘어나고 저녁식사 시간이 1시간 정도 미뤄진다.

9 | 미스타케모토 상의 뜰

코보대사가 태어난 73번 절 젠츠지

일일학습지를 꼬박꼬박 해내는 모범생처럼 73번 절을 지나 74번, 75번 젠츠지까지 어떤 반항도 없이 도착했다. 이렇게 절의 번호를 세며 한 걸음 한 걸음 걷다 보면 저절로 88번 절 오쿠보지 종착역에 닿게 되는 걸까? 설마 끔찍한 속임수나 깊은 미로에 빠진 건 아니겠지? 처음 보는 길과 거리의 가게들이 이미 지나온 곳의 풍경처럼 낯익어서 괜한 의심에 빠졌지만, 여기는 분명 75번 절 젠츠지이다.

젠츠지는 코보대사가 태어난 곳으로 교토의 도지(東寺), 고야 산의 곤고부지(金剛峯寺)와 더불어 3대 영지로 꼽히는 절인 만큼 도시 이름도 사찰의 이름을 좇아 '젠츠지 시'가 됐다. 그래서 젠츠지 근처엔 젠츠지 병원, 젠츠지 소방서, 젠츠지 료칸이 있다. 젠츠지의 복제품들이 늘어서서 순례자의 갈 길을 훼방 놓는것. 젠츠지라는 단어만 보고 길을 찾다간 병원이나 초등학교 어귀를 기웃거리기 십상이다. 차라리 누군가에게 길을 물으면 시의 상징인 만큼 친절한 안내를 받을 것이다.

75번 절 젠츠지는 규모가 크고 웅장하지만 기특하게도 고압

적으로 뻗대는 느낌 없이 우아하고 푸근하게 순례자를 맞는다. 돌다리를 사이에 두고 동쪽 절집과 서쪽 절집이 마주 바라보는데, 서쪽 절집에는 승려가 계율을 받는 가이단이 있고 동쪽 절집에는 오층탑 곁에 몇천 살은 됐을 법한 늙고 우람한 나무가 자란다.

본당에 모셔진 부처보다 현명한 노래와 이야기를 아는 듯 오래 살았어도 싱싱한 나무. 나는 그 나무뿌리에 걸터앉아 오후 3시의 햇살을 즐길 것인지 76번 곤죠지를 지나 77번 도류지까지 목표한 길을 가야 할지를 점쳤다. 내일 아침, 이 단아한 사찰 마당을 한 번 더 거닐고 싶은데, 일정을 따져 보니 아슬아슬했다.

서운한 마음은 툭 털고 계속 걷기로 정하고, 절 입구와 이어진 도로로 나왔다. 제각각 간판을 단 오밀조밀한 가게들. 과일 가게를 지나 편의점 너머 육교 저편으로 이어지는 길, 우체국에 들러 현금을 조금 찾고 빵집을 통과해 신호등을 기다리는데 이상하게도 자동차 한 대가 나를 쫓아왔다. 조금 전, 우체국에서부터 아주 느린 속도로 내 곁에 따라붙더니 급기야 차가 섰다. 아직 훤한 대낮이고 주위엔 사람들이 오갔지만 지금 막 ATM에서 돈을 뽑은지라 금강지팡이 즈에를 단단히 쥐고 만약의 사태에 대비했다.

"순례자님, 오늘은 미스 타케모토 상의 집에 머물러요."

호객행원가? 차에서 내린 순박하게 생긴 아저씨는 온 얼굴에 웃음을 싱글거리며 젠츠지 납경소에서 나를 봤다고, 한국에서 왔으면 여비도 모자랄 텐데 '미스 타케모토 상의 집'으로 가자고 권한다. '미스 타케모토'라니, 그게 누군데? 멍청하게 두

숨친 삶 먹은 체즈지의 긴동무

미스 타케모토 상의 젠코야도

리번대는 틈을 타 아저씨는 나를 잡아끌어 차 안으로 밀어 넣고, 어줍잖게 머뭇거리던 나는 어느새 자동차 뒷좌석에 주저앉아 버렸다. 도대체 어디로 가는 걸까? 무슨 큰일이 난 건 아니겠지? 황량한 대로를 달려 비밀스런 감금 장소로 갈 것 같던 승용차는 75번 젠츠지 앞에 섰다.

그는 절에 딸린 숙박시설 '슈쿠보' 사무실로 나를 데려가서는 뱃살이 두툼한 스님을 소개해 줬다. 스님은 나에게 미스 타케모토 상의 젠코야도에 묵을 것인지를 물었다. 아, 젠코야도를 소개해 주려고 나를 끌고 왔구나. 돈이 궁하기도 했지만 무엇보다 두 명의 중년 남성이 깍듯하게 '미스' 라는 호칭을 붙이는 그분의 미모가 궁금해서 고개를 끄덕였다.

이렇게 넓은 집을 나 혼자 쓰라고?

나를 납치해 온 아저씨는 잘됐다며 황급히 사라졌고, 스님이 바통을 받아 절 밖의 골목을 걸어 정원이 넓은 이층집으로 안내했다. 뭉뚝한 나무막대에 달린 열쇠로 대문을 열고 들어간 그곳은 텅 비어 있었다. 뜰에 여러 마리의 고양이들이 볕을 쬐고 있었지만 인기척은 없다.

"순례자님, 그럼 잘 지내시게."

스님은 열쇠를 나한테 건네며 내일 아침 떠나기 전 사무실에 들러 열쇠를 두고 가라고 당부한다. 아니, 이 큰 집을 나한테 맡긴다는 건가? 정원뿐 아니라 넓은 거실, 방 두 개, 부엌, 화장실, 책장엔 책들이 반듯하게 꽂혔고 싱크대 안엔 낡은 냄비며 식기들이 그득한 데다 장롱에 이불이 켜켜이 쌓였는데 이 집을 혼자 쓰라니. 저, 저 스님, 스님~. 스님은 대답도 없이 사라졌고 나는 조심스럽게 부엌을 살피다 가스레인지를 켰다. 다라라락 파란 불꽃이 사뿐히 튀어 오른다. 부엌이 있는 진짜 집. 오랜만에 한국 요리를 해 먹어야지! 마트에 가서 김치랑 돼지고기를 사서 찌개를 끓이고 두부를 부쳐서. 상상만으로도 배가 고프고 침이 고였다.

비좁은 료칸 방안에만 갇혀 살다가 내 거실, 내 부엌, 내 화장실이 생긴 기분은 자유로움 그 자체다. 속옷만 입는대도, 화장실 문을 활딱 열어젖히고 일을 본대도, 후루룩 쩝쩝 소리 내며 음식을 먹는대도 누가 뭐랄까! 그제야 배낭을 풀고 땀에 전 웃옷을 벗는데 별안간 2층으로 통하는 나무 계단에서 할머니가 뛰어 내려왔다. 방금까지 숲에서 나물이라도 뜯다가 온 듯, 흙 묻은 앞치마에 빨간 볼을 반짝이며 허둥지둥 달려온, 이분이 바로 모두 미스 타케모토라고 부르는 미모의 주인공이다.

사실 '미스' 보다 '할머니' 라는 호칭이 더 잘 어울리는 그녀는 열정적인 일본어로 나에게 뭔가를 설명했다. 어지럽게 쏟아지는 일본어는 온통 모르는 단어들. 지진에 관한 얘기를 하는가 싶지만 처음 만난 순례자에게 지진 얘기를 꺼낼 리는 만무하고. 내가 못 알아듣는 걸 눈치 챈 그녀는 영어로 설명하기 시작했는데, 놀랄 만큼 정확한 발음과 풍부한 어휘는 서양 할머니가 아닌지 의심될 정도다. 이 할머니 정체가 뭐지? 이 집엔 혼자 사시나? '미스' 라는 호칭으로 짐작건대 독신?

나는 할머니가 하는 말을 뚝 잡아끊고 "직업이 뭐냐"라고 물었다. 그녀는 경계하는 태도로 물러나 "작가" 라고 대답했고, 나

는 감탄사를 쏟아 내며 내 직업도 연극 대본을 쓰는 작가라고 밝혔다. 타케모토 할머니는 책장으로 나를 데려가 직접 쓴 시코쿠 순례여행 가이드북과 일본 작가가 쓰고 자신이 영어로 번역한 코보대사에 대한 책을 보여 줬다. 그러면서 글을 쓸 때 느끼는 기쁨과 고통에 대해 온몸에 빛을 발하며 여고생 같은 감수성으로 이야기를 이어 갔다. 영국 여행 갔던 일이며, 코보대사에 대한 책을 번역하다가 알게 된 백제와 신라의 불교문화까지. 그녀는 일본이 조선을 침략한 것에 대해서도 간곡한 사과의 뜻을 전했다.

"저녁식사 후에 차 한잔 하고 싶은데."

내가 데이트 신청을 했고 예상 외로 그녀가 부드럽게 거절했다. 우선 개를 데리고 산책하러 가야 하고, 고양이 여섯 마리의 먹이가 똑 떨어져 사료를 사야 하고, 밤에는 글을 쓸 계획이라 몹시 바쁘다는 거였다.

"이제 나는 하고 싶은 일을 하러 갈 거야. 순례자님도 원하는 대로 시간을 쓰도록 해."

그녀의 작별인사가 맘에 들었지만, 서운하기 이를 데 없었다. 내일 아침 떠날 때 주소를 적어 놓고 가면 편지를 쓰겠다면서 왜 굳이 차 한잔을 거절할까? 내가 어딘가 불량스러웠나? 뭔가를 방해했나? 통 크게 1층 전체를 내주면서도 차를 같이 마시긴 싫은 거야? 도대체 무슨 이유로?

위층으로 휑하니 올라가 버린 타케모토 할머니는 5분도 안 돼서 두툼한 이불과 전기 난로를 들고 나타났다. 옷장 속 이불은 솜이 오래된 것들이라 추울 거라면서 새 이불과 난방 기구를 챙

일생에 한 번은 순례여행을 떠나라

겨 주셨다. 가만 보면 정이 깊은 분인데. 깐깐한 성격도 아니고. 도대체 내 데이트를 거절한 이유가 뭐야? 특별히 양보하지 말아야 할 뭔가가 존재하는 건가? 차라리 차를 마셨으면 좋았을 만큼 긴 시간 동안 이런저런 얘기를 나누고 다시 헤어졌다. 그녀가 살아온 인생사에 대해 알 수는 없었지만 그녀가 뜰에 가꾸는 식물들과 생활의 소소한 사건들, 아끼는 가치들에 대해선 어렴풋이 짐작이 갔다. 소란스러움을 경계하고 자기 생활의 중심을 밟으며 단출한 삶을 누리는 것. 그녀가 가꿔 놓은 정원에도, 열정적이지만 수다스럽지 않은 언어 속에도, 사뿐히 돌아서는 뒷모습에도 은근히 배어 있었다.

미스 타케모토 상의 젠코야도 운영 규칙은 남녀 혼숙 금지다. 그래서 남자 순례자가 먼저 도착하면 여자 순례자가 머무를 수 없고 반대 경우도 마찬가지다. 지난 일주일 내내 남자 순례자들만 득실댔고 여성이 이 집을 차지하는 건 오랜만이다. 나는 거실에서 뒹굴며 책도 읽고 커피도 마시고 김치 두루치기도 만들어 먹으면서 하루 동안 나만의 공간이 된 타케모토 할머니의 집을 구석구석 사용했다.

다음날 아침, 나는 이 까다로운 주인에게 고맙다는 길고 긴 편지를 쓰고 1,000엔을 기부금으로 함께 놓아 뒀다. 1,000엔이 숙박의 대가는 절대 아니고 그저 응원금 정도의 의미였다. 녹차가 떨어졌기에 사다 놓으려 했지만 이른 새벽이라 그럴 수 없는 아쉬움을 담은, 정말이지 작은 기부금이었다. 굳이 물질로 고마움을 표현하긴 싫지만 잠깐 동안의 만남에서 내 속을 어떻게든

내비치고 싶어 꺼낸 든, 순례자가 젠코야도 주인에게 전하는 오셋다이, 1,000엔이다.

79번 절 덴노지를 지나면서 곳곳에 우동 집이 눈에 띄었다. 사누키 시가 일본의 밀가루 소비량 1위를 자랑한다더니 아침, 점심, 저녁, 간식까지 우동으로 때우는 일이 벌어졌다. 가게마다 면발도 다르고 삶는 방식도 다르다. 어떤 집은 장작불로 삶는 걸 고집했고, 어떤 집은 고명을 중시한다. 사실 '우동'이라 하면 뜨끈한 국물을 제일 먼저 떠올리지만 전통적인 사누키 우동은 국물 없이 간장으로만 맛을 낸, 그렇다고 비빔면이라고 하기엔 다소 흥건한 묘한 우동이다.

　사누키 우동을 몇 그릇이나 먹었을까? 80번 절 고쿠분지에 도착하자 '드디어 다 왔구나, 곧 순례가 끝나겠네.' 라는 벅찬 감정이 섣불리 밀려왔다. 그 들뜬 마음에 겁 없이 산을 오른 게 잘못이었다. 81번 시로미네지로 출발한 시간이 오후 4시쯤. 산길이 아니라면 6킬로미터쯤 더 걷는 건 문제 될 게 없었지만 가파른 비탈이라 1킬로미터 오르는 데도 30~40분이 소요됐고, 숲속의 밤은 도시보다 훨씬 빨리 찾아왔다. 배낭 위에 귀신이라도 서너 마리 올라탄 듯 으스스한데 운동화 끈이 자꾸 풀려서 걸음을 멈출 때면 사방을 포위한 나무들이 달 그림자에 우우 소리를 내며 겁을 줬다.

　절간에 도착하자 공포는 절정에 달했다. 저녁 7시 반, 승려

들은 모두 퇴근해서 인기척이 끊긴 데다 불빛이라고는 공중전화부스가 뿜어내는 노랗고 기괴한 광선뿐. 나는 어둠과 더불어 완벽히 혼자다. 지도 속에 그려진 숙소를 찾아보려 했지만 화살표도 가로등도 없는 산길을 더듬고 갈 용기가 없다. 무작정 그 료칸에 전화를 걸어 나를 데리러 81번 절 앞으로 와달라고, 제발 구해 달라고 애원했다.

결국, 그날 밤 순례여행 중 가장 비싸고 배고픈 방에 머물렀다. 가격을 확인하지 못한 그 료칸은 호텔 규모의 객실과 널찍한 대중탕, 산과 도시의 풍경이 한눈에 들어오는 전망을 가진 체인점식 숙박업소로, 식사까지 주문한다면 20만 원이 넘는 돈을 내야 한다. 로비의 기념품 가게에서 파는 우유와 단팥빵 덕분에

산문간 풍경이 일품인 82번 절 네고로지

녹차 한 잔으로 때웠을 저녁을 간신히 챙겨 먹었다.

순례를 일곱 번이나 했다는 오헨로상이 끝내주는 경치라며 칭찬한 길이 81번 시로미네지에서 82번 네고로지로 가는 길이다. 발아래는 세토나이카 바다가 투명한 눈알을 껌뻑였고 고시키다이 밀감원의 노란 감귤은 마녀의 수정구슬처럼 오묘하게 이글댔지만, 82번 네고로지의 뻥 뚫린 산문 사이로 보이는 서리 맞은 단풍만큼 아름답진 못했다. 바람에 일렁이는 꽃송이처럼 한껏 몸을 뽐내는 나이 많고 주름살 많은, 이제 곧 생명을 다할 단풍잎들. 그 잎들이 수북이 쌓인 길은 내 발바닥을 한없이 물컹거리게 해서 쉽게 앞으로 나아가지 못했다.

겨울은 이미 코끝에서 쌩쌩 바람을 불어 대며 나와 동행한 지 오래다. 아무리 빨리 걸어도 땀이 솟질 않아서 잠깐이라도 찻집이나 편의점에 들러 따뜻한 공기를 쐐야 체온을 유지할 수 있다. 오후 서너 시만 돼도 혹독한 바람이 불어 머리꼭지가 얼얼하고 지글거리는 아랫목이 간절해진다.

84번 야시마지는 절이라기보다 유원지 혹은 공원 같다. 부처나 코보대사의 모습은 찾기 어렵고 우스꽝스런 너구리 입상들이 곳곳에 자리를 잡았기 때문인데, 시코쿠 섬 너구리의 총대장 다사부로(太三郎)를 모셔 놓은 것이라고 한다. 신사를 상징하는 토리이(鳥居)가 눈에 띄는 걸로 짐작건대 너구리 신을 모시는 신사와 결합한 형태의 사찰인 듯하다.

뜻밖에 순례 마지막 밤은 85번 야쿠리지 근처 료칸에서 홀

로 맞았다. 시코쿠를 순례하는 오헨로상을 소재로 한 청춘 드라마 『Walkers』가 NHK에서 미니시리즈로 제작됐는데, '다카야나기 료칸'은 그 드라마의 배경이 됐던 곳으로 주인아저씨가 엄청난 자부심을 표했다. 옷도 갈아입지 않은 나를 불러 료칸이 나오는 부분을 캡처한 동영상을 보여 주시며 한국인 순례자는 처음이라고 반가워했다.

드라마 속 주인공 남녀는 많은 순례자에 둘러싸였는데 나는 어쩌자고 혼자가 됐을까. 같이 길을 걷던 오헨로상들, 불쑥 오셋다이를 내밀던 사람들은 어디로 갔지? TV속 오헨로상 말고 어떤 순례자도 만나지 못한 그날은 밤새 문풍지를 들이받으며 몸부림치는 겨울바람처럼 쓸쓸하고 울적했다. '혼자'라는 인식이 서릿발처럼 춥게 떠올랐고, 지나온 아름다운 길과 사람들을 아무리 곱씹어도 체온을 가진 존재란 나 자신뿐이라는 걸 확인해야만 했다.

88번 오쿠보지 가는 길에 '오헨로상 교류 살롱'이 있었다. 지도 속에서 그 이름을 발견했을 땐 그동안 어울렸던 순례자들과 다시 만나 차라도 나누리라 기대했는데, 관공서 같은 건물인데다 시코쿠 순례 유료 전시가 열려서 들어서기조차 꺼려졌다. 여행이 끝나고 다른 순례자를 통해 전해 들은 애기로는 오헨로상 교류 살롱에서 순례 기념 배지와 더불어 순례를 마쳤다는 기념증서는 물론 도시락을 오셋다이로 받았다고 한다. 용기를 내서 들어가 볼 것을. 혼자라는 초라함이 드러날까 겁나서 문을 두드리지 못했다.

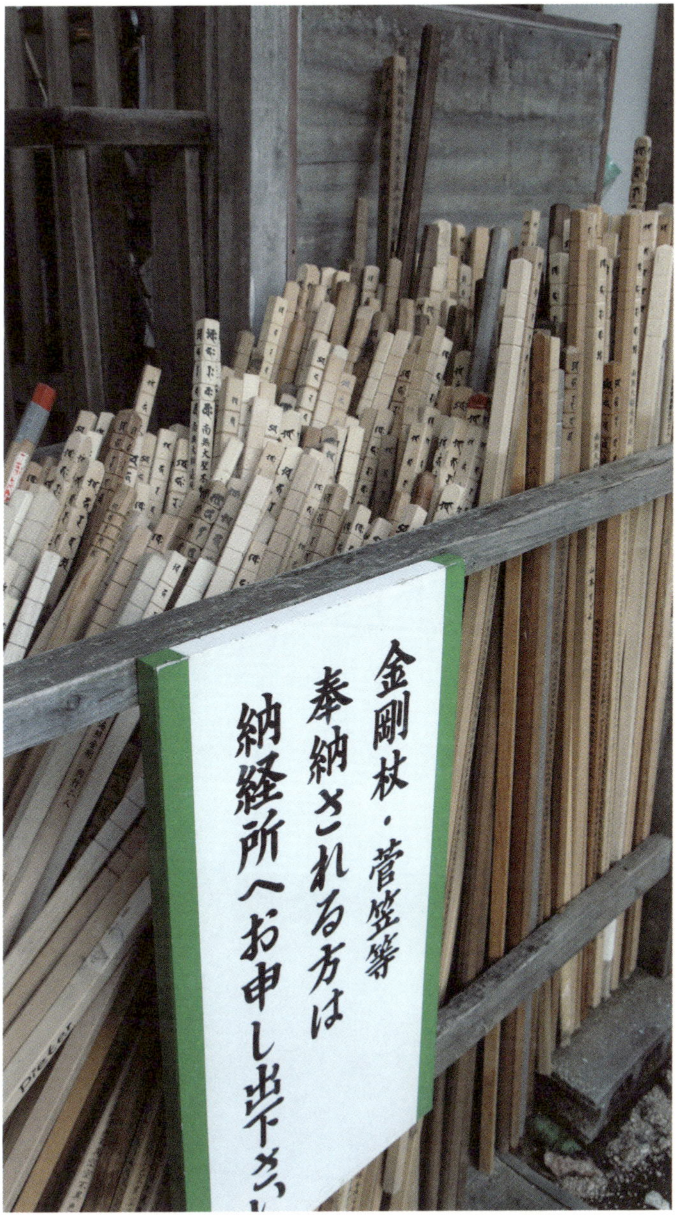
金剛杖・菅笠等
奉納される方は
納経所へお申し出下さ

88번 오쿠보지에서 나를 기다린 지팡이 무덤

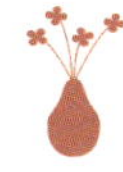

홀로 길을 잃고 홀로 88번 오쿠보지에 닿았을 때 나를 기다린 건 지팡이 무덤이었다. 순례를 마치고 더는 금강지팡이가 필요 없는 오헨로상들이 순례를 무사히 끝냈음을 감사하며 지팡이를 헌납하는데, 납경소 앞에도 불상이 모셔진 유리상자 안에도 주인을 떠난 지팡이들끼리 몸을 기대선 채 곧 닥쳐올 추위를 준비하고 있었다. 내 곁의 길동무도 오로지 낡은 지팡이뿐. 순례의 맺음을 반기는 이는 아무도 없었다. 카미노 데 산티아고를 마쳤을 땐 순례자를 위한 특별 미사와 행사가 준비됐었는데, 88번 절에서 마련한 이벤트는 2,000엔을 내면 순례 기념증서를 써주는 게 전부다.

인생의 목표를 빼앗긴 것처럼 빈털터리가 된 듯 초라하고 가난한 심정을 어떻게 달래야 할까. 이제까지 걸은 길의 의미는 무엇일지, 누군가에게 박수를 받고 뒤풀이를 하고 싶지만 아무도 없다. 아무도. 길이 끝났다고 정해 놓은 그곳에서 나는 침묵과 더불어 길을 잃었다. 그토록 찾던 보물 상자를 얻었는데 뚜껑을 열고 보니 맵고 횡한 먼지만 날리는 듯, 산 깊은 사찰은 고요에 싸여 어떤 대답이나 위로도 하지 않는다. 무언가 해답이라고 할 만한 벅찬 상징, 의미, 감격스러움을 바랐지만 호젓하게 다가온 적막함을 받아들여야만 했다.

추위가 짙어지는 그곳에서 나는 조심스럽게 비질하듯 외로움의 파편을 쓸어 담고 도망치듯 88번 오쿠보지를 빠져나왔다. 목표점에 서면 무언가 새로운 시작과 변화의 기운을 확인할 줄 알았는데, 내가 본 것은 죽음의 얼굴이다. 드디어 뭔가를 이뤘다

는 성취감은 차라리 부끄러웠고 1,200킬로미터의 긴 여정을 충분히 살아 내지 못했다는 후회와 아쉬움이 뒤통수를 갈긴다. 시간은 지나가 버렸고 나는 어디에서 길을 찾을까. 누구에게 길을 묻고 벅차게 헉헉대며 설레 해야할까.

순례여행을 모두 끝내고 한국으로 돌아온 어느 오후 우체부가 소포를 전해 줬다. 젠츠지의 미스 타케모토 상으로부터 온 것인데 자신이 번역한 코보대사에 관한 책과 깔끔한 엽서, 젠코야도에 내가 기부한 1,000엔이 들어 있었다. 그녀는 자신이 운영하는 젠코야도가 '무료' 이기 때문에 순례자에게 돈을 받는 건 죄스러운 일이라며 1,000엔을 돌려보냈다. 순간, 내장이 철렁 내려앉고 어지러웠다. 오래 사귄 애인에게 이별의 말을 들은 것처럼 괴롭고 아팠다. 88번 절을 홀로 떠날 때처럼 쓸쓸해졌고, 그날처럼 길을 잃었다. 타케모토 상은 차 한잔을 거절했고 작은 도움도 반납하면서 점점 베일에 싸인 채 비밀을 간직했다.

88번 오쿠보지에 도착해 드디어 뭔가를 정복했다고 느꼈을 때, 승리를 선언하고 싶었을 때, 길은 담담하고 조용하게 비밀 속으로 들어갔다. 스스로 털어놓기를 기다리는 수밖에 별다른 방법이 없는 이야기. 누설되는 순간 정체성이 사라지고 마는 일. 가까운 누군가에게 비밀이 존재한다는 것, 공유하길 꺼린다는 사실은 상대방을 애태우고 궁색하게 만든다. 내가 88번 오쿠보지에 도착해 마주한 건 죽음의 모습이 아니라 길이 품은 비밀이었다는 걸 타케모토 상이 돌려보낸 1,000엔을 받아 든 후에야 깨달았다.

그 깊고 스산한 비밀은 얇디얇은 기념증서 한 장, 복받치는 감정의 배설만으로는 설명하기 힘든 시코쿠 순례길의 본질이다. 타케모토 상이 지키고 싶던 비밀이 한낱 잡풀 무성한 뜰에 물을 주거나 주어온 고양이 밥을 챙기는 것이라 할지라도 타인들은 침범할 수 없는 영역이었듯 나보다 몇 곱절 긴 인생을 산 시코쿠 순례길을 43일 만에 깨우치고 실감하는 것을 불가능하다.

나는 그제야 지나간 외로움의 본질을 어렴풋이 짐작했다. 각자의 근심 덩어리를 숨기고 걷던 길 위의 순례자들, 뭐든 나누어 주려고 애쓴 우연한 사람들, 늘 언제나 거기에 존재하는 산과 바다와 바람. 이 모든 것들과의 만남은 내가 타인에게 아무리 털어놓으려 해도 털어놓을 수 없는 나만이 가진 보석, 비밀, 에너지다. 누군가와 공유될 겨를조차 못 얻어 더 외롭고 단단하게 다져진 무의식적인 힘, 나조차 다 모르는 비밀. 나는 나의 비밀을 어떻게 만들어 갈 것인가. 나의 뜰에 누구를 초대하고 무엇을 기를까. 가려진 길 위에서 어떤 만남을 엮어 갈까. 분명한 건, 시간이 마련해 놓은 미로 속을 거닐 때 공포를 없애 줄 특별한 무기를 준비하기보다 그 미궁이 지닌 비밀스러움을 느끼고 감탄하는 여유가 필요하다는 것.

피곤함이 내리쬐는 오사카의 밤, 단 며칠만이라도 순례자가 되리라 결심한 동거인을 만나러 가는 버스 안에는 암전된 연극 무대처럼 껌껌한 고요가 흘렀다. 순례 시작 첫날부터 늘 소망했던 길, 88번 오쿠보지에서 1번 료젠지로 돌아가는 코스는 동

거인과의 일정 때문에 포기했다. 서두른다고 서둘렀는데 딱 하루가 모자라 시작점으로 되돌아가는 겸손한 길을 다음으로 미뤄야 한다니. 언젠가 88번 오쿠보지에서 1번 료젠지로 가는 길을 걸을 수 있으려나? 아니 당장 구마노코도라는 새로운 길은 순순히 나를 받아 줄까? 오랜만에 만나는 동거인은 조금 달라졌을 테지. 아! 우리는 정말로 함께 걷게 될까? 아득한 물음표가 어둠 속에 잔잔한 파문을 그린다.

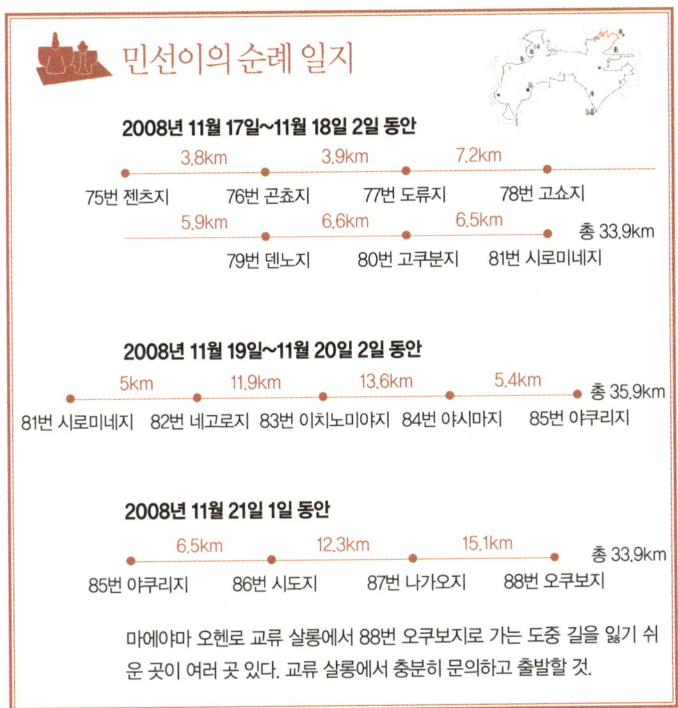

오헨로상, 웹사이트 미리 걷기

시코쿠 순례를 마치며 이 길의 매력이 충분히 전해졌을까 하는 의심과 걱정으로 순례에 관한 웹사이트를 소개한다. 공들인 홈페이지는 대부분 영문, 일본어 사이트지만 자동번역기를 돌리면 대략적인 의미 파악이 가능하다.

한국어 사이트

www.welcometojapan.or.kr 일본에 대한 기본적인 정보가 실렸다.

nihongo.x-y.net/bbs/view.php?id=420&no=11 시코쿠 순례에 관한 기본적인 내용 소개.

blog.daum.net/lovesayuri/342249 시코쿠 순례를 소개하는 짧은 글과 사진.

영문 사이트

www.shikokuhenrotrail.com 가장 훌륭하고 구체적인 시코쿠 순례에 관한
사이트.

www.mandala.co.jp/echoes/jhguide.html 시코쿠 순례에 대한 간략한 설명.

archives.starbulletin.com/2002/07/14/features/story1.html 시코쿠
순례에 관한 신문기사.

www.jknighten.com/Henro/index.html 시코쿠 순례를 한 여행자의 꽤 충실한
홈페이지.

www.bio.miami.edu/tom/photos/shikoku06/index.html 시코쿠를 순례한
여행자의 홈페이지. 주로 사진이 많음.

일본어 사이트

www.iyohenro.jp 순례길 보존 협력회 사이트.

kaisokuhenro.com 시코쿠 자전거 순례에 관한 정보. 지도가 상세함.

www.kushima.com/henro/comment 순례에 대한 여러 가지 정보.

www.jr-shikoku.co.jp 시코쿠 철도 홈페이지.

간사이공항
오사카
요시노
오미네산
와카야마
고야산
초이시미치
구마노 코도
(코헷지)
오미네
오쿠가케미차
구마노 코도
(키지)
구마노 코도
(나가헷지)
홍구
오쿠모도리고에
구마노 홍구 대신전
구마노 나치 타이시
키 타나베
키 가츠우라
대한민국
일본
히로시마
교토
오사카
시코우
구마노코도

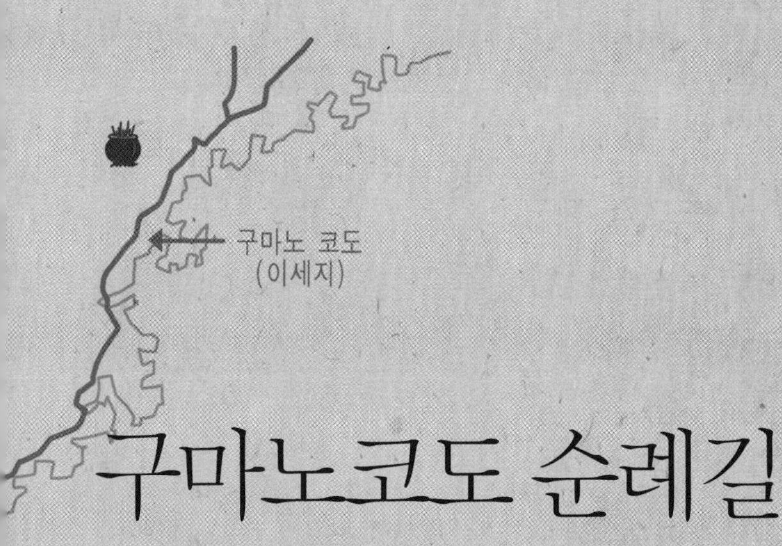

구마노코도 순례길

2004년 세계문화유산으로 등록된 구마노코도는 '교토'에서 시작해 구마노 산잔(熊野三山)의 구마노 홍구 대신전, 구마노 나치 타이시, 구마노 하야타 마 타이시를 방문하는 것을 목표로 삼는데 10~11세기 무렵 황족이나 귀족 이 참배했던 것을 시작으로 16세기에 이르러 무사, 서민층까지 확대된 순례 길이다. 길은 대부분 홍구 대신전으로 연결되는데 고야 산에서 시작하는 코 헤지 길, 키타나베에서 시작하는 나가헷지 길, 이세 신궁에서 시작하는 이세 지 길 등이 유명하며 총 755킬로미터다.

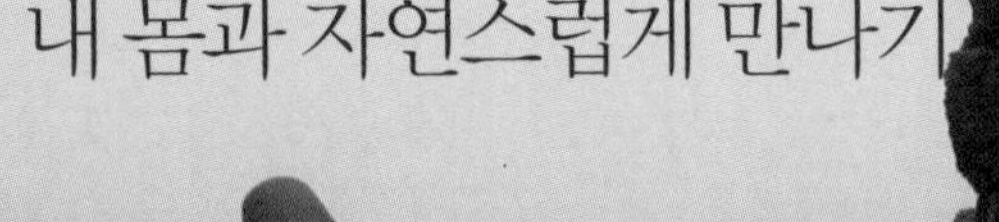

내 몸과 자연스럽게 만나기

무엇이 몸을 움직이고 살아있게 만드나?
걷고 멈추고 땀 흘리고 춤추고 노래하고….
내면의 길을 향해 걷는 순례자는 자기 몸의 자연스런 흐름을 감지하고
억제된 충동과 욕구를 현명하게 분출할 방법을 찾아낸다.
나와 타인의 관계 속에서, 나와 자연의 관계 속에서,
스스로에게도 부족함이 없이 한 걸음 한 걸음씩.

10 | 혼자 걷기,
타인과 걷기,
동거인과 걷기

이제껏 살면서 가장 긴 밤, 영원히 샐 것 같지 않은 무섭고 막막한 단 하루의 밤을 고르라면 바로 그날 밤을 꼽을 것이다. 와카야마 현 기이 반도 북서부 해발 1,200미터의 첩첩이 깊은 고야 산, 오바코토게 고지의 버려진 오두막. 나와 내 동거인은 전깃불도 수돗물도 없는 그곳에서 두려움에 사로잡혀 날이 밝기를 고대했다. 세상을 집어삼킨 어둠, 지루한 장대비, 아우성치는 바람. 산속의 밤은 위태롭기만 하다.

어제 오전, 동거인 오현이가 서울 하늘을 떨치고 간사이 공항에 도착했을 때만 해도 이런 상황은 예상도 못 했다. 구마노코도 순례자가 될 결심으로 열흘간 휴가를 내고 다짜고짜 나를 찾아온 내 동거인, 서른여덟 직장인, 권오현. 그는 공장에서 갓 출고된 듯한 산뜻한 등산복을 아래위로 빼입고 "왜 이렇게 볼품없어졌냐!"라며 시커멓게 야윈 나에게 자신만만한 첫인사를 건넸다. 텐트, 버너, 침낭, 매트. 그가 준비해 온 캠핑 장비 역시 60리터 배낭에 선물포장이라도 한 것처럼 말끔하게 정리돼 있었다.

그렇게 첫 출발은 세련됐건만, 정작 구마노코도 순례길의 첫 출발지 '고야 산'에 어떻게 가야 할지 몰랐다. 고야 산이 한국에도 꽤 알려진 관광지인 터라 오현이에게 인터넷 검색을 해 오라고 부탁했지만 휴가를 앞두고 잔무 처리에 바빴던 그는 아무런 정보도 날라 오지 않았다.

우리는 커다란 가방을 메고 공항을 두리번거리다 무작정 여행 안내소에 갔다.

"구마노코도 순례자가 되려고 하는데….."

사무적으로 대하던 안내소 직원들은 '순례자' 라는 말에 태도를 바꾸어 장장 두 시간 동안, 인터넷 검색과 더불어 희귀한 리플릿을 찾아 주었고 고야 산 관광 안내소에 전화를 걸어 외국인이 볼만한 구마노코도 지도를 준비해 두었는지를 확인했다. 안내소 직원들은 초겨울에 텐트를 지고 순례자가 되겠다는 우리의 계획을 흥미롭게 여기면서도 걱정스럽고 의아한 반응을 보였다. 특히 구마노코도가 산악 불교 슈겐도와 일본 전통 종교 신도의 성지 순례지라는 것 때문에 이외라는 표정이었다.

"한국 사람들은 신사를 싫어하잖아요."

그렇다. 이 점이 내가 구마노코도 순례를 머뭇거리게 한 단

공항에서 단정했던 동거인은 순례 시작 이틀 만에 초라한 몰골로 변했다.

하나의 이유다. 종교에 대한 편견이 없는 축이지만 '신도'는 일본의 군국주의와 2차 세계대전 전범을 신으로 추앙하는 '야스쿠니 신사'를 떠올리게 한다. 공연히 꺼림칙한 기분이 드는 순례길. 과연 걸을 만한 가치가 있을까? 신도라는 종교의 정체는 뭐지? 어떻게 생겨난 종교야? 신도에 대해 꼼꼼히 알아보면 탐탁잖은 의심이 풀리려나?

일본에서 신도라는 이름이 처음 등장한 것은 6세기경. 일본에 불교, 도교, 유교가 들어오면서 토속 종교를 차별화하기 위해 신도라는 이름으로 명명했는데, 정령숭배 사상을 기초로 하며 800만의 다양한 신(가미)이 존재한다고 믿는다. 그 중 가장 중요한 신은 일본 천황의 직계 조상인 태양의 여신 '아마테라스'다. 이 신화를 곧이곧대로 신봉하면 천황은 살아있는 신인 셈이다. 한때 신도는 불교와 혼합되어 아마테라스를 비로자나불의 현신이라고 여겼고, 유교 윤리를 절충하여 사무라이 계급의 '무사도'가 되기도 했다.

그러던 중 1868년 메이지유신을 계기로 신도는 크게 변모한다. 일본 정부가 신도를 국민을 결속시키는 통치 이념, 정신적 기반으로 삼고 국민에게 강요했기 때문이다. 새로 제정한 헌법에 신도 신화를 존중해 천황이 신성불가침의 '신'임을 명시했고, 1890년 교육칙어를 만들어 신도의 가르침을 교육의 근본으로 삼았다. 이로써 신도는 일본 제국주의의 배후에 섰으며 일본 전역은 물론 식민지 치하 조선에도 각 지방에 신사를 지어 신사

참배를 강요했다. 그러나 1945년 일본이 2차 세계대전에서 패하자 연합군의 요구로 '천황이 살아있는 신' 이라는 주장은 공식적으로 폐기되고, 신도 신화를 교육의 근본으로 삼는 일도 금지되었다. 신도와 정부의 유착관계가 끝나고 국가 종교로서의 지휘도 잃어버린 것이다.

반면 민간에서 받아들인 신도의 모습은 훨씬 소박하다. 가정마다 조상의 신위나 신상을 작은 단에 모시고 소원을 비는 형태로 대부분 불교와 결합한 형태였다. 미와자키 하야오의 애니메이션 「센과 치히로의 행방불명」, 「월령공주」 등에 나타난 숲, 강 등 여러 자연 정령들도 민간 신도의 모습과 닮았다.

그렇다면 구마노코도 순례 붐이 일었던 에도 시대 순례자들은 어떤 식으로 신도를 믿었을까? 순례자들은 특별한 종교적인 목표를 가지고 구마노코도를 걸었을까? 절실한 믿음으로? 에도 시대에 여행을 하려면 통행증이 필요했다. 목적 없이 통행증을 얻는 건 발급 절차가 까다로웠고, 가장 적당한 핑계가 '순례' 였다. 여행자들은 대부분 여행 동호회라 할 수 있는 '고' 에 가입했는데, 고의 회원이 되면 통행증을 받을 때 유리했기 때문이다. 가장 인기 만점이었던 고는 구마노코도 중심 루트인 이세 신궁을 방문하는 '이세고' 로 종교적 목적보다는 명승지 관광이 순례자들의 주된 관심사였다. 바로 나와 내 동거인 오현이처럼.

우리는 만물에 혼령이 깃들었다고 믿는 원시성이 깃든 옛길, 세계문화유산으로 지정된 빼어난 자연경관을 탐험하고 싶었다. 관광 안내소 직원이 신도 교파 중 한국에도 알려진 '천리교’ 신자냐고 물어서 순간 당황했지만 한바탕 웃어넘길 수 있었던 것도, 신도가 흘러온 역사적 배경을 이해한 데다 구마노코도 순례를 종교 자체와 일치시키지 않을 여유가 생긴 탓이었다.

친절한 그들 덕분에 고야 산행 특급열차를 타고 세 시간 만에 50여 개의 사찰과 800여 개의 불교 건축물이 혼재한 진언종의 성지, 고야 산에 닿았다. 고즈넉한 산간 마을을 상상했는데 산악 케이블카를 타고 올라간 그곳은 숲 가운데 자리 잡은 번화한 도시였다. 거리엔 관광객이 넘치고 좁은 도로는 승용차들로 출렁대서 수학여행 시즌의 경주를 방불케 했다.

구마노코도 순례길은 고야 산에서 출발해 구마노 홍구 대신전으로 가는 ‘코헷지’ 길, 구마노 홍구 대신전에서 키타나베까지 가는 ‘나가헷지’ 길, 구마노 홍구 대신전에서 나치 타이시까지 가는 ‘오쿠모도리고’ 길, 나치 타이시에서 키타나베까지 가는 ‘오헷지’ 길, 신구에서 이세 신궁까지 가는 ‘이세지’ 길 등이 있다.

우리가 정한 첫 순례 코스는 고야 산에서 구마노 홍구 대신전으로 가는 84킬로미터, 약 5박 6일 코스인 코헷지 길. 특히 산림이 울창한 구간으로 거리에 비해 순례 기간이 오래 걸리는 험한 루트다. 우선 고야 산 관광 안내소에 들러 자세한 설명을 듣고 지도를 얻었다. 아쉽게도 일본어로 된 지도지만, 한자는 알아볼 만했고 기호화된 자세한 지도라 만족스러웠다. 문제는 코헷지 순례길의 초입을 찾는 것. 50여 개의 사찰을 알리는 각각의 표지판이 심각한 방해요인으로 작용했고, 거리는 복작댔으며, 오현이가 챙겨 온 나침반도 제 맘대로 빙글빙글 돌기만 했다.

우리는 결국 티격태격 다퉜다. 차라리 혼자였더라면 실수를 해도 길을 잃어도 대수롭지 않았을 텐데, 오현이 의견에 이끌려 이 길 저 길을 쑤시고 다니자니 왠지 모를 화가 치밀었다. 혼자 걸을 땐 내 의지와 몸뚱이만 타협을 이루면 만사 걱정 끝인데 이젠 나의 의지, 그의 생각, 내 몸과 그의 몸 상태까지 돌봐야 하는 건가? 내가 왜 이런 수고로움을 감수했어야 하지? 무엇을 위해? 새로운 순례길은 첫걸음부터 불만투성이다.

작은 구멍가게 사이로 난 순례길 입구를 간신히 발견하고 삼나무가 하늘을 가린 음험한 숲길을 걸을 때조차 분한 마음은 가라앉지 않았다. 혼자서 누릴 고요한 특권을 빼앗겨 버렸다는 유치한 질투심이 부글거리는가 하면 야영을 택한 덕분에 무거워진 배낭은 귀찮기만 했다. 로자리오와 가오리, 에우제니의 커다란 배낭을 부러워하던 마음은 어디로 사라졌는지 오현이에게 짐을 맡길 궁리로 머릿속이 바빴다.

퉁퉁 불은 원망 속에 길은 능선으로, 이른 봄날로 이어졌다. 돌계단이 깔린 계단엔 초겨울 추위도 아랑곳없이 초록 이끼가 솜솜 솟아서 온종일 걷다 보면 여름을 만날 것 같은 착각이 들었고 눅눅한 안개는 먼 봉우리, 가까운 산허리에서도 뭉글댔다. 고야 산이 기점인 구마노코도 코헷지 길은 수제비 반죽만큼 축축하고 질퍽였다. 몇 년 묵은 씨앗이라도 땅에 떨어 트리기만 하면 스스로 물이 올라 싹을 틔워 뻗어 오를 듯 거친 생식력이 온 숲을 지배하고, 오묘한 땅 기운이 걸을 때마다 폐 속으로 차올랐다. 서서히 오르막으로 향하던 길은 아래 세상의 집과 도로, 잡다한 소음, 수많은 사람의 걱정거리들과 작별인사를 한 후 알싸한 노을 속으로 이어졌다. 은은한 붉은 노을은 오래도록 하늘을 어루만지며 서성이다가 조용히 짙푸른 어둠 속으로 스며들었다.

어쩌면 나는 '순례자' 라는 신분, 그 특권을 놓기 싫었던 모양이다. 일상에서 우리는 누군가의 딸, 아들, 엄마, 선생님, 친구, 직장 상사 등 수많은 역할을 동시에 맡은 일종의 연기자다. 상대방이 누구냐에 따라 자신이 맡을 역할은 달라지며, 맡은 역할에 따라 적절히 가면을 바꿔 쓴다. 아들 앞에서는 엄마 역할의 가면으로, 남편 앞에서는 아내 역할의 가면으로, 쇼핑센터에 가서는 손님의 가면으로.

모두 자신의 모습이지만 어디에서도 진정한 자아는 찾을 수 없다는 공허함, 신속하게 역할에 맞는 태도를 갖추고 심적인 거리를 조절해야 하는 부담감은 역할극이 주는 변화 그 자체에

존재한다. 하지만 모든 사람이 관계 속에 살아가는 한 역할에 따른 의무를 요령껏 조절하는 방법밖에는 어쩔 도리가 없다. 직업이 군인인 아버지가 가족과 친구들에게 군대의 규율을 강요한다면 그건 역할극의 부작용이며 휴식이 필요하다는 증거다.

순례자의 매력, 그것도 외국에서 순례자가 된다는 것은 역할극의 멈춤을 뜻한다. 삿갓을 쓰고 짐을 멘 나는 만나는 누구에게나 순례자일 뿐 역할의 변화란 필요치 않다. 슈퍼마켓이나 식당에서조차 나는 손님이나 고객이기에 앞서 순례자였다. 그들은 물건을 팔려는 생각보다 오셋다이를 건네고 길을 알려 주고 어디서 묵을 건지 걱정해 주는 데 관심을 뒀으며, 내 가벼운 의무란 "고맙다"라는 다소곳한 인사가 전부였다. 순례자들끼리도

그렇다. 10대, 20대, 60대. 나이야 어찌 됐건 직업이 무엇이든 우린 몇 킬로미터를 걸어야 하는 공동 운명에 묶여서 스스럼없이 말을 트는 오헨로상들이다. 누군가의 딸, 아들, 남편, 엄마라는 사회적 부담에서 놓여나는 휴식, 자기 자신과 나누는 멋쩍은 대화.

두 달 남짓 계속된 따분할 정도의 평온은 동거인 오현이를 만나는 순간, 인생의 동행이라고 정한 그와 재회한 순간 매섭게 깨져 버렸다. 뇌리에서 끈덕지게 칭얼대는 짜증의 속내는 순례자란 신분을 박탈당한 서운함 때문이란 걸 어둑어둑한 오타기 마을 입구에서 알아차렸다.

시코쿠를 떠돌 땐 절의 번호에 따라 그날 걸을 거리를 가늠하고 숙소를 정했지만 산과 고개로 이어진 구마노코도는 약수터, 산간 마을, 휴게소 등을 거점으로 행로를 잡아야 했다. 오타기 마을에는 순례자들을 위해 정자와 공동 화장실을 마련해 놓았다. 정자의 나무 탁자를 치우고 텐트를 펼쳤더니 맞춤용 지붕처럼 딱 들어맞는다. 높다란 산을 장막으로 오롯이 펄럭이는 자그마한 텐트가 대견하기만 했다.

길은 이미 시작됐고, 나는 바라고 바라던 노숙 순례자가 된 건가? 손바닥만 한 버너에 불을 지피고, 김치찌개를 끓이고, 침낭을 펼치고, 바쁘게 움직이면서 기분이 그럭저럭 나아지는가 했는데, 저녁을 텐트 안에서 먹을 것인지 밖에서 먹을 것인지, 설거지를 내일 아침에 할 것인지 당장 해치울지, 녹차를 마실지

커피를 마실지, 소소한 의견 충돌로 오현이와 나의 관계는 다시금 서늘하게 식어 버렸다. 커피를 마시든, 녹차를 마시든 뭐 대수라고 부득부득 자신의 주장을 내세우며 상대방을 짓이기려 한단 말인가. 그냥 내버려 둘 순 없는 거야? 서로 손해라고 느끼면서 왜 붙어 있어? 차이를 인정하란 말이야! 촘촘히 빛나는 별들 아래 우리는 누에고치 같은 침낭을 뒤집어쓰고 침묵을 유지한 채 속을 끓였다.

침낭 속은 알맞은 온도의 목욕물처럼 아늑했지만 쉽게 잠이 오지 않는다. 지금 이 순간, 나에겐 관계의 손익을 따져볼 만한 섬세한 계산기가 필요하다. 어째서 사사건건 삐걱댈까? 과거에도 그랬나? 내일도 하루 종일 똑같다면 어쩌지? 서운하고 화딱지 나는 마음을 빼고 나누고 쪼개도 똑 떨어진 해답은 얻지 못

지금 텐트 안에서
조용한 싸움이 한창이다.

하고 한숨만 삐져나온다. 그의 몸은 낯설고 그의 태도는 어딘지 어색한 데다 그가 베푼 배려는 서툴고 불편해서 함께 열흘이나 걸을 엄두가 안 난다. 우리가 회복해야 할 게 무언지, 어떤 공식에 대입시키면 만족스러운 결론을 얻을지 까마득하다.

다음날 새벽, 텐트를 걷자마자 스산한 빗방울이 흩뿌리더니 배낭을 지고 길을 나설 땐 눈앞이 흐려질 지경으로 빗줄기가 퍼부었다. 태풍을 몰고 올 듯 엄혹한 기세로 내리꽂는 겨울비. 천지를 휘어잡고 으르렁대는 소리에 우리는 한껏 겁을 먹고 갈 길을 서둘렀다. 숲의 거목과 돌부처, 드문드문 놓인 표지판이 빗물에 자신들의 몸을 내맡기는 동안 길은 도랑을 이뤄 우리를 위협했고 신발 속으로 사부작사부작 물기가 스몄다.

아무리 애를 써도 걸음은 더디고 세상은 미로처럼 희미했다. 오전에는 노세가와 마을 온천에 들러 가볍게 샤워를 한 뒤 필요한 물품도 살 계획이었지만 곧장 오마타 마을로 가기로 했다. 정오까지 오마타 마을에 도착해야 오늘 목표로 한 오바코토게에 간신히 닿을 텐데. 우린 투덜거릴 틈도 없이 묵묵히 걷는 데 집중했다. 벌써 초겨울이라 그런지 사나운 날씨 탓인지 순례자들은 뚝 끊겨서 누구 한 명 만나질 못했다. 과연 점심을 해 먹을 수 있을까? 배낭을 잠깐이라도 내려놓고 쉴 만한 지붕은 어디지? 텐트마저 흥건히 젖어 버렸는데 어쩌나?

"이 고개만 넘으면 오마타 마을일 거야."

오현이는 한 고개를 넘을 때마다 빗소리를 이겨 보겠다는

투로 소리를 냅다 질렀다. 하지만 고개를 넘으면 또 다른 오르막이 을씨년스런 삼나무와 함께 짓궂게 나타났다. 그는 축축이 젖은 길을 꾸역꾸역 걸으며 노래를 부르고, 고함을 지르고, 외로운 짐승처럼 울어 댔다.

시간이 얼마나 지났을까? 배가 고파 정신이 몽롱하고 속옷마저 흥건히 젖을 무렵 가파른 내리막을 지나 드디어 오마타 마을이 펼쳐졌다. 아침나절 길을 나선 후 처음 만난 올망졸망 산속 마을. 어느 집 처마 속으로 뛰어들어가 가방을 풀고 우비를 말리면 좋으련만 동네는 텅 빈 듯 조용하다.

"저기 간판이 보여!"

오현이가 높다란 언덕 위의 집을 가리키며 소리친다. 낡은 아크릴 판자에 '민숙(民宿)'이라고 쓰인 글자가 비를 맞고 섰다. 우리는 오르막을 단숨에 뛰어 올라가 문을 두드리고 주인을 불렀다. 이런 산골짝에서 민수크를 운영한다면 식당이나 가게를 겸할지 모를 일이다. 다급한 노크 소리에 놀라 뛰어나온 노부부는 애처로운 두 나그네를 현관으로 맞아 주었지만, 기대와 달리 그들은 점심이나 도시락을 팔지는 않았다.

"기타마타 강 쪽으로 3킬로미터쯤 가면 식당이 있을 게야."

기마타마 강을 따라 난 길은 구마노코도 루트를 벗어나는데, 점심을 먹으려고 왕복 6킬로미터의 빗속을 걸어야 한다니…. 울상을 지어 보였지만 노부부는 밥도 반찬도 마련해 놓질 못했다며 난감한 기색이었다.

“라면, 라면, 라면 쓰고이(대단해요)~”

더 조르지도 못하고 문을 열고 나가려는 찰라, 묵묵하던 오현이가 후루룩 쩝쩝 라면 먹는 시늉을 하며 제발 살려 달라고 애원했다.

“뭐라도 얻어먹자. 이러다 굶어 죽겠어.”

그는 나에게 나직이 중얼대더니 “라면 오케이? 오케이? 할머니, 할아버지 배고파요.”라며 노부부에게 함빡 웃음을 지어 보였다. 갑작스런 한국어에 와~ 웃어 버린 할머니와 할아버지는 주름살을 실실대며 거실로 들어오라고 권하곤 전기 난로를 딸깍 틀어 준다. 처음으로 오현이가 쓸만하다고 느낀 순간, 최초로 그와 손발이 맞은 흐뭇한 화해. 우리는 흙탕물이 뚝뚝 떨어지는 우비와 운동화를 벗고 가방을 내팽개치고 거실 바닥에 앉았다. 장딴지가 뻐근하게 쑤셨지만 따뜻한 난로 앞에 앉으니 창밖의 비 오는 세상이 먼 과거처럼 흘러간다. 삶은 이렇게 늘 순간인가? 점심을 먹고 나면 곧 저 빗속으로 내몰릴 텐데도 모든 걸 망각하고 아늑하기만 하다니.

두 노인네는 재빨리 컵라면에 더운물을 부어 내주었고, 다시 부엌으로 들어가서는 새로 밥을 짓고 나물을 볶고 미소 장국을 끓여 번듯한 점심상을 차려 오셨다. 뜻밖에 진수성찬을 받은 오현이는 밥을 몇 그릇이나 비우면서 친근하고 살갑게 쩝쩝댄다. 잠시 잊었던 그의 뻔뻔함, 불리하다 싶으면 곧장 사과하고 매달리고 떼를 쓰는 아이다운 모습이 되살아난다. 그래, 나는 그걸 꽤 매력적이라고 느꼈었지. 민수크 할머니는 밥값으로 딱

1,000엔만 받고 김이 피어오르는 모찌 열두 개를 오셋다이로 주셨다. 오현이는 호들갑스럽게 감탄사를 연발하며 다음에 또 오겠다고, 오래오래 사시라고, 노부부가 알아듣든 말든 머리를 주억거리며 한국말로 길고 긴 작별인사를 했다.

빗줄기는 더욱 억세졌고 길은 롤러코스터처럼 뱅글뱅글 산봉우리를 휘돌아 현기증이 날만큼 가파르게 올라갔다. 빗물에 시야가 어두워지는 것도 모자라 헉헉대는 입김에 세상의 풍경과 길은 숨어 버리고 나는 몇 번이나 진흙탕에 다리가 꼬여 넘어졌다. 오현이도 나를 도울 순 없었다. 커다란 배낭에 짓눌린 그는 멀찍이 뒤처졌다.

"오늘은 료칸에서 자자. 텐트를 치는 건 무리야."

"그래, 빗물에 쓸려가겠어. 오바코토게에서 료칸을 찾아보자고."

빗물에 너덜너덜해진 지도엔 '산소실(山所室)'이라고 쓰인 료칸 기호가 애타게 표시돼 있다. 산이 제아무리 높아도 오바코토게라는 곳에만 간다면, 온몸이 젖어도 오바코토게에만 간다면 어떤 유토피아도 부럽지 않을 듯했다. 고약한 폭우 때문에 노숙 순례는 오늘로서 휴가를 얻었고, 나는 따뜻한 욕조에 발을 담그고 첨벙대리라. 기다려라, 뜨끈한 저녁 밥상과 보송한 이불이여! 그러나, 산간 마을이라고 예상한 오바코토게는 '이렇게 올라가다간 산 정상에 우뚝 서게 되지 않을까?' 라고 느낀 그런 지점에서 갑작스런 표지판으로 나타났다. 어떤 마을도, 어떤 료칸

도, 누구도 없는 공터. 그곳이 바로 오바코토게였다.

"지도에 산소실(山所室)이라고 표시된 이 료칸 표시는 뭐야?"

"여기 이 건물인가 본데? 산소실(山所室)이라고 쓰여 있어."

숙박지 표시와 나란히 안내된 산소실(山所室)은 주인 없는 작은 오두막, 허름한 산악 대피소다. 전깃불도 수도도 없는 어두컴컴한 그곳의 편의시설이라곤 두 개의 빨랫줄과 벽에 드문드문 걸린 못, 타다 만 촛불이 전부다. 지도에 속지 않았다면 아까 점심을 먹었던 민수크에 묵었을 텐데. 밥을 해 먹으려 해도 쌀 씻을 물이 없고, 추위를 잊고 싶지만 방법이 없으니 어쩌면 좋단 말인가? 왈칵 덮치는 무서움을 단단히 누르고 젖은 옷을 벗어 빨랫줄에 널고서, 배낭 깊숙이 넣어 둔 두툼한 옷을 꺼내 입었다. 그동안 오현이는 버너에 불을 지펴 임시로 난로를 만들

시코쿠 순례길보다 정갈한 길 안내 표시

해발 1,200미터 오바코토게의 산속 오두막

었다. 열기는 약하고 그림자만 거대하게 일렁이는 버너. 그 앞에 주린 배를 감싸고 앉아 있으려니 세상 불행을 몽땅 짊어진 순교자처럼 울적했다.

우리에게는 물질, 급작스레 닥친 불운을 달래 줄 최소한의 물질도 없는 걸까? 배낭 속의 자질구레한 짐들을 요것조것 따져 봤지만 먹을 것이라곤 생쌀, 생라면, 매운 밑반찬들이 전부였다. 아, 그때! 아까 민수크 할머니가 준 떡이 퍼뜩 생각났다. 그래, 우리에겐 찹쌀 모찌가 열두 개나 있지. 빗물에 젖어 아직 말랑말랑한 떡. 그 떡은 음식이라기보다 소원을 들어주는 마법 램프 같았다. 떡을 하나씩 먹을 때마다 달콤한 환희가 밀려왔고, 동시에 제한된 소원을 허망하게 써버렸다는 죄책감에 시달렸다. 조심스럽게 아껴 먹다가 빈 그릇만 남게 되자 우린 절망에 빠져 침낭을 뒤집어썼다.

겨우, 저녁 6시. 오도카니 앉아 있자니 등과 발이 시려서 침낭 속에 틀어박힌 채 서로의 몸을 끌어안고 추위를 쫓았다. 유일한 난방 기구란 우리 자신의 몸과 버너인데 버너를 계속 켜놓는

건 위험했다. 버너 불꽃을 끈 대피소는 아찔한 가스 냄새와 무거운 어둠에 잠겼다. 비는 밤새도록 그칠 기미가 없고, 바람은 조그만 오두막을 먹어 치울 듯 덤비고, 문밖에선 짐승들이 울어 댔다. '늑대나 쥐떼가 덮치면 어쩌나?', '지금 바다 한가운데를 떠가는 건 아닐까?' 오두막이 빗물에 둥둥 떠 대양 한가운데를 떠도는 듯 위태롭게 기우뚱댔다. 아무리 잠을 자도 밤은 새지 않고 아무리 돌아봐도 어둠뿐. 그러나 다행스럽게 미지근한 온기를 뿜는 오현이의 살결이 손에 닿았다.

나는 그의 존재만으로도 안심이 되고 용기가 생겼다. 이제야 가오리가 왜 가장 친한 이와 여행을 함께하면 관계의 깊이에 도움이 된다고 했는지 이해가 갔다. 어떤 사람이 좋거나 매력적인 건 그 사람의 장점 때문이기도, 그 사람의 쓸모 때문이기도 하지만 궁극적으로는 그 존재 자체 때문이다. 느닷없이 순례를 결심한 오현이가 아니었다면 노숙 순례를 계획하지도 않았을 테고, 나 혼자라면 이 오두막에 머무는 사건은 발생하지 않았을 것이다. 그의 존재 자체가 혼자라면 겪지 않을 미지의 시간으로 나를 초대했고, 우린 그 시간을 공유하고 있다. 혼자 걸으면 이상적으로 설정해 놓은 자기 모습에 빠지기 쉽고, 모르는 타인과 걸을 땐 예의를 차리느라 살짝 긴장하고, 동거인과 걷게 되자 내장 속까지 훤히 내놓은 나 자신을 본다. 어쩌다 깜빡 잠들었다가 깨면 우리는 자주 상대방의 이름을 부르며 서로의 존재를 확인했다. 몇 시인지, 여기가 어디인지, 내일이 과연 오기는 할는지 알 수 없는 밤. '밤'이라는 단어 자체가 주는 어둠이 듬뿍 담긴 검은 색 시간.

아침나절, 추워서 잠을 깼을 때 꼭꼭 닫아 놓았던 오두막의 문이 활짝 열려 있었다. 허술한 나무문이 바람에 덜컹대다 드디어 열리고 만 것이다. 열린 문으로 어릿한 햇살과 축축한 안개가 들어왔다. 운동화는 여전히 젖었지만, 비가 그치고 밝아진 세상은 달콤한 맛과 온도로 내 혀와 피부를 어루만진다. 드디어 아침이 왔고, 우리는 다시 걷는다.

민선이의 순례 일지

구마노코도 순례길 코헷지 루트,
part 1 〈고야 산~오바코토게〉 총 23.2km

2008년 12월 4일~5일 2일 동안

오마타 마을에서 미우라구치 마을까지는 온전한 산악 코스. 물, 간식, 식사 거리를 단단히 챙기자.

구마노코도 찾아가기

오사카에서 출발할 경우

오사카 '난바' 기차역에서 출발하는 '고야 산' 행 열차를 탄다. 이 열차표에는 고야 산으로 오르는 케이블카 티켓까지 포함된다. 고야 산 기차역에 도착하면 '난카이 린칸' 버스를 타고 '센주인바시'에 내린다. 터미널에서 문의할 것. '센주인바시'에 내려서 관광안내소를 찾아가 구마노코도 지도를 받고 출발점을 안내 받는다.
(구마노코도 길 안내 웹사이트: www.tb-kumano.jp)

와카야마에서 출발할 경우(간사이 국제공항에서 고야 산으로 출발하는 경우 이용)

JR와카야마역에서 와카야마선을 타고 하시모토역(대략 1시간)까지 가서 난카이 전철 고야선으로 갈아탄 후 고쿠라바시역(약 30분)에 내린다. 고야 산으로 올라가는 케이블카를 타고 5분 후에 하차하면 고야 산 기차역에 내린다. 고야 산 관광 안내소까지 가는 방법은 '오사카에서 출발할 경우'에 소개한 것과 동일하다.

11 | 그 별,
스바루의
초대

길은 어떻게 생겨났다 어떻게 잊히는가? 사람의 인생처럼 젊은 한때를 보내고 서서히 늙고 늙어 결국 사라지게 되는 걸까?

에도 시대에 순례자들로 북적였을 미우라토게에서 토츠가와 온천으로 가는 구마노코도 코헷지 길목의 산속 찻집과 료칸들은 이젠 모두 종적을 감추고 주춧돌이었을 법한 돌무더기만 남았다. 집터는 억세게 자란 고사리에 덮여 그 구조나 크기를 가늠하기 어려웠지만 1,000미터가 넘는 고지에 자동차 네다섯 대는 충분히 주차할 만한 널찍하고 평평한 공간이 나타나는 것만으로도 놀라웠다. 옛 시절, 이 산골짝도 번성한 마을이었을까? 찻집이 있던 자리 못미처 구릉엔 돌담과 나무 기둥 등 민가가 모여 살던 흔적이 뚜렷했다.

이틀 내내 쳇바퀴 돌듯 1,200미터 산봉우리를 오르락내리락 헤매다 변변한 동네를 만난 건 구마노코도 코헷지 순례길이 425번 국도와 만나면서부터다. 자동차가 주요 이동 수단이 되면서 사람들 삶의 터전도 그 길을 따라 변했다. 슈퍼가 두 개, 우체국과 절, 신사, 중학교가 각각 하나씩 자리 잡은 니시나카 마을은 평범하고 따분해 보이는 산간 마을이지만 민속박물관 혹은 체험학습장 같은 흥미로운 곳이었다. 나무를 때서 밥을 해 먹는 집이 있는가 하면 개인 우물에 비단잉어를 키우기도 했다.

일본인들은 수명이 70년에 이르는 비단잉어를 평생을 같이할 애완동물로 여기는데, 먹이와 수질 관리에도 각별히 신경을 쓴다. 벽돌로 만든 어두운 우물 속에서 흰 바탕에 꽃잎이 묻

일생에 한번은 순례여행을 떠나라

은 듯 붉은 반점이 있는 매끈한 잉어가 유유히 헤엄쳤다.

"이 잉어 나이가 열두 살이야. 우리 큰손자보다 형님이지."

"잡아먹으려고 키우시는 건 아니죠?"

"무슨 소리? 식구나 다름없는데."

비단잉어 축제, 비단잉어 품평회 등이 일본 곳곳에서 열리고 비싼 것은 1억~2억 원을 호가하기도 한다. 본래 잉어의 원산지는 중국이었으나 약 200년 전부터 일본에서는 돌연변이 변종을 교배하여 색과 무늬가 다양한 비단잉어를 탄생시켰다. 낯선 사람이 한참 들여다봐서 그런지 잉어들은 내 눈길을 피해 물속에 몸을 담근 채 아가미만 내놓고 뻐끔댔다.

"땅, 따다 땅, 땅땅."

이집저집 잉어들을 구경하며 빈둥대는데 금속성의 맑고 투박한 소리가 머릿속을 흔든다. 공사장에서 내는 소리라기엔 고요하고 생활 소음이라기엔 요란한 음색. 어디서 나는 거지? 오현이와 나는 '땅땅' 리듬에 이끌려 도로에 늘어선 가게들을 기웃거리며 투박한 음악의 주인을 찾았다. 그것은 바로 대장장이가 만드는 선율이었다. 홍시처럼 발그레 달아오른 쇠를 뭉뚝한 망치로 두들겨 늘리고 펴고 휘어서 차가운 물에 담그면 칙~ 칙~ 통쾌한 함성이 연기와 함께 피어올랐다.

예순 살이 넘은 아저씨는 일정하고 규칙적인 힘으로 쇠를 두들기며 매질했다. 매질과 담금질을 여러 번 할수록 더 단단하면서도 섬세한 연장이 된다. 삼대째 가업을 잇는 그는 우리가 한국인이라는 걸 알자 반갑게 차를 권했다. 천장에는 금방 구운 쿠

키처럼 귀엽고 앙증맞은 호미, 낫, 쇠스랑, 용도를 알 수 없는 수많은 쇠붙이가 대롱대롱 매달렸고 화덕 한쪽 곁엔 검은 석탄이 수북이 쌓였다. 그는 일을 쉬지 않고 커다랗게 입을 벌린 화덕 속에다 고기를 익히듯 이리저리 뒤집으며 쇠를 구웠다. 나와 오현이는 자세히 구경할 요량으로 화덕 쪽으로 얼굴을 들이밀었는데, 더운 열기 때문에 눈동자가 아릴 지경이었다. 땀과 억센 매질, 열기와 연기가 뒤범벅된 대장간. 부글거리는 에너지 덕분에 낡은 공간과 주인아저씨가 한층 젊게 느껴졌다.

대장간을 나와 들른 곳은 길모퉁이의 목재 공방이다. 히노키, 편백나무는 일본이 원산지인 대표적인 나무다. 그중에서도 고야 산의 편백나무는 '고야마키' 라는 품종으로 내수성이 우수하고 일반 나무보다 천연 항균 물질인 피톤치드 함량이 3배나 높아 친환경 소재로 각광받는 것은 물론 내구성이 강해 고급 건축자재로 애용된다고 했다. 전설에 의하면 '스사노오노미코토' 라는 신이 자신의 털을 뽑아 일본 전역의 나무를 생겨나게 했는데, 특히 가슴 털을 뽑아 히노키 나무를 만들면서 황실을 짓는

연기와 열기가 뒤범벅된 대장간

데 쓰라고 지시했다고 한다.

쓱싹쓱싹 공방 할아버지는 목욕용 바가지를 만들고 계셨는데 사다리꼴 모양으로 잘린 나무 조각을 맞춰 접착제를 전혀 쓰지 않고 철사와 대나무 줄로 엮어 아무런 색도 칠하지 않는 소박한 바가지였다. 시소처럼 긴 도구에 나무 조각들을 대고 맞추며 어긋남이 없도록 작업했다.

"이 나무로 욕조도 만드나요?"

"하나 사 가시게? 욕조를 만들려면 나무를 새로 구해야 하니까 최소한 한 달은 걸리겠는데."

욕조를 만들려면 수령이 적어도 200~800년 된 편백나무를 쓴다고 했다. 오래된 나무일수록 나뭇진이 많아 물에 강하기 때문이다. 상쾌한 나무 내음 나는 바가지 하나를 사고 싶지만, 그 또한 짐이 될 것이라 아쉬운 마음을 두고 가게를 나왔다.

미우라토게 산꼭대기부터 반나절 동안 줄곧 내리막길을 걷느라 뻣뻣하게 굳은 다리가 한가롭게 마을을 둘러보면서 얼추 부드러워졌다. 나는 배낭 어깨끈을 질끈 조이고 속력을 냈다. 길은 니시가와 강을 따라 완만한 평지에 이르렀다. 여름이라면 물놀이를 하고 놀 만큼 깨끗하고 수량이 적당한 비췻빛 강과 환한 모래톱.

"잠깐, 천천히! 무릎이 또 이상한데."

오현이는 어제 오후부터 무릎 관절의 고통을 호소했다. 대학 때 무릎 연골을 심하게 다쳤는데, 그게 다시 도진 것이라고 자

체 진단을 내렸다. 몇 년 동안 운동과 담쌓고 사무실 의자에 앉아 컴퓨터 자판만 두드리던 서른여덟 살 그가 갑작스레 20킬로그램이 넘는 배낭을 지고 주야장천 걸었으니 병나는 게 당연했다. 그래서 어제는 텐트 생활을 과감히 포기하고 료칸에서 푹 쉬며 몸조리를 했건만, 그새 또 말썽을 부리나? 도로변 버스 정류장 벤치에 앉아 무릎을 두드리다 파스를 붙인 그는 더 이상 배낭을 지고 걷는 건 무리라고 선언했다. 어머나, 순례를 포기하잔 얘기야? 아님, 저 커다란 배낭을 버리자고? 도대체 어쩌란 말인가!

"오늘만이라도 배낭을 바꿔 들면 어때? 네가 내 걸 메면 되잖아. 배낭이 가벼워지면 한결 나을 거야."

유쾌한 제안은 아니지만, 그의 의견을 받아들이지 않을 수 없었다. 그는 실제로 아파 보였고 어떻게든 달래서 텐트를 칠 만한 오늘의 목표지 '스바루'에 가야 하므로. 구마노코도 코헷지의 최종 목표지 구마노 홍구 대신전에서 고야 산으로 간다는 중년의 순례자가 아침나절 캠핑 장소로 추천한 곳이 '스바루'였다.

끙, 오현이 배낭을 나 혼자 힘으로 드는 건 불가능해서 어깨에 멜 때만 그가 도와줬다. 끙, 끙, 끙, 그의 배낭을 지는 순간 자연스럽게 허리가 구부러졌고 무릎과 발목이 아렸다. 헤드가 불룩 올라온 배낭은 내 뒤통수에서 시작해서 엉덩이 전체를 덮을 만큼 키가 컸다. 삶에 필요한 살림살이 일체를 내 몸으로 부둥켜안는 순간이라⋯. 시코쿠 순례길에서 그토록 내가 원하고 바라던 일은 이렇게 우연히 이루어졌지만, 온 세상이 묵직하고 어지럽기만 했다. 상대적으로 작고 가벼운 내 가방을 든 오현이는 가뿐하고 유쾌한 표정이었다.

어기적대며 다시 순례를 시작했고, 나는 처음 몇 걸음을 술 취한 듯 비틀대다 이내 편안한 자세를 찾았다. 다행히 평지라 견딜 만했다. 오츠고에 마을을 지날 때 한 할머니가 우리를 유심히 살폈다. 머리에 작업용 모자를 쓰고 손에는 신문지로 둘둘 만 꽃다발을 쥔 귀여운 할머니였는데, 그녀는 문득 오현이 앞에 서서 노여운 목소리로 충고했다. 곰처럼 튼튼해 보이는 놈이 납작한 가방을 메고 비리비리한 나한테는 집채만 한 짐을 떠맡겼다고 혼쭐을 내는 투였다. 오현이는 손짓 발짓을 다해 할머니에게 상황을 설명했고, 사정을 들은 그녀는 바나나 두 개를 건네며 힘내라고 응원했다.

이렇게 짐을 바꿔 들고 두어 시간 후, 어깨가 죄어 더 걷는 건 고역이라고 느꼈을 때, 드디어 목표지 '스바루'에 도착했다.

아니, 집채만 한 놈이 그렇게 납작한 가방을 메서 쓰나! 오현이를 불러 세운 동네 분들

오전에 만난 순례자의 말에 따르면 스바루는 토츠가와 온천 마을에서 3킬로미터 정도 떨어진 지점의 공원인데, 텐트 치기 딱 좋은 잔디밭에 멋들어진 유황온천까지 있다고 했다. 그의 말대로 스바루는 진정 훌륭한 캠핑 장소(?), 분에 넘치는 지엄하신 캠핑 장소(!), 별 다섯 개도 손색이 없을 일류 호텔이었다.

어디서 의사소통이 잘못된 걸까? 어쩌다 공원이 호텔로 둔갑한 거지? 스바루 호텔이란 입간판을 본 순간, 한 걸음 한 걸음 유리 조각을 밟는 듯 고통스럽게 걷던 오현이는 에라 모르겠다고 주저앉아 버렸고 나도 힘이 쑥 빠졌다. 제아무리 배짱이 좋아도 이 으리으리한 호텔에 기어들어가 "호텔에 땅도 남아도니 저희가 하룻밤 텐트 치는 것쯤 괜찮겠죠?"라고 흥정을 시도할 사람이 얼마나 될까? 그렇다고 길가 아무 데서나 야영을 할 수도 없는 노릇이고.

"일단 호텔에 얘기라도 해볼까?"

"싫어, 자존심 상해."

어쩜 그는 내가 참았던 속에 말을 그대로 내뱉을까? 그는 타인이 아닌, 그저 내 마음의 일부분처럼 고민했다. 이로써 둘 사이의 의견 충돌은 잦아들었지만, 문제가 해결된 건 아니었다. 차라리 누구네 집이라면 부담 없이 부탁할 텐데. "이만큼만 돈을 내시면 합당한 서비스를 제공하겠습니다."라고 버티고 선 호텔에 들어가 공짜 인심을 베풀어 달라고 요구하는 건 그의 말처럼 자존심 상하고 미안한 일이었다.

명확한 결정을 못 내리고 호텔 문 앞에서 뭉그적거리기를

으리으리한 스바루 호텔

몇십 분째, 주차 요원이 다가와 무슨 일인지 따졌다. 우리가 호텔 정문을 가로막아서 출입하는 차들이 불평을 터트린 모양이었다. 결국 이렇게 쫓겨나는 건가? 몇 킬로미터 떨어진 마을로 가서 료칸을 찾아야 하나? 높다란 배낭을 질질 끌고 길 가장자리로 비켜서면서 한없이 억울했다. 몇 번 펼치지도 못한 텐트를 뭣 하러 싸들고 왔을까? 오후 내내 이 미련한 짐을 옮기느라 얼마나 힘을 뺐는데! 나는 주섬주섬 자리를 옮기다 불쑥 주차 요원에게 호텔 안에 텐트를 치고 싶다고 말했다. 주차 요원은 텐트라는 말에 의아한 표정을 짓더니 우리를 꼬치꼬치 뜯어보곤 호텔 프런트까지 안내했다.

정원엔 투숙객인 듯 보이는 가족들이 한가로이 거닐었고, 유리창을 통해 내부가 보이는 식당에선 멀끔한 직원들이 손님맞이를 위해 바쁘게 움직였다. 나는 죄인이라도 된 양 고개를 푹 꺾고, 주차 요원의 뒤를 따랐다. 호텔 직원들에게 구구절절 떼쓰고 애원할 생각에 벌써 주눅이 들었다. 호텔 프런트는 온천 입욕권을 사려는 사람들로 붐볐다. 유황온천이 유명하다더니 빈말은 아닌 듯. 주차 요원은 막내 티가 줄줄 나는 말단 직원에게 우리를 소개했다.

"구마노코도를 순례하는 한국사람이에요. 이 주변에 야영할 만한 곳이 없을까요?"

나는 최대한 당당한 태도를 유지하며 도도하게 요구했다.

"야영이라, 저희 호텔에서 묵는 건 어떠신지? 날씨도 춥고

마땅한 장소도 없어서요.”

“저흰 텐트를 가지고 순례 중이거든요. 그럼 실례했습니다.”

까딱 잘못하단 이 비싼 호텔에 머물게 될까 봐 최대한 체면을 차리고 돌아서려는데 직원이 잠깐 기다리라며 어디론가 사라졌다. 어휴, 눈 딱 감고 호텔에 하루 묵을까? 40만 원을 웃도는 가격표가 가만가만 유혹했다. 골프여행이라도 온 셈 치면 1박 40만 원이 비싼 건 아니지. 돈을 주면 그만한 가치를 할 테고, 이것도 기회라면 기회잖아. 자, 현금을 꺼내서 자존심을 찾으라고!

“텐트 칠 곳을 찾으신다고요?”

정장을 차려입은 호텔 매니저가 허리를 굽히며 깍듯하게 인사한다. 아까 그 말단 직원이 상관을 데려온 것이다.

“괜찮은 곳이 있긴 한데. 한번 보고 결정하시죠.”

보고 결정하라니? 지붕 밑이면 어디든 대환영인데. 갑자기 나타난 그는 어째서 이렇게 친절한 걸까? 그는 성큼 앞장서서 정원 끝에 자리 잡은 야외무대 뒤편으로 우리를 데려갔다. 객실에서 멀리 떨어져 서로 방해받을 염려도 없고, 그렇다고 너무 후미져서 으스스하지도 않은 적당히 평온한 곳. 막대 사탕 같은 가로등은 달콤한 광택을 내고, 유황온천수가 뿜어내는 수증기가 신비롭게 감돌고. 무대 뒤편의 공간은 숲을 마주한 채 사색에 빠진 낭만적인 보금자리다.

“정말 여기에 텐트 쳐도 돼요?”

그는 화기를 사용하지 않는 조건으로 야영을 허락했다. 머리꼭지가 시원해지고 새로운 해답을 발견한 느낌. 그의 얼굴은

번듯한 무대 뒤, 조그만 대기실 바닥에 텐트 호텔을 짓는 중

"내가 특별히 선심 쓸게."라는 젠체하는 표정도 "에이그, 불쌍하기도 하지."라는 오만한 태도도 아닌, 우릴 진심으로 부러워하는 눈빛으로 가득했다. 나와 오현이는 더 이상 조마조마하거나 자존심을 곧추세울 필요가 없었다. 서둘러 배낭 속에 갇힌 텐트를 꺼내 활짝 펼치고 뼈대를 연결해 후다닥 집 한 채를 지었다. 한 곁에서 지긋이 지켜보던 그는 우리가 대강 주변 정리를 끝내자 목욕용품을 챙겨 따라오라고 재촉했다. 달걀 썩는 냄새가 담뿍 올라오는 식수대에서 온천수를 한 잔 떠먹고, 대숲 사이에 놓인 야외 족탕을 지나 도착한 곳은 온천 출입문 앞. 그는 입구의 직원과 몇 마디 나누고서, 우리더러 목욕탕 안으로 들어가자고 청했다.

"저, 여긴 남탕이잖아요."

"지금 식사시간이라 남탕에 손님이 없대요. 어서, 어서. 괜찮아요."

이렇게 해서 나는 난생처음 남탕에 들어갔고, 정장 차림의 그는 온천 구석구석을 소개하며 다양한 이벤트 탕의 효능과 유황의 우수성을 설명했다. 스바루 호텔의 온천은 토츠가와 마을 원천을 사용하는데, 300년 전 숯장수에 의해 발견된, 피부병과 류머티즘에 뛰어난 효능을 가진 온천수다. 검은 하늘로 멍울져 오르는 하얀 수증기, 깊고 무겁게 반짝이는 유황 물, 오후에 만난 목재 공방 장인이 만들었을 법한 히노키 탕, 커다란 항아리처럼 생긴 도자기 탕, 맥반석 탕 등이 자연과 어우러져 오묘한 풍광을 자아냈다.

온천 구경을 한껏 시켜 준 그는 나와 오현이에게 무료 온천

이용권을 선물하고는 목욕 후에 차를 한잔 대접하겠노라며 쑥스럽게 웃었다. 무료 온천이용권? 우리가 갑자기 귀빈이라도 된 것일까? 돈을 한 푼도 내지 않은, 새로 사귄 친구를 대접하느라 잔뜩 들뜬 그, 생기 넘치는 중년 아저씨.

　오현이와 헤어져 여탕에 들어간 나는 옷을 벗고 비누 거품으로 온몸을 문지르고서 온화한 온천탕에 안겼다. 사람과 사람 사이에 길은 어떻게 생겨나게 될까? 타인과 타인은 어떻게 관계를 시작하고 긴밀한 누군가와 어쩌다 관계가 끊어지나? 한 시절 북적이다 이제는 고즈넉한 옛 길이 된, 구마노코도처럼 더듬고 회복해야 할 관계가 있다면 어떤 종류의 관계지? 호텔 매니저가 우리에게 베푼 친절은 무슨 지도에 나오는 길, 무엇이 오가는 길일까?
　목욕을 마치고 개운해진 우리는 따뜻한 녹차와 커피를 사들고 호텔 프런트로 그를 찾아갔다. 50대 초반의 다카시 상. 처음으로 서로 이름을 나누고 마치 오랜 친구처럼 친근하게 이런저런 얘기를 주고받다 호텔 정원을 거닐었다. 다카시 상의 가족들은 호텔에서 멀리 떨어진 타나베 근처 작은 마을에 산다. 그래서 3~4주에 한 번만 집에 다니러 가고 평소에는 호텔 기숙사에서 혼자 생활한다고 했다. 호텔과 기숙사, 호텔 동료와 고객들로 한정된 다카시 상의 반복된 삶, 고정된 생활 방식. 우리의 출현은 그의 지루한 근무시간을 파고든 작은 사건이었다.
　"호텔에서 한국사람을 만난 건 처음이죠. 소주를 좋아해서 한국에 관심이 많았는데."

호텔을 찾는 대부분의 사람이 관광객인 데 비해 다카시 상 자신은 호텔일 때문에 바빠서 휴가, 여행과는 무관한 일상을 보낸다고 했다. 업무상 한국 관광지에 대한 지식도 해박하고 여행사 직원들과도 유대가 깊어 공짜 비행기 표를 얻을 수도 있지만, 훌쩍 떠나서 즐기는 게 본분에 어긋나는 것 같아 어쩐지 어색하다는 다카시 상.

"이렇게 젊은 사람들과 잠깐이라도 함께 걷는 걸로 만족해요."

그가 몸 밖으로 튀어나오려는 열정을 다스리며 말했다. 추운 입김이 공기 중에 흩어졌고, 어둑한 하늘 위로 천천히 별들이 따라왔다. 오래오래 열정을 품고만 사는 사람의 신중함, 얕은 열정이라도 실행에 옮기고야 마는 무모함. 신중한 다카시 상이 여행을 떠난다면 훌훌 털고 나다니는 게 자기 자신의 몸과 얼마나 꼭 맞는 일인지 금세 알게 될 테지만 나는 말을 아꼈다. 쉰 언덕의 그에게는 내가 상상하는 것 이상의 복잡한 생활과 일상이 존재할 것이고, 지금 이 순간 그는 우리를 통해 충분히 자유로움을 만끽하는 중이었다. 검고 맑은 겨울 숲은 우리를 초대했고, 다카시 상은 한국에서 온 두 나그네를 초대했고, 나와 오현이는 다카시 상을 초대했고, 서로는 서로를 초대했다. 추위에도 아랑곳하지 않고 밤길을 걸으며, 그가 그토록 친절하고 스스럼없이 우리의 캠핑을 허락한 건 자기 곁을 지나가는 즐거움을 알아봤기 때문이었다. 조금 불편하고 귀찮지만, 그는 즐거움을 존중하는 아량과 여유로 서로의 만남을 주선해 주었다.

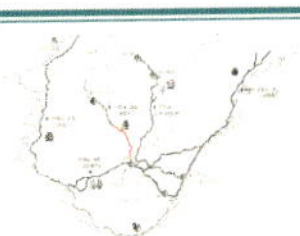

다카시 상이 인터넷 번역기를 돌려 우리에게 한국어 메모를 전해 주었다.

"저게 진짜 스바루에요."

다카시 상이 맑은 밤하늘을 가리키며 외쳤다. 이 호텔 이름이기도 한 스바루란, 본래 플레이아데스 성단 좀생이별로 오리온자리 옆에 자리한 작은 국자 모양의 별들을 일컫는다. 그는 시린 손가락을 뻗어 스바루란 이름의 속뜻, 관광호텔 이름이 아닌 진짜 정체성을 일러 주었다.

민선이의 순례 일지

구마노코도 순례길 코헷지 루트,
part 2〈오바코토게~구마노 홍구 대신전〉 총 45.5km

2008년 11월 25일 ~11월 28일 4일 동안

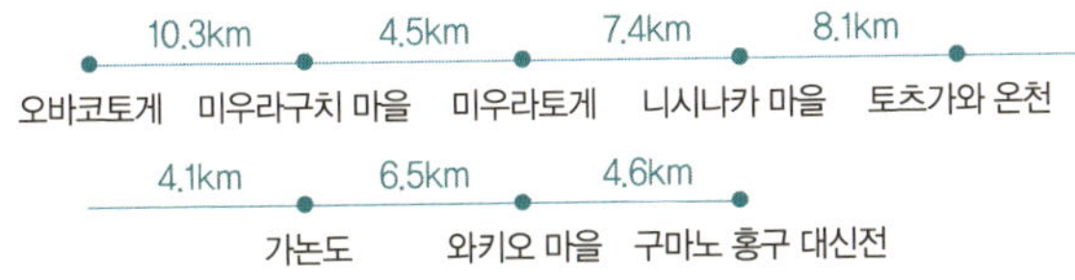

구마노 홍구 대신전 내 숙박시설 '슈쿠보'에서 묵을 수 있다. 식사 불포함 3,500엔. 신전 사무실에 연락하자. 전화번호는 0735-42-0735

깊은 산속 호젓한 료칸

1. 구마노코도 '코헷지' 구간 :

고야 산에서 시작~구마노 홍구 대신전까지 약 84킬로미터/ 4박 5일~5박 6일 소요

〈오마타 마을〉 고야 산에서 출발해 17.6킬로미터 떨어진 지점의 산간 마을

마을 중앙과 외곽에 각각 한 개씩 료칸이 있다. 고야산 관광 안내센터에 문의.

〈미우라 구치 마을〉 오마타 마을에서 출발해 18킬로미터 떨어진 지점의 산간 마을

– 민박 오카다(☎ 0746–67–0063)

　아침, 저녁 포함 7,350엔

2. 구마노 홍구 대신전 :

구마노 삼산의 우두머리 신사로 3,000여 개 구마노 신사의 총 본궁이다. 삼나무에 둘러싸인 158개의 돌계단을 올라가면 본전 등 4개의 신전을 관람할 수 있다.

〈가와유 온천 마을〉 구마노 홍구 대신전에서 4킬로미터 떨어진 마을

– 후지야 료칸(☎ 0735-42-0007/ www.fuziya.co.jp/english/index.html)

　아침, 저녁 포함 1만 5,900엔부터

– 아시타노모리 료칸(☎ 0735-42-1525/ www.ashitanomori.jp/english/index.html)

　아침, 저녁 포함 8,550엔부터

3. 구마노코도 '오쿠모도리 고에' 구간 :

구마노 홍구 대신전 근처 시모지바시 버스 정류장에서 시작~구마노 홍구 대신전까지 약 27킬로미터/ 1박 2일 소요

〈고쿠치 마을〉 구마노코도 '오쿠모도리 고에' 코스의 유일한 산간 마을로 가와유 온천 마을에서 15킬로미터 떨어진 지점

– 고쿠치 시젠 노 레(☎ 0735-45-2434)

　인적이 드문 곳이라 예약 필수

12 | 싱싱한 우리의 엉덩이와 배

이제 순례자로 살 시간이 딱 3일 남았다. 나흘 뒤에 한국행 비행기 표를 예약해 놓았기 때문에 두 달이 조금 넘는 내 여행도, 열흘 남짓 오현이의 휴가도 곧 끝난다. 서울로 돌아가면 우린 느리게 걷는 대신 복잡한 버스와 지하철에 몸을 의지하고, 시속 60킬로미터에 삶의 속도를 맞추며, 나는 극단 작품이 공연 중인 극장으로 그는 도심의 사무실로 귀환해야 할 것이다.

오늘까지 걸으면 구마노코도 코헷지의 최종 목표지, 구마노 홍구 대신전에 도착한다. 순례 코스 한 개를 끝냈다는 가뿐함보다는 계속 순례자로 남고 싶은, 열흘이건 한 달이건 더 돌아다니고픈 충동에 아쉽고 찝찝하다. 나는 지금 이 상태, 평온하면서도 생기 넘치는 몸과 마음의 균형이 썩 마음에 드는데 순례가 끝나면 이제까지 되찾은 충만함이 흩어져 버릴까 두렵다. 일상에서 뿜어내는 에너지와 날마다 헤매고 걷는 순례 중에 뿜는 에너지를 비교하면 분명히 다른 기운과 열기로 표시될 것이다. 어떻게 하면 생활 속에서도 순례자가 갖는 싱싱한 활력을 유지할 수 있을까? 어떻게 하면 순례자였을 때의 내가 궁핍한 일상 속의 나를 공격하게 할까? 어떻게 하면.

어려운 숙제를 안은 나는 어느새 하데나시 숲의 33개 관음상이 서 있는 돌길로 들어섰다. 17세기에 만들어진 서로 다른 모양의 관음상은 내 팔뚝만 한 작고 여린 돌부처들이다. 눈 코 입이 새겨졌던 자리에 아련한 흔적만 남은 불상, 기단이 나무뿌리에 들려 몸 전체가 위태롭게 기울어진 불상, 머리나 손이 잘려나간 불상. 불상들은 불쌍하기도 해라. 길에 아무렇게나 널려 비, 바람, 식물과 동물, 시간의 침범을 함부로 받으며 간신히 견디는 모습이라니. 그중에서 가장 눈길을 끈 것은 몸 전체가 푸른 이끼로 뒤덮인 관음상이다. 처음 봤을 땐 가장 늙고 못난, 돌부처로서 수명을 다한 돌덩이에 불과하다고 무시했는데 발길을 멈추게 하는 묘한 매력을 지녔다. 배낭을 내려놓고 이끼에 싸인 돌부처를 가만히 살폈다. 입이 지워져 버려 말하는 법을 잊었을 것 같은 그 불상은 수많은 자식을 거느리듯 초록 이끼들을 껴안은 채 침묵을 지켰다.

"봄이 오면 꽃이 필지도 모르겠는데."

오현이가 불상의 몸을 어루만지며 말했다. 온몸에 노랗고 붉은 꽃이 핀 돌부처를 상상하니 두드러기가 솟는 것처럼 징그러웠다가 문득 돌부처가 변신 중이라는 생각이 들었다. 마술봉을 휘두르면 몇 초 안에 효력이 나타나는 그런 멋지고 간편한 변신은 아니지만, 자신의 몸을 바꿔 꽃과 이끼가 들어와 사는 둥지로 만드는 중인 듯 했다. 200년 전 어느 날 태어나 늙고 병들어 버린 게 아닌, 성장통을 겪는 돌부처.

구마노 홍구 대신전으로 이어지는 하데나시 산길은 대낮인데도 수많은 고목으로 어두운 그림자를 드리웠다. 강풍이 부는 것도 아니고 장대비가 오는 것도 아닌데 발길이 앞으로 나가지 못하는 것은 깊고 고요한 검은 숲을 지나면 순례가 끝나 버릴지 모른다는 막연한 공포 때문이었다. 홍구 대신전 15킬로미터, 13킬로미터, 10킬로미터. 줄어드는 거리를 확인하면서 목표지에는 닿고 싶지 않은 이상한 거부감이 강렬하게 찾아왔다.

몹시 꾸물거리던 나는 홍구 대신전을 7킬로미터쯤 남겨 둔

오래된 산중에서 성장통을 겪는 돌부처

관음당에서 점심을 해 먹자고 오현이에게 졸랐다. 산속이지만 관음당 근처에 작은 대피소와 샘물이 있어서 취사하기에 무리가 없었고, 무엇보다 숲에 더 머물 핑계가 생기는 거니까. 공연히 부지런을 떨며 쌀을 씻고 버너에 불을 지피고서, 팔랑팔랑 나무 사이를 거닐며 집으로 돌아갈 일을 잊어 보려고 애썼다.

"저기 사람들이 몰려오는데."

오현이가 깜짝 놀라 내 팔목을 잡아끌었다. 스물대여섯 명 남짓의 사람들이 일렬로 서서 우리 쪽으로 걸어온다. 똑같은 모자를 쓰고 가슴에 똑같은 리본을 단 걸로 봐선 단체 관광객들 같은데, 이 산중에 무슨 일이람? 구마노코도 순례를 시작하고 이렇게 많은 사람을 한꺼번에 만난 적이 없는 우린 적잖이 당황했다. 혹시 산림보호 감시관들은 아닐까 염려돼 서둘러 대피소 안쪽으로 버너를 숨겼다.

그들은 세 명의 가이드를 데리고 3박 4일 단기 순례를 하러 도쿄에서 온 단체 도보여행객이었다. 대부분 나이가 지긋한 분들이었는데, 그중엔 경주 불국사로 관세음보살 순례를 다녀온 아주머니도 계셔서 한국 사찰들도 일반인들을 위한 순례 코스를 마련해 놓았다는 걸 처음 알았다. 일본 도시 노인들에게는 여전히 온천 여행이 최고의 인기를 구가하지만, 걷기 여행이 새로운 붐을 이루는 모양이었다. 다행스럽게 그들은 소란스럽지도, 우리에게 가벼운 호기심 이상의 특별한 주의를 기울이지도 않았다. 따스하게 비추는 겨울 햇살 아래 그들은 준비해 온 도시락을 꺼냈고, 우린 금방 한 밥에 국을 끓여 원하는 사람들과 조금씩 나눠 먹었다. 그중 한 아저씨가 자신의 도시락을 한사코 우리에게 내밀었는데, 와카야마 현의 특산물 일곱 가지, 매실 장아찌 우메보시, 식초에 절인 꽁치 산마즈시, 참지, 고래 등으로 맛을 낸 주먹밥이라며 통째로 안겨 주셨다. 그리고 가이드 중 우두머리인 하마 상도 초콜릿과 모찌 등 간식거리를 충분히 챙겨 내 배낭 위에 올려놨다.

"뭣 때문에 배낭이 이렇게 큰 거요? 혹시 노숙 순례자?"

텐트와 침낭이 든 배낭을 들어 본 하마 상은 흥미로운 듯 물었다. 그의 관심에 흥이 오른 나는 구마노코도를 걸을 뿐 아니라 벌써 시코쿠 순례를 마쳤노라고 거들먹거렸다.

"오늘은 어디서 묵을 참인데? 봐둔 장소라도 있소?"

"아직 모르겠어요. 홍구 대신전 근처에 캠프장이 있다는 애

길 들었는데."

　하마 상은 3일 남은 우리 일정을 꼬치꼬치 캐묻고 자신이 기꺼이 도와줄 테니 하테나시 산을 다 내려간 지점, 유키오 버스정류장으로 오라는 말을 남기고는 호루라기로 단체 관광객들을 집합시켜 먼저 출발했다.

　그들이 떠나고, 우린 대단한 잔치를 끝낸 집주인처럼 관음당 주변을 정돈하고 국 냄비와 숟가락 등 자질구레한 식기들을 정성 들여 설거지했다. 관음당에서 30분 정도는 오르막이 계속됐고, 그다음은 가파른 내리막이었다. 미끄러운 흙길에 날카롭게 튀어나온 돌부리가 많아서 긴장을 늦출 수 없었다. 급기야 오현이의 무릎이 다시금 문제를 일으켰고, 우리는 당연하다는 듯 배낭을 바꿔 멨다. 계획한 일 자체를 그르치지 않고 타협하는 법을 겨우 배운 셈인데, 비탈길이 나올 때마다 줄곧 그의 가방을 멨던 탓에 점점 익숙해져 특별히 무겁다는 느낌은 가신 지 오래되었다.

　경사가 급한 산마루마다 확 트인 전망대가 자연스럽게 나타난다. 와카야마 현의 온화한 겨울 날씨 덕분에 단풍 든 풍경을 볼 수 있었지만, 숲 대부분에 삼나무와 편백나무를 계획적으로 심어서 어디를 둘러봐도 비슷비슷하게 웅장한 경치가 이어졌다. 식은땀을 흠뻑 쏟고 해가 질 무렵, 하마 상과 약속한 유키오 버스정류장에 닿았다. 벌써 산에서 내려온 단체 관광객들은 하루 일정을 끝내고 호텔로 가는 관광버스에 속속 올라탔고, 하마 상은 관광객 무리를 모두 보내고는 우리 곁으로 다가 왔다.

"걸을 수 있겠어요?"

심하게 쩔뚝이는 오현이 다리를 쳐다보던 하마 상이 그의 허벅지와 종아리를 세차게 마사지하고 걱정스러운 한숨을 내쉬었다. 제발 의연하게 대처하면 좋으련만 오현이는 아파 죽겠다고 비명을 질렀고, 보다 못한 하마 상은 아예 캠프장까지 데려다주겠다며 우리 배낭을 집어 자기 차에 실었다. 내가 극구 걸어가겠다고 우겼지만, 오현이는 벌써 하마 상의 차에 올라타 싱글벙글거렸다. 별도리 없지, 그를 존중할 수 밖에.

우리를 태운 자동차는 홍구 대신전 못미처 다이토카 강을 따라 가와유 온천 마을로 들어섰다. 신전에서 4킬로미터 떨어진 곳인데, 길가에 온천을 겸한 료칸이 즐비했고 다이토카 강에선 수증기가 꿈처럼 피어올랐다. 하마 상이 우리를 내려놓은 곳은 센닌부로 온천. 한꺼번에 1,000명이 뒤섞여서 목욕할 만하다고 지어진 이름 센닌부로. 다이토카 강에서 솟아나는 섭씨 73도의 뜨거운 물로 강 자체가 온천을 이루는 이곳은 일본에서 가장 큰 노천으로 꼽힌다. 강변을 따라 대나무를 엮어 만든 탈의실이 보이고 간단한 옷만 걸친 남녀가 온천욕을 즐기고 있었다. 강수량이 줄어드는 겨울에 다이토카 강의 수위가 내려가면 강에서 솟아나는 뜨거운 물과 강둑 자갈밭의 냉수가 섞여 노천온천을 즐기기에 알맞은 온도가 되기 때문에 노천온천이 개방되는 시기는 1년 중 오직 11월~2월 사이라고 했다.

"우와! 우리는 정말 운이 좋은 거네요!"

갑자기 나타난 하마 상이 징징대는 오현이를 구해 주었다.

"게다가 이 온천은 무료죠. 남녀 혼욕이라 불편할지 모르지만."

당장에라도 물에 뛰어들어 몸속에 감도는 추위를 씻고 강 기슭에 드러누워 한가함을 누리고 싶었지만, 밤 목욕을 기약하고 온천에서 도보로 5분 정도 떨어진 캠프장으로 향했다. 사용료가 500엔이나 하는 그곳은 텅텅 빈 채 아무도 없었다. 하마 상이 이리저리 주인을 찾았지만 감감무소식. 겨울철이라 손님이 줄어서 주인은 이미 철수한 모양이었다. 가득 쌓인 쓰레기며 고장 난 가로등이 이미 오래전부터 비어 있었다는 걸 증명했다.

우리가 새로운 주인임을 선언해도 뭐라 할 이 없는 넓고 적막한 캠프장. 하마 상은 벤치를 차지하고 앉아 지도를 펴고, 앞으로의 일정을 물었다. 일단 구마노 홍구 대신전에 도착하면 구마노코도의 새로운 루트 '나가헷지'를 걸을 예정이었다. 구마노 홍구 대신전에서 키타나베까지 가는 길로, 오현이 무릎에 무리가 안 되는 평탄한 코스였다. 반면 하마 상은 오쿠모도리 고에 길을 추천했다. 오쿠모도리 고에 길은 지금까지처럼 높은 산이라 고생스럽겠지만, 마지막 도착지 나치 타이시에서 멋진 폭포를 만나게 될 것이라고.

"나치 폭포는 높이가 130미터가 넘는 일본 제일의 폭포야. 쳐다보기만 해도 몸속이 개운해지지."

오현이 무릎이 걱정스럽지만, 순례의 마침표를 찍기에 알맞은 곳은 나가헷지가 아니라 오쿠모도리 고에 길이라는 느낌이 강하게 들었다. 진이 빠지도록 걷다가 한겨울에도 세차게 떨어지는 우람한 폭포를 구경하고 나면 집으로 돌아가는 마음도

한결 가뿐해질 것이므로. 하마 상은 내일 오전 중에 천천히 출발해서 해 지기 전, 고쿠치 마을까지만 걸으라고 일러 주었다. 고쿠치는 오쿠모도리 고에 순례 코스 중 유일한 산간 마을로 물과 화장실, 슈퍼, 안전하게 텐트 칠 만한 공터를 제공할 것이라는 것도 가르쳐 주었다.

"결혼하셨는지 여쭤봐 줘."

한참 계획을 짜는데 오현이가 어깨를 툭툭 치며 재촉한다. 하마 상은 겉으로 봐선 50대인데 젊은 기운이 넘치고, 오현이 짐작으론 아직 미혼인 듯하다고. 별걸 다 궁금해한다며 핀잔을 줬지만 하마 상은 좀 유별난, 특별히 자유로운 인상을 주는 게 사실이었다.

오현이의 예상대로 하마 상은 솔로 인생을 즐기며 사는 독신이라고 했다. 원래는 바다낚시 전문 가이드 및 레저 가이드 학교의 교사로 일했는데, 건강이 염려되고 불규칙한 생활이 싫증 나서 구마노코도 도보여행 가이드로 직업을 바꿨다고 했다. 이젠 50줄에 들어섰지만, 고등학교 때 비틀스에 푹 빠져 밴드를 결성하고 20대 중반까지 가수로서 도시의 클럽과 가라오케를 들락거린 하마 상. 그는 깊이가 허리까지 닿는 개천에서 맨손으로 물고기를 잡은 얘기며, 여섯 살 어린애부터 팔순 노인까지 자신의 다양한 여자 친구들 얘기를 조곤조곤 쏟아 놓았다. 하늘은 곧 비라도 내릴 것처럼 인상을 찌푸렸고 냉랭한 바람이 먼지를 일으키며 불어 닥치는 휑한 캠프장에서, 우리 셋은 몸을 움츠리고 앉아 어눌한 말로 시답잖은 얘기를 나누며 저만치 흐르는 훈

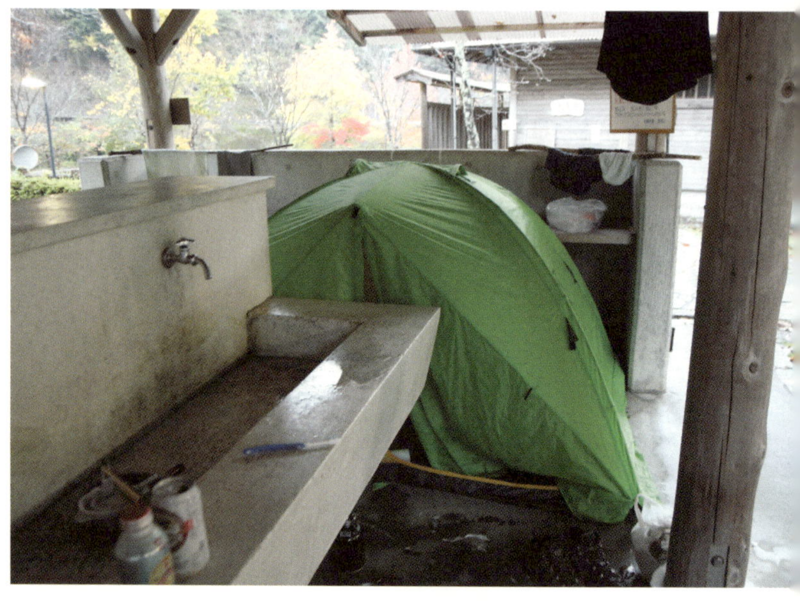

주인 없는 캠프장의 비밀 은신처

훈한 다이토카 강물 위로 인생이 흘러가는 걸 바라봤다.

하마 상은 휴대전화 번호를 적어 주고는 무슨 일이 생기면 연락해라, 나치에 도착하면 다시 만나자며 자리를 털고 일어났다. 그의 흰색 자가용이 사라지고 나서, 우린 버려진 집을 털러 온 도둑들처럼 괜한 어색함을 느끼며 캠프장 구석구석을 돌아보고 문이란 문은 모두 열어 그곳이 도대체 뭘 하는 곳인지, 침낭만 깔고 잘 만한 곳인지를 점검했다. 오랫동안 내버려 두어서인지 건물 곳곳은 먼지 더미와 거대한 거미줄에 휘감겨 으슥했다. 과연 텐트 호텔을 짓기에 가장 적당한 곳은 어딜까? 우리가 찾아낸 곳은 화장실 맞은편 지붕이 넓은 수돗가였다. 바닥이 주변보다 한 단 높은 데다 널찍한 선반도 쓸 만하고, 수도가 지척이라 밥을 해 먹기도 간편했다.

능숙한 솜씨로 후딱 집을 짓고 비좁은 텐트 안에서 오물오물 저녁을 먹는데 귀찮은 빗소리가 들렸다. 우비를 챙겨 입고 비 오는 강으로 목욕을 하러 가야 하나 어쩌나. 노숙 순례자에게 옷 젖는 일보다 성가신 일이 또 있을까? 캠프장에서 유일하게 살아 움직이는 생명체, 자판기에서 맥주를 한 캔 빼 마시고 다시 한 번 고민하다 과감하게 길을 나섰다.

가로등 하나 켜지지 않은 길, 앳된 계집애의 머리카락처럼 새카만 암흑. 료칸 간판이 인색하게 쏟아 내는 네온사인 불빛을 겨우 밟으며 어둠 속에 둥둥 뜬 채 센닌부로 온천에 닿았다. 여전히 비가 왔지만, 강둑 탈의실은 뜻밖에 북적였다. 벌거숭이 아저씨가 유카타를 챙겨 입으며 강 하류로 가야 뜨거운 물이 많다고 친절하게 일러 주었다. 오현이는 아무렇지 않게 벌거벗고, 나는 민소매 웃옷에 오현이의 트렁크 팬티를 입고 강물에 발을 담갔다. 누군가 강바닥에서 지글거리는 군불을 때는 것일까? 가슴에 와 닿는 물살도 따뜻하지만, 발가락이 닿는 강바닥도 온돌처럼 뜨끈하다. 우리는 강물에 몸을 담그고 정수리로 쏟아지는 빗방울을 받으며 풍덩, 지나온 순례길에서 만난 사람들을 떠올리며 풍덩, 한국을 떠나올 때 내 모습을 상상했다가 풍덩, 돌아가면 어떻게 살아야 할지 고민했다 또다시 풍덩. 차디찬 빗물을 피해 얼굴을 온천물에 처박을 때마다 다른 세계가 펼쳐지듯 수면 위 어둠 속에는 사람들의 얼굴과 풍경이 너울댔다.

천하의 권력을 쥔 옛 황제는 신하를 시켜 불로초를 찾아오라고 명령한다. 지시를 받은 신하는 불로초를 구해 볼 요량으로 세상 구석구석을 떠돌고, 그 사이 황제는 죽음을 맞이하거나 세력을 잃어버리고 만다. 불로초를 구하러 간 신하에 대한 기록은 어디에도 없지만, 어쩌면 그는 불로초를 만났을는지 모른다. 불로초의 그림자를 쫓으며 지도에도 표지되지 않은 길을 걷다가 인생의 다른 면을 깨닫게 됐을는지도.

결국 불로초를 구해온 이가 존재하지 않는 것은, 불로초가 어딘가에 놓인 단순한 물질이 아니라 그 근원을 캐고 파헤치는 사람 자신만이 맞대면하게 되는 무엇이기 때문이리라. 그래서 옥좌에 앉아 기다리는 황제에게 불로초를 바치는 건 불가능하다. 돌부처의 미소를 바라본 순간, 새벽녘 거미줄에 걸린 이슬방울, 현기증이 날 지경으로 목마르다 마신 한 모금의 맹물 그리고 센닌부로 강에서 솟아나는 더운물. 아무리 거대한 마차가 있다 한들 어떻게 옮길 수 있을까.

목욕을 마치고 물을 박차고 나온 뭇 남자들의 맨 엉덩이가 비 갠 하늘 사이로 비추는 달빛에 싱싱하게 빛난다. 젖은 엉덩이만 봐서는 그가 노인인지, 젊은이인지 분간이 안 간다. 그저 탱탱하게 반짝이는 엉덩이가 살아 움직일 뿐. 온천에서 두 시간이나 몸을 달군 나와 오현이는 내장도 뼈도 후미진 곳까지 뻗은 실핏줄까지도 홀가분해졌다. 인생의 매서운 질곡이 덮쳐도 끄떡하지 않을 의젓함을 센닌부로 온천에서 주운 것이다.

남은 이틀 동안 진력나도록 걷고 또 걸었다. 산은 여전히 높았고, 우리는 여전히 헥헥댔다. 그리고 마지막 고개를 내려왔을 때, 뜻밖의 친구가 우리를 맞았다. 하마 상! 바로 그가 나치 폭포가 보이는 길목에서 우릴 기다리고 있었다. 그림 같은 물줄기를 쏟아 내는 거대한 나치 노타키 폭포. 굉음을 내며 직선으로 쏟아지는 폭포가 눈동자를 후련하게 만든 만큼, 웃음을 머금은 하마 상의 모습도 놀라움 자체였다.

"함께 맥주라도 마시고 싶어서!"

거짓말 같고 마법 같은 그의 존재. 얼마나 많은 우연과 만남이 겹쳐서 우리는 하마 상과 다시 보게 됐을까. 스페인 순례길을 걷던 일, 일본 친구를 만나 시코쿠에 대해 알게 된 것, 두통에 시달리다 뇌파 검사를 했던 나, 갑자기 순례자가 되겠다고 결심한 오현이. 지나간 사건들이 켜켜이 떠오르면서 몽롱하게 마음

구마노 산산의 우두머리 신사. 구마노 혼구 신사. 삼나무에 둘러싸인 158개 제단을 오르면 본전 등 네 개의 신전을 둘러볼 수 있다.

을 자극했다.

우리는 무언가를 마무리할 틈도 없이 어리둥절하게 순례를 끝내고, 하마 상을 따라 나치 가츠우라 시내 선술집을 찾았다. 혼자 앉아 늦은 저녁을 먹는 사람, 나지막이 속삭이는 연인, 흥청대는 사람들. 일렁이는 불빛 속에 하루 일과를 마친 사람들이 술집에 가득했다. 찬 유리잔에 맥주가 차오른다. 여태까지 흘린 땀처럼 찝찔하고 시원한 거품으로 입술을 적시는 시큼한 맛.

인생이 흘러가는 방식은 인간의 기대나 상상력보다 얼마나 엉뚱하고 서글픈지. 길모퉁이 돌면 누군가 기다리고, 산 하나 넘으면 무언가 잃어버리고. 집으로 돌아가면, 매캐한 지하철 승강장에 서면, 관객이 꽉 찬 소극장에 앉으면 또 어떤 사건이 내 느리고 지루한 삶을 이끌까? 거품이 잦아든 술잔 속으로 별 볼 일 없고 눅눅한 일상이 그립게 떠오른다. 밋밋한 밥, 반복되는 일, 삐거덕대는 가족들, 시시껄렁한 친구들. 두 달 넘게 방치해 온 그것들의 안부가 못 견디게 알고 싶다.

이번 순례는 일상으로 건강하게 되돌아가기 위한 귀환 여행

어수룩한 순례자들과 기꺼이 술잔을 기울인 하마 상

이었다. 걷지 않았더라면 어중간한 생을 살면서 그나마 결정하고 정리한 미덕을 한순간에 집어치우는 실수를 범했을 것이다. 순례자의 가면을 쓰고 떠도는 동안 일상에서 변신을 거듭하느라 녹초가 된 나는 은둔을 즐겼다. 전치 9주, 암담한 병을 고치는 기간으로는 짧은 편이다. 술집 변기에 앉아 가만히 오줌을 쏟아내며 비좁은 벽면에 붙은 거울로 내 얼굴을 봤다. 검은 볼, 푸른 입술, 헝클어진 머리칼. 바람과 햇볕의 기운이 오롯이 묻은 거친 얼굴이 맘에 들었다. 성공한 성형수술이라는 벅찬 예감.

드르륵 선술집 문을 열고 나온 나, 오현이, 하마 상은 얼큰한 취기로 비틀댔다. 길은 제멋대로 휘어져 보였고 자동차 불빛은 보석처럼 번뜩이며 우리 몸 구석구석에서 삐져나온 시금털털한 술 내음을 비춰 주었다.

술이 설렁하게 깬 새벽, 우리는 해풍이 부는 나치 가츠우라의 참치시장을 구경 갔다. 내 몸뚱이보다 거대한 참치가 죽은 채로 바닥에 엎어져 순순히 경매를 기다리고 있었다. 경매꾼들은 꼬리를 잘라 살피고, 아가미에 코를 대고 죽은 물고기의 냄새를

맡아 상품의 등급을 매겼다.

　나는 도매시장 근처 가게에 들러 참치 살코기를 한 줌 떼어 오사카로 가는 기차를 타면서 순례자의 옷을 벗었다. 아이스박스에 담긴 타오르듯 붉은 살은 이제는 펄떡이지 않는, 숨 쉬지 않는 주검, 생명의 추억에 불과하다. 우린 그걸 고이 모시고 오사카에 도착해 일본에서 지내는 동안 신세를 진 성곤이 오빠 가족들과 작은 환송회를 가졌다. 잘 드는 칼로 살을 저며 먹음직스런 회가 되어 나온 고깃덩이. 우리는 그 연하고 부드러운 살을 혀와 내장으로 음미하며 열띤 생명을 과시하고 발산했다. 길 위에서 주운 수많은 이야기와 우연한 만남, 은연중에 저장된 기운. 나는 숨 쉬고, 설레고, 생의 에너지로 펄떡였다.

민선이의 순례 일지

구마노코도 순례길 오쿠모도리 고에 루트 총 27.5km

2008년 11월 30일 1일 동안

유케가와 마을 — 9.1km — 사쿠라토게 — 3.9km — 코쿠치 마을　　13 km

2008년 12월 1일 1일 동안

코쿠치 마을 — 4.8km — 에치젠토게 — 4.2km — 푸나미토게 — 5.5 km — 구마노 나치 대신전　　14.5 km

오쿠모도리 코스는 푯말을 따라가면 길 잃을 염려가 없다. 유케가와 마을에서 코쿠치 마을까지 총 25개의 푯말이 500m마다 세워져 있고 또 고쿠치 마을에서 나치 대신전까지도 500m마다 총 28개의 푯말이 길을 안내한다.

구마노코도의 보약 온천

구마노코도의 큰 장점은 하루의 순례를 마치고 날마다 온천욕을 즐길 만큼 다양한 온천이 길목마다 즐비하다는 점이다. 온천별로 물의 성분도 다양하지만 시설과 풍경도 개성 넘친다. 구마노코도 '코헷지'와 '오쿠모도리' 코스의 대표적인 온천 세 곳을 소개한다.

토츠가와 온천 – 구마노코도 '코헷지' 구간

'토츠가와무라'에 위치한 온천 마을. 토츠가와 온천골에 가면 수많은 온천 료칸을 만날 수 있다. 본문에 소개했듯 마을 관문에 위치한 스바루 호텔 온천(www.hotel-subaru.jp)은 유황성분이 강해 추천할 만하다.

센닌부로 온천 – 구마노 홍구 대신전에서 4km 떨어진 가와유 온천지구

11월에서 2월까지만 개방하는 무료 노천온천. 강바닥의 뜨거운 물과 강둑 자갈밭의 냉수가 결합해 입욕하기에 적당한 온도, 40도가량으로 조절되는 강변의 천연 온천. 구마노 홍구 대신전에서 시내버스 이용. 도보는 1시간가량.

보키도 온천 – 구마노코도 '오쿠모도리 고에' 구간이 끝나는 나치 가츠우라 시내

나치 가츠우라 '우라시마 호텔(www.hotelurashima.co.jp)' 내에 위치한 천연 동굴 온천이다. 온천 동굴이 태평양과 맞닿아 바다를 보며 온천욕을 즐길 수 있고 산 정상(엘리베이터를 타고 32층까지 올라가면 된다)에 만들어 놓은 노천온천도 망망대해를 마주하는 기막힌 경치를 자랑한다. 나치 가츠우라 항에서 우라시마 호텔까지 운행하는 무료 선박을 이용하자. 청소를 위해 각 탕별로 문을 닫기 때문에 영업시간을 체크해야 한다.

회복이라는
향기로운

차

일본에서 돌아오고 몇 주간, 우체통을 뒤지느라 설레고 들떴었다. 시코쿠 순례길에서 오헨로상들에게 나눠 줬던 엽서가 내 주소를 찾아 속속 날아들었기 때문에 작은 우체통 앞에 설 때마다 순례를 떠나는 환상에 젖어 들었다. 생활인으로 돌아간 그들은 영어로 혹은 알아볼 수 없는 일본어로, 성의 넘치는 서툰 한국어와 정성 어린 그림으로 앞으로의 계획을 밝히고 안부를 물었다.

가장 많은 소식을 주고받은 사람은 단연, 75번 절 젠츠지에서 젠코야도를 운영하는 미스 타케모토 할머니다. 내가 젠코야도 기부금으로 남긴 1,000엔을 반납하느라 할머니가 한 번, 돌려받은 1,000엔으로 하동 녹차를 사서 보내느라 내가 한 번, 고마움을 전하는 할머니의 또 한 번, 건강함을 바라는 나의 또

한 번. 할머니와의 우정은 봄이 오는 길목에서 반가운 손님처럼 곱게 이어졌다.

벚꽃이 후두두 지고 진달래도 져버린 4월 어느 날 스바루 호텔의 다카시 상은 와카야마 현의 꿀을 한 단지 보내 주셨고, 60번 요코미네지 근처 산속에서 만난 노숙 순례자 가오리와 에 우제니는 5월 2일 자전거를 끌고 서울의 우리 집으로 왔다. 정말 뜻밖의 만남, 우연한 해후. 그들은 4년 동안의 긴 여행을 끝내기가 아쉬워 새로운 순례를 계획했다고 한다. 자전거를 타고 일본에서 출발해 한국, 중국, 키르키즈스탄을 거쳐, 티벳을 넘어, 네팔, 인도 바라나시로 향하는 긴 순례를. 지난 3월 일본 전역을 유람하고 배로 부산에 도착, 부산에서 시골 마을을 돌고 돌

아 서울로 온 가오리와 에우제니. 꼬질꼬질한 냄새를 물씬 끌고
온 그들은 우리 집에 일주일을 머무는 동안 남대문과 인사동, 도
봉산과 북한산을 뻔질나게 쏘다녔고, '하자 센터' 내 여행학교
'로드 스콜라'에 초청돼 순례에 대해 강연도 했다.

　왕성한 식욕을 과시하며 잠자리에도 일상사 무엇에도 별
불평 없이 까다롭지 않게 순응하는 나그네들. 호기심으로 이글
거리는 생동감. 평소처럼 오현이는 출근 준비에, 나는 극단 일
에 바빴던 아침. 그들은 자전거에 오만 짐을 싣고 골목 너머너머
로 떠나갔다. 머리카락에 안기는 투명한 바람, 눈이 아릴 지경
으로 당당한 햇살. 사라지는 에우제니와 가오리의 뒷모습을 보
다가, 내가 순례길을 걷고 헤매면서 회복한 에너지를 이미 소진

해 버렸다는 걸 깨달았다.

쓸쓸하고 슬픈 아침. 그 생생함을 되찾을 순 없는 걸까. 순례 중에 찍었던 사진을 보거나, 낫또와 우메보시를 찾아 먹고, 순례에 관한 글을 쓴대도 시시한 일상은 시시할 뿐. 벌써 약효가 떨어졌나? 다시 떠나야 하나?

이 울적한 고민은 아차산 근처로 집을 옮기면서 해결의 실마리를 찾았다. 새로 이사한 집은 온달 장군이 장렬히 전사한 아차산 아래 작은 빌라다. 며칠 동안 계속되던 짐 정리를 마무리 짓고, 순례 이후 오랜만에 산에 올랐다. 10여 분만 걸어가면 지하철역과 만나는 이 곳이지만 산속 오솔길은 고즈넉한 공기를

품고 내 몸 깊숙이 들어왔다. 한 걸음 걷자 땀이 솟고, 숨이 목에 차오르고, 눈동자 안으로 색색의 꽃이 들어왔다. 두어 시간 산 속을 헤맨 나는 단비를 맞은 식물처럼 홀연히 되살아나 알 수 없는 기쁨에 들떴다. 모르는 골목길 순례, 한적한 시장 길 순례, 공원 순례. 순례자가 되기로 마음먹으면 지금 당장 단 몇 분이라도 순례자가 될 수 있다는 것을 그 산에서 알았다.

언젠가 철학자 선생님이 가르쳐 준 '상태' 라는 단어가 주머니 속에 가만히 만져진다. 내가 어떤 행위의 결과라고만 믿고 갈구했던 생생함의 회복은 사실, 가꾸고 관리해야 할 어떤 '상태' 다. 매일의 생활을 위해 밥을 먹고 잠을 자고 배설물을 쏟아

내는 것보다는 조금 사치스럽지만, 꼭 필요한 행위. 마치 향기
로운 차를 마시는 것처럼, 물 끓이는 번거로움을 즐기고 찻잔에
고인 여유에 몸의 속도를 맞추며 천천히 기웃거리기. 이렇듯 삶
을 파고든 한 시간 남짓의 도보여행은 일상을 빛나고 견딜 만한
것으로 만들어 주었다.

그러나, 그러나 저기 멀리 떠나는 자전거 뒤꽁무니를 보
면, 커다란 배낭을 메고 걷는 사람들을 보면, 또 한 번 훌쩍 바
람이 불어 끝없이 떠돌고 싶은 충동이 일고, 복잡한 찻집 메뉴
를 보고 망설이는 손님처럼 시간이 마련해 놓은 드라마가 궁
금해 몸이 떨린다.

우리곁을 지나치는 즐거움을 알아보는 눈.

조금 불편하고 귀찮지만 그는 즐거움을 존중하는

아량과 여유로 서로의 만남을 주선한다.

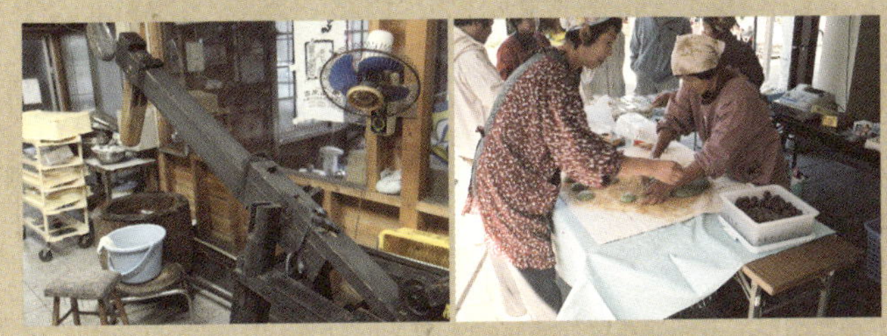

각자의 근심 덩어리를 숨기고 걷는 순례자들,
뭐든 나눠 주려고 애쓴 우연한 사람들,
늘 언제나 거기에 존재하는 산과 바다.

우리가 더듬고 회복해야 할 관계가 있다면

어떤 관계지?

무슨 지도에 나오는 길, 무엇이 오가는 길일까?

순례를 위한
실용 정보 모음

정서적 충동을 몸으로 표현하기

이 글을 읽는 독자가 시코쿠 순례여행에 대한 동경, 부러움으로 만족하는 것이 아니라 '나도 꼭 걸어 봐야겠어. 언제가 좋지? 뭐가 필요할까? 우선 정보를 찾아봐야지.'라며 어떤 결심을 하게 되길 바란다. '헨로미치 보존 협력회'에서 한국어판 가이드북을 펴냈고 인천공항에서 순례지까지 직항편도 출발하니까 누구든, 단 며칠이라도 순례자가 될 수 있다. 부디 이 단락에 소개된 실용적인 정보를 맛보면서 '걸어 볼만 하겠는데!'라는 여유를 갖기를. 순례에 대한 신체적, 정서적 충동을 걷기 여행으로 '표현'하게 되기를.

어떻게 하면 순례자였을 때의 내가

궁핍한 일상 속의 나를 공격하게 만들까?

01 | 순례의 출발점으로 가는 기차와 버스

오헨로상 순례길

시코쿠 88개 순례길의 출발점은 1번 절 료젠지가 자리 잡은 JR반도역이다. 교통의 편의성을 생각할 때 인천에서 비행기를 타고 시코쿠섬 내 대도시 '마츠야마' 나 '다카마츠' 로 가서 JR 혹은 버스를 타고 JR반도역으로 가는 것이 가장 쉽다고 생각할 수 있지만, 인천에서 비행기로 오사카 간사히 공항에 도착해서 공항 내 버스터미널에서 도쿠시마행 버스를 타고 도쿠시마에 내려 JR로 갈아탄 후 반도역에서 가는 쪽이 더 편리하고 싸다. 대부분의 철도역은 버스터미널과 가깝다.

항공편을 이용해 출국할 경우

인천 공항 ⇒ 간사이 공항 ⇒ JR도쿠시마역 ⇒ JR반도역 ⇒ 1번 절 료젠지

인천 공항 ⇒ 마츠야마 공항(시코쿠 섬) ⇒ JR마츠야마역 ⇒ JR다카마츠역 ⇒ JR반도역

⇒ 1번 절 료젠지

인천 공항 ⇒ 다카마츠 공항(시코쿠 섬) ⇒ JR다카마츠역 ⇒ JR반도역 ⇒ 1번 절 료젠지

간사히 공항 내 버스터미널에 JR도쿠시마역이 종점인 버스가 있고(2시간 40분 소요, 4,000엔), 오사카 시내 우메다역이나 난바역(OCAT터미널, www.ocat.co.jp/english/bus)에서도 JR도쿠시마역으로 버스가 출발한다(2시간 30분 소요, 3,600엔). 난바보다 우메다 터미널에 버스가 자주 다니는데 도쿠시마 관광정보 사이트(www.awanavi.jp/korea/access.html)의 교통편이 유용하며, 오사카에서 기차를 이용해 도쿠시마로 갈 경우 3시간 10분이 소요되고 요금은 9,960엔이다.

JR마츠야마역에서 JR반도역까지 가려면 우선 다카마츠로 가서 반도역으로 가는 기차를 갈아타야 한다. 다카마츠역에서 반도역으로 가는 기차가 드물기 때문에 1번 료젠지에서 4킬로미터 떨어진 3번 곤센지가 자리 잡은 이타노역에서 기차를 갈아타거나 도보로 료젠지까지 갈 수 있다. 요금은 6,500엔 ~ 7,700엔 사이.

인천 ⇒ 마츠야마/ 인천 ⇒ 다카마츠행 비행기는 단기 순례자에게 유용하다. 마츠야마의 도고 온천 옆 51번 이시테지를 출발점으로 삼거나 다카마츠의 84번 야시마지에서 순례를 시작할 수 있다.

배를 이용해 출국할 경우

부산 국제여객터미널 ⇒ 오사카항 ⇒ 우메다역 ⇒ JR도쿠시마역 ⇒ JR반도역 ⇒ 1번 절 료젠지

부산 국제여객터미널 ⇒ 오사카항 ⇒ 마츠야마항 ⇒ JR마츠야마역 ⇒ JR다카마츠역 ⇒ JR반도역 ⇒ 1번 절 료젠지

02 | 휴식이 사는 여관

시코쿠 순례길의 숙박 형태는 사설 '민수쿠'와 '료칸', '유스호스텔', 사찰에 딸린 유료 숙박시설 '슈쿠보'로 나뉜다. 유스호스텔을 제외한 대부분이 당일 저녁과 다음날 아침식사를 포함해 계산하지만 미리 얘기하면 잠만 자는 것도 가능하다. 세면도구와 수건, 세탁기와 건조기 등이 갖춰져 있고 세탁기나 건조기는 무료거나 200엔을 사용료로 받는다. 드물지만 업소에 따라 유카타(목욕 가운)에 요금을 매기기도 한다. 한 번쯤, 슈쿠보에 묵으면서 아침 예불에 참여하는 것도 흥미롭다. 료칸과 비슷한 요금에 고기 반찬도 나오고 맥주나 사케 등도 판매한다.

료칸, 민수쿠, 슈쿠보의 평균 요금은 식사 포함 6,500엔인데 식사를 제외하면 4,000~5,000엔 정도를 받는다. 미리 예약해야 음식 마련에 차질이 안 생기며, 예약은 전화로 가능하고 예약금은 필요 없다. 예약 취소는 당일 정오까지 위약금 없이 할 수 있고, 당일 낮 12시가 지나면 요금의 10퍼센트를 내는 게 원칙. 민수쿠나 료칸, 슈쿠보에서는 신용카드 사용이 불가능하다.

유스호스텔은 성수기와 비수기, 도미토리와 싱글, 더블 등 숙박 형태에 따라 가격이 다르며 세면도구는 스스로 챙겨야 한다. 동전 세탁기와 건조기가 있고 숙박요금이 비교적 저렴하면서 무료 인터넷, 부엌 사용이 가능하다는 점이 매력적이다.

료칸과 민수쿠, 슈쿠보는 공동 화장실, 공동 욕실을 사용하고 시간에 맞춰 다 같이 식사하므로 순례자들에게 만남의 장이 된다. 놀랍도록 다정한 분위기의 숙소도 많지만 허름한 여인숙보다 못한 시설을 가진 곳도 여럿이다. 다음에 소개한 곳들은 저렴하면서 훌륭한 시설, 아늑한 분위기를 자랑하는 곳이나, 다소 비싸지만 특징적인 곳이다.

01 》 나베이와소(☎ 088-677-0181)

12번 쇼산지에서 2.5킬로미터 내려온 지점에 있다. 아담한 히노키 욕조와 깔끔한 식사, 무료 세탁, 나무로 새로 지은 넓은 방에 주인도 무척 친절하고 배려가 깊다. 가격은 아침, 저녁 포함 6,825엔. 인기가 많은 곳이므로 예약이 필수다.

02 》 국민 숙사 도사(☎ 088-856-2451)

36번 쇼류지 근처에 있다. 전망 좋은 노천온천과 호텔급 객실로 순례에 해박한 지식을 갖춘 매니저가 무척 친절하다. 산 정상에 있어서 미리 전화하면 미니버스가 쇼류지로 데리러 온다. 유료 세탁, 무료 인터넷 서비스. 가난한 순례자들도 꼭 하룻밤 묵어 보길. 식사를 제외한 도미토리 방에서 묵으면 2,500엔. 이 경우 우사오하시를 건너기 전 작은 마트에서 먹을 걸 준비해야 한다. 아침, 저녁 포함 가격은 6,800엔.

03 》 후쿠야 료칸(☎ 0889-52-2958)

36번 쇼류지에서 37번 이와모토지로 가는 길, JR도사구레 역 근처에 위치. 깨끗한 이불과 무료 세탁, 맛깔스런 음식이 특징이며, 주인이 한국에 대해 관심이 많고 세심한 배려를 해준다. 가격은 아침, 저녁 포함 6,000엔.

04 》 시미즈가와소(☎ 0880-46-3873)

39번 엔코지 가는 길에 미하라무라 마을에 있다. NPO 노인협회에서 운영하는 숙소로 나무로 지은 객실과 푸짐한 음식에 무료 인터넷 사용이 가능하다. 가격도 저렴해서 아침, 저녁 포함 5,000엔.

05 >> 가도타야 료칸(☎ 0892-57-0801)

45번 이와야지 근처에 위치. 몇 대째 내려오는 료칸인데 얼마 전 새로 지어 깨끗한 현대식 건물에 무료 세탁, 인심 좋은 주인. 44번 다이호지 근처 료칸들은 붐비지만 45번 이와야지 근처 가도타야 료칸은 한가하다. 아침, 저녁 포함 6,000엔.

06 >> 후지야 게스트하우스(☎ 080-1750-5454, www.yado-fujiya.com)

마츠야마 시 도고 온천 근처에 있다. 자유롭고 가족적인 분위기의 게스트하우스다. 남녀 분리 도미토리가 원칙이지만, 붐비지 않으면 각방을 준다. 가격이 무척 싼데 무료 세탁 서비스와 깨끗한 침구를 제공하며, 주문하면 음식을 마련해 준다. 도고 온천역 근처 관광 안내소에서 전화하면 데리러 나온다. 식사를 제외한 가격은 2,000엔.

07 >> 쿠스노키안(☎ 0898-66-4355).

59번 고쿠분지에서 60번 요코미네지 가는 길, 이마바리 유노우라 IC 지나서 있다. 시코쿠 모든 료칸과 민수크를 통틀어 가장 아기자기한 숙소. 작은 식당을 겸한 귀여운 가게로 방이 한두 개뿐이다. 아직 지도에 표시되지 않아서 손님이 적지만 미리 예약하면 맛있는 음식을 준비해 준다. 저녁은 일본식 스시와 스파게티 혹은 그라탱, 고로케 등이 코스처럼 나온다. 무료 세탁 서비스를 제공한다. 가격은 아침, 저녁 포함 6,000엔.

08 》 오카다 민수크(☎ 0883-74-1001)

66번 운펜지 오르기 전에 위치. 운펜지 산을 오르기 전 유일한 숙박업소라서 예약이 필수. 작고 오래됐지만 깨끗하고 친절하다. 순례자들의 신발 속에 숯 방향제를 넣어 주는 빈틈없는 배려. 아침, 저녁 포함 6,000엔.

09 》 와카마츠야 벳칸(☎ 0875-25-3277)

69번 간온지 근처에 있다. 몇 개의 방을 보여 주고 손님에게 선택권을 주는 특이한 료칸. 무료 세탁, 친절한 주인, 푸짐한 음식, 편안한 로비. 아침, 저녁 포함 6,000엔.

10 》 사카이데 간뽀노야도(☎ 0887-47-0531)

81번 시로미네지 근처에 있다. 호텔급의 객실과 개별 화장실, 넓은 대중욕탕. 가격이 비싼 게 흠이지만 휴식을 취하기엔 매력적인 장소다. 추가 비용을 내면 마시지 서비스도 받을 수 있다. 식사 불포함 6,200엔.

*각 업소당 숙박료는 1박 1인 기준. 인원이 추가될 경우, 1박 1인 숙박료 곱하기 인원수로 계산하면 된다.

시코쿠 순례길에는 총 8개의 유스호스텔이 있는데 평균적인 서비스와 저렴한 가격, 합리적인 시설을 갖췄다. 간혹 유스호스텔 회원증이 없어도 오헨로상에게 회원에 준하는 할인 혜택을 제공하기도 한다.

시코쿠 유스호스텔 정보 – www.jyh.or.jp/kr/index/shikoku/shikoku.htm

01 》 고치 유스호스텔(☎ 088-823-0858)

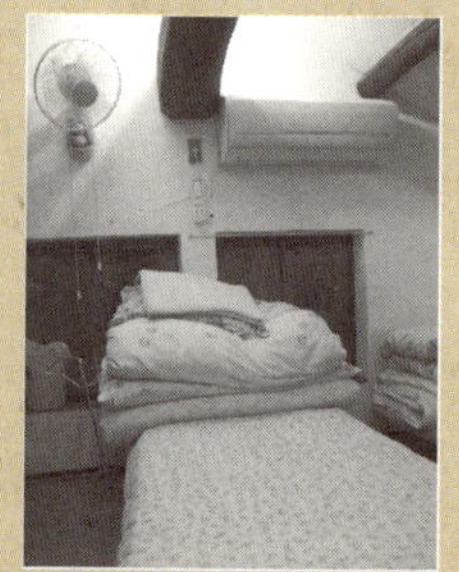

31번 치쿠린지 가기 전 고치 시내에 있다. 순례 루트를 벗어나 고치역에서 JR을 타고 가야 하는데, 고치역 안내센터에 문의하면 유스호스텔 약도를 제공해 준다. 나무로 지어진 고즈넉하고도 현대적인 건물로 깨끗하고 친절하다. 저녁은 조금 비싸지만 아침은 단돈 315엔. 동전 세탁기가 있고 가격은 식사 불포함 2,800엔 정도다. 도미토리에 묵었지만, 붐비지 않아 싱글룸처럼 썼다.

02 》 아시즈리 유스호스텔(☎ 0880-88-0324)

38번 곤고후쿠지 근처로, 인기가 많아 붐비는 유스호스텔. 예약 필수. 가격은 식사 불포함 3,200엔 정도.

03 》 우와지마 유스호스텔(☎ 0895-22-7177)

40번 간지자이지에서 41번 류코지로 가는 길목에 있는 우와지마 시의 아타고 공원에 위치. 자연에 둘러싸인 쾌적한 유스호스텔로 전망이 좋다. 비수기 일요일은 휴일이므로 미리 확인하자. 가격은 식사 불포함 2,900엔.

04 》 헨로야도 모야이(☎ 0895-22-5508)

유스호스텔은 아니지만 저렴한 숙소. 〈3〉과 같이 우와지마 시에 위치. 우와지마 유스호스텔이 순례 루트에서 벗어난 데 비해 헨로야도 모야이는 순례 루트에 속한다. 가격은 식사 불포함 3,000엔.

05 》 마츠야마 유스호스텔(☎ 089-933-6366)

마츠야마 시내 도고 온천에서 15분 정도 거리에 있는 편리한 유스호스텔. 식사 불포함 3,200엔.

06 》 호우죠스이군 유스호스텔(☎ 089-992-4150)

53번 엔묘지 지나서 JR이요호우죠역 근처에 있다. 흥미로운 유스호스텔로 특별한 식사를 제공한다. 아침은 직접 구운 따뜻한 빵과 가정식 요구르트, 소시지, 샐러드. 저녁은 뷔페식인데 한국적인 음식들이 많다. 무료 인터넷을 제공하고 근처에 훌륭한 온천이 있다. 부엌 사용이 가능하지만 추가 비용을 내야 한다. 가격은 식사 불포함 2,630엔.

07 》 신쵸코쿠지 유스호스텔(☎ 0896-25-0202)

65번 신카쿠지 가는 길에 JR이요산가와역 근처에 있다. 다다미로 된 전통적인 느낌의 유스호스텔로 순례 루트에서 도보로 20분 정도 떨어져 있다. 가격은 식사 불포함 3,300엔.

08 》 야시마 유스호스텔(☎ 087-841-2318)

84번 야시마지 근처.

---

*각 호스텔 요금은 비수기 도미토리 요금임.

료칸과 민수크를 이용한 순례는 편안하지만 틀에 박힌 지루함을 준다. 완벽한 노숙 순례자가 아니어도, 깨끗한 '츠야도'나 '젠코야도'에 머물면서 새롭고 흥미로운 모험을 체험해 보는 것은 큰 즐거움이다. 또 비용 때문에 순례를 망설이는 여행자에게 노숙 순례는 확실한 대안이 된다. 노숙의 기본은 침낭. 물론 텐트를 가져가면 언제 어디서든 잠자리를 만드는 게 가능하지만 침낭만 챙겨서 노숙, 료칸과 민수크, 유스호스텔 숙박을 병행하는 것도 피곤함을 줄이면서 여유로운 순례를 하는 좋은 아이디어다. 노숙 순례를 단지 불편한 잠자리라고 치부하기 쉽지만, 순례의 속내를 깊이 알고 다양한 사람들을 만나면서 옛 순례자들의 길을 더듬는 가장 낭만적인 방식이다.

01 » 츠야도(通夜堂)

시코쿠 순례길의 88개 절 중 일부 사찰과 방가이(88개 절에 속하지 않는 번외 사찰)에서는 순례자들을 위한 간이 숙박소를 제공한다. 남녀 구분 없이 3~4명이 함께 자게 되며 혼자 지내는 경우도 많다. 해당 사찰의 납경소에 문의하고 허락을 받으면 되는데, 화장실은 갖춰졌고, 샤워실과 공동 이불까지 마련해 놓은 곳도 있지만, 식사를 준비해 주진 않는다. 목욕 시설이 없는 곳은 근처의 온천이나 공중 목욕탕을 찾아 이용하는 것도 방법이다.

02 » 젠코야도

개인이 자신의 집을 순례자들 숙소로 내주는 경우인데, 가까운 사찰에 문의하면 위치를 알려 준다. 대부분 무료. 식사를 제공하거나 세탁기를 이용할 수 있는 곳도 몇 군데 된다.

03 » 미치노이키

순례자들을 위한 휴게소. 정자라고 생각하면 맞다. 주변에 화장실이 없을 수도 있으며, 침낭만 가지고 숙박하기엔 비와 모기의 갑작스런 공격 때문에 괴로울 것이다.

그 외에도 간이 기차역, 미닫이문이 달린 시골 버스 정류장, 신사, 코민칸(公民館, 마을회관) 등에 묵는 것도 가능하며, 텐트를 가지고 간다면 온천과 공중 목욕탕 근처 미치노이키가 가장 훌륭한 숙박지가 될 것이다.

1. 도쿠시마 현

 사찰 번호   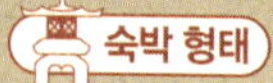 숙박 형태

3번 곤센지 _ **츠야도**

4번 다이니치지 _ **츠야도**

5번 지죠지 _ **츠야도**

6번 안라쿠지 _ **츠야도** ☞ 절의 종탑 2층에 위치한 시멘트 바닥의 작은 공간. 바닥에 박스가 깔렸다.

11번 후지이데라 근처 _ **젠코야도** ☞ 11번 후지이데라에서 3킬로미터 떨어진 가모지마 온천(가모노유, ☎ 0883-22-1926)에서 무료 온천뿐 아니라 작은 다다미방을 제공한다.

11번 후지이데라에서 12번 쇼산지 가는 길 _ **츠야도** ☞ 산중의 작은 오두막으로 다다미방, 이불, 약수터가 있다.

12번 쇼산지 _ **츠야도**

22번 뵤도지 근처 _ **젠코야도** ☞ 세탁기를 이용할 수 있고 샤워도 가능하다. 사찰이나 근처 꽃집에 문의하자.

23번 야쿠오지 근처 _ **젠코야도** ☞ 하시모토 레스토랑(☎ 0884-77-0880)에서 운영하는데, 남성은 레스토랑에서 3킬로미터 떨어진 리모델링 버스에서 여성은 레스토랑의 쪽방에서 머문다. 저녁과 다음날 아침을 무료로 제공한다.

23번 야쿠오지에서 24번 호츠미사키지 가는 길 _ **젠코야도** ☞ 시시쿠이 온천 근처. 시시쿠이 민수크(☎ 0884-76-3737)에서 도보 순례자들을 위해 젠코야도를 마련했다.

23번 야쿠오지에서 24번 호츠미사키지 가는 길 _ **츠야도** ☞ '도요초'의 작은 절 '메이토쿠지' 내 츠야도. 순례자를 위한 다다미방.

2. 고치 현

 사찰 번호　　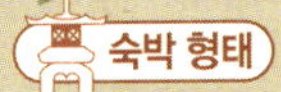 숙박 형태

26번 곤고초지 가는 길 _ 미치노이키 ☞ 곤고초지로 올라가기 전 모토하시 버스 정류장 근처. 작은 오두막과 욕실이 있다.

27번 고노미네지 _ 츠야도 ☞ 고노미네지(☎ 0887-38-5495)는 산 꼭데기에 위치한 절이다. 도착하기 전에 사찰에 미리 전화로 확인하자.

28번 다이니치지 _ 츠야도

33번 셋케이지 _ 츠야도 ☞ 다다미방.

34번 다네마지 _ 츠야도 ☞ 반드시 스탬프, 묵서(300엔)를 받아야 하는데, 샤워 시설은 물론 깨끗이 세탁한 시트를 준다.

35번 기요타키지 _ 츠야도

37번 이와모토지 _ 츠야도 ☞ 미리 허락을 받아야 한다. (☎ 0880-22-0376)

38번 곤고후쿠지 가는 길 _ 젠코야도 ☞ 곤고후쿠지 가기 6킬로미터 전, '아시즈리 스카이라인'(☎ 0880-82-7304) 안에 있다. 다다미방과 뜨거운 욕조물, 난로가 있다. 먹을 건 미리 준비하자.

38번 곤고후쿠지에서 39번 엔코지 가는 길 _ 캠프장 ☞ 시모카에 초등학교에서 캠핑할 수 있다. 샤워 시설과 화장실도 갖춰져 있다.

39번 엔코지 _ 츠야도

39번 엔코지에서 40번 간지자이지 가는 길 _ 츠야도 ☞ 아이난초와 스쿠모시 경계에 있는 '마츠오다이시' 사당에 츠야도와 화장실이 있다.

3. 에히메현

 사찰 번호    숙박 형태

40번 간지자이지 _ 츠야도

40번 간지자이지 41번 류코지 가는 길 _ 츠야도 ☞ 우와지마시 '헤와노카네' 종탑 옆. 작은 부엌과 다다미방. 사찰 화장실을 이용하고, 짐작건대 공중 목욕탕을 찾을 수 있을 듯.

43번 메이세키지 _ 젠코야도 ☞ '우쓰노미야 상의 젠코야도'(☎ 0894-62-0227)로 당일 저녁과 다음날 아침을 제공하며 목욕과 세탁도 가능한데, 음식 재료값으로 2,500엔을 낸다 . 내 경우는 넓은 방을 혼자 쓰고 도시락도 싸주셨다. 가정집이라서 찾기가 복잡하므로 메이세키지에 문의하자.

43번 메이세키지에서 44번 다이호지 가는 길 _ 츠야도 ☞ 오즈 시 외곽 '도요가하시' 절의 츠야도. '도요가하시' 라고 물어보면 되며 근처에 할인마트, 온천, 동전 세탁기가 있다.

43번 메이세키지에서 44번 다이호지 가는 길 _ 오헨로 젠코야도 ☞ 우치코 시 외곽. (☎ 0893-47-1504)

44번 다이호지에서 45번 이와야지 가는 길 _ 버스 정류장 ☞ 도로에 미닫이문이 달린 버스 정류장이 많다. 한 명 자기에 딱 알맞은 크기. 재활용 쓰레기장과 혼동할 수도 있으니 주의하자.

45번 이와야지 근처 _ 미치노이키, 버스 정류장 ☞ 45번 이와야지 못미처서 후루이와야 온천이 있다. 온천을 즐긴 후, 근처 미치노이키나 버스 정류장에서 하루 머물면 된다.

47번 야사키지 _ 츠야도 ☞ 부엌이 딸린 특이한 츠야도.

47번 야사키지에서 48번 사이린지 가는 길 _ 숙박 가능한 미치노이키 ☞ 묘진 휴게소 2킬로미터 전 '미사카도게' 라

는 이름의 미치노이키.

51번 이시테지 _ **초야도**

52번 다이산지(太山寺) _ **초야도**

53번 엔묘지에서 **54번** 엔메이지 가는 길 _ **초야도** ☞ 이마
바리시 '아오키지조' 사당 안에 위치.

56번 다이산지(泰山寺) _ **초야도**

58번 센유지 _ **초야도** ☞ 샤워 가능. 음식은 미리 준비하자.

4. 가 가 와 현

 사찰 번호　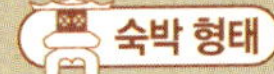 숙박 형태

66번 운펜지에서 **67번** 다이코지 가는 길 _ **초야도** ☞ 운펜
지에서 내려와 아오조라 민박을 지난 지점의 '시라후지 다
이시도' 사당 안에 위치.

75번 젠츠지 _ **젠코야도** ☞ 젠츠지 슈쿠보 사무실에 '미스
타케모토 상'의 젠코야도를 물어보자. 거실과 부엌이 딸린
멋진 집이며, 근처에 대형 할인마트와 공중 목욕탕이 있다.

81번 시로미네지 _ **초야도** ☞ 81번 '시로미네지'(☎
0877-47-0305)는 산꼭대기에 있다. 사찰에 미리 전화해
서 물어보고 음식은 80번 '고쿠분지' 슈퍼에서 준비하자.

83번 이치노미야지 _ **젠코야도** ☞ 83번 이치노미야지 납
경소에 문의.

*경우에 따라 초야도와 젠코야도가 폐쇄된 경우도 있으니 역방향으로
도는 사카우치 순례자들을 만나면 정보를 나눠 볼 것.

04 | 순례자 10문 10답

시시콜콜한 걱정거리로 시작한 나의 시코쿠 순례. 뭔가를 구체적으로 실행할 때 폭발적으로 쏟아지는 질문들. 시름 가득한 초보 순례자를 상상하며 퍼즐 맞추기를 해보았다.

1. 순례 코스를 완주하는 데 며칠이나 걸리나요?

일정은 개인의 건강 상태와 걷는 속도에 따라 좌우되는데, 하루 평균 27~30킬로미터를 걷는다. 초반에는 20킬로미터 정도를 걷다가 적응이 되면서부터 조금씩 거리를 늘려 순례 중반에 대략 35킬로미터씩 걸었다. 총 43일 소요.

2. 비용은 얼마나 드나요?

가장 큰 지출은 숙박비다. 하루 평균 6,500엔으로 잡았을 때, 6,500×43일＝27만 9,500엔이다. 여기에 항공료(2만 5,000엔), 교통비(1만 엔), 점심 및 간식비(하루 평균 500엔×43＝2만 1,500엔), 잡비(1만 엔)를 합하면 34만 6,000엔 정도. 현재 환율로 계산하면 470만 원, 넉넉잡아 500만 원 이상이 든다. 나의 경우, 총 43일 중 15일을 젠코야도와 츠야도에서 머문 덕분에 약 340만 원을 썼다. 만약 노숙 순례를 결심한다면 100만~200만 원의 비용으로도 가능하다.

---

3. 한국어 가이드북은 어디서 어떻게 구매하죠?

일본 무양당 출판사에서 만든 한국어판 가이드북 제목은 '韓国語版-四国88カ所 巡拝の旅 案内地図'이다. 1번 절 료젠지 안에 있는 순례용품 판매점에서 파는데, 한국에서 미리 구매하길 원한다면 www.iyohenro.jp/CCP009.html에 접속해 페이지 중간 부분을 보자. 한국어판 가이드북 소개와 구매 방법이 나온다. 하지만 일본어가 불가능하다면 shikoku88@iyohenro.jp로 이메일을 보내 문의하거나 다음 주소로 편지를 써서 방법을 찾아봐야 한다.

헨로미치 보존 협력회

주소: Hibarigaoka 5-15 Matuyama Ehime JAPAN 〈791-8075〉

---

4. 순례 중에 현금 인출기를 사용할 수 있나요?

우체국마다 해외 금융서비스 ATM이 설치돼 있어 편리하다. 다만 산간 마을의 작은 우체국에는 ATM이 없다. 시코쿠 내 은행과 편의점에도 ATM이 있지만 에러 메시지만 나올 뿐 사용하기 어려웠다.

우체국의 ATM 이용 시간은 우체국 업무 시간과 동일하다.
월요일~금요일: 9시~17시 30분 / 토요일: 9시~12시 30분 / 일요일, 휴일: 9시~17시

5. 국제전화용 공중전화기가 따로 있나요?

시코쿠에서 국제전화기를 발견하기란 쉽지 않다. 대부분 전화가 일본 국내통화용 녹색 공중전화다. 국제통화용 전화기는 회색 공중전화. 큰 도시의 기차역, 호텔 로비에서 찾아보자.

6. 순례 도중 인터넷을 이용할 수 있나요?

몇몇 유스호스텔을 제외하고 불가능하다. 도쿠시마, 고치, 마츠야마, 다카마츠 등 대도시에 인터넷 카페가 있지만 순례 루트를 벗어나므로 찾기 어렵다.

7. 마실 물은 생수를 사 먹나요?

내열 플라스틱 물통(750리터)을 준비해서 아침마다 료칸과 민수크를 떠날 때 따뜻한 녹차를 부탁했다. 오후에 다시 한 번 식당이나 주유소, 사찰 등에서 물을 채웠기 때문에 생수를 사 먹은 적은 별로 없다. 시코쿠는 순례자들에게 물 인심이 후하다.

8. 사소하지만 정말 유용한 물품은?

빨래집게와 1인용 매트. 빨래집게는 배낭에 덜 마른 양발이나 젖은 비옷을 달아 두기에 안성맞춤이고, 1인용 매트를 준비하면 장소를 가리지 않고 쉴 수 있다. 특히 비가 와서 땅이 젖었을 때.

9. 준비했지만 필요 없던 물품은?

책과 슬리퍼.

책: 가이드북 이외에 책은 사치인 동시에 짐이다. 정 아쉬우면 딱 한 권만 가져갈 것.

슬리퍼: 모든 료칸과 민수크에는 손님용 슬리퍼가 구비되어 있다. 혹시 노숙 순례자라면 슬리퍼는 필수품.

10. 비에 대비하려면 어떻게 해야 할까요?

우비와 배낭 커버만으로는 부족하다. 배낭 속 내용물을 모두 넣을 만한 김장 비닐을 몇 장 준비하고 스패츠를 착용해 신발에 물이 스미는 걸 방지해야 한다.

11. 햇볕에 대비하기 위해 무엇을 어떻게 준비하죠?

선크림, 선글라스, 자외선 차단 립밤, 뺨과 목을 가릴 수 있는 모자, 긴팔 옷, 얇은 면장갑을 준비할 것. 특히 자외선 차단 립밤이 없으면 입술이 터져 피가 나기도 하고, 갈증을 심하게 느낀다. 면장갑도 반드시 필요하다. 해안 도로를 걷는 탓에 손등이 따끔거릴 정도로 타버린다.

12. 도시락이 꼭 필요한 구간이 있나요?

소량의 간식을 언제나 지참하고 다녀야 하지만 11번 후지이데라에서 12번 쇼산지까지, 19번 다츠에지에서 22번 뵤도지까지, 38번 곤고후쿠지에서 39번 엔코지까지 가는 미하라 코스 중 도사시미즈 시를 벗어날 때, 66번 운펜지 가는 길을 걸을 땐 도시락을 꼭 준비하자.

13. 길가에 100엔숍이 있다면서요?

시골 농가에서 생산한 과일, 야채, 꽃 등을 백엽상처럼 생긴 무인 오두막에 동전함을 놓고 판매한다. 대형 할인마트보다 3~4배 싸다.

14. 여름에 순례하는 건 불가능할까요?

장마철만 피하면 여름은 노숙 순례자들에게 가장 든든한 계절이다. 먹고 씻을 물이 풍부하고 추위 걱정도 없다. 하지만 평균 기온이 섭씨 35도라는 것을 잊지 말 것.

15. 노숙 순례자가 씻을 수 있는 곳은 공중 목욕탕이나 온천 말고 없나요?

공원이나 대도시 기차역의 다목적 화장실은 매우 유용하다. 내부가 널찍하고 따뜻한 물이 나오며 길이가 짧은 샤워기가 달린 곳도 있다.

16. 여자 혼자도 위험하지 않나요?

거의 모든 순례자들이 혼자 여행한다. 물론 남성에 비해 여성의 비율이 10퍼센트도 안 되지만 여성이라서 위험하다고 느낀 적은 마을 외곽에서 홀로 걷다 취객을 만났을 때, 해가 진 후에도 숙소에 도착하지 못했을 때 정도. 전반적으로 굉장히 안전하다. 노숙 순례 여성이라면 문제가 달라지는데, 젠코야도나 츠야도에 머물면서 불편했던 적은 없었다. 텐트를 이용한다거나 미치노이키에서 침낭만 가지고 숙박을 해결할 계획이라면 동행이 있는 게 나을 듯.

참고한 책과 홈페이지

『일본불교사』 스에키 후미이코 지음/ 뿌리와 이파리 펴냄

『일본불교의 빛과 그림자』 김호성 지음/ 정우서적 펴냄

『고쳐 쓴 한국 현대사』 강만길 지음/ 창비 펴냄

『한국사 콘서트』 백유선 지음/ 두리미디어 펴냄

『일제의 식민지 지배정책과 매일신보 1910년대』 정혜경 지음/ 두리 미디어 펴냄

『(2천년 일본사를 만든) 일본인 이야기』 고미 후미히코 外 지음/ 이손 펴냄

『세계 종교 둘러보기』 오강남 지음/ 현암사 펴냄

『아마테라스에서 모노노케 히메까지』 박규태 지음/ 책세상 펴냄

『한국인의 일본사』 정혜선 지음/ 현암사 펴냄

『일본 문화사』 홍윤기 지음/ 서문당 펴냄

『걸었다 노래했다 그리고 사랑했다』 마유즈미 마도카 지음/ 아침바다 펴냄

『한·중·일의 공간조영』 권영걸 지음/ 국제 펴냄

『에도의 여행자들』 다카하시 치하야 지음/ 효형출판사 펴냄

최성환 향토사 연구실 historycontents.net

구마노코도 순례길 안내 www.tb-kumano.jp

시코쿠 순례길 안내 www.shikokuhenrotrail.com

일본어 자문 이성곤, 다유키

특별 사진 기증 에우제니, 이성곤, 천효운, 로드스꼴라

시코쿠 88개소 순례여행 안내지도 무양당 펴냄